叶弥——著

香炉山

天津出版传媒集团

百花文艺出版社

图书在版编目（CIP）数据

香炉山 / 叶弥著. -- 天津：百花文艺出版社，
2024.1
ISBN 978-7-5306-8673-7

Ⅰ.①香… Ⅱ.①叶… Ⅲ.①中篇小说–小说集–中
国–当代②短篇小说–小说集–中国–当代 Ⅳ.
①I247.7

中国国家版本馆 CIP 数据核字(2023)第 224390 号

香炉山
XIANGLU SHAN

叶弥　著

出 版 人：薛印胜
选题策划：汪惠仁　　韩新枝
责任编辑：张　烁　　助理编辑：张凡羽
美术编辑：郭亚红
出版发行：百花文艺出版社
地址：天津市和平区西康路 35 号　邮编：300051
电话传真：+86-22-23332651（发行部）
　　　　　+86-22-23332656（总编室）
　　　　　+86-22-27862135（邮购部）
网址：http://www.baihuawenyi.com
印刷：天津新华印务有限公司
开本：880 毫米×1230 毫米　1/32
字数：168 千字
印张：7.125
版次：2024 年 1 月第 1 版
印次：2024 年 1 月第 1 次印刷
定价：49.00 元

如有印装质量问题，请与天津新华印务有限公司联系调换
地址：天津东丽开发区五经路 23 号
电话：(022)58160306
邮编：300300

目 录

————

文家的帽子

一

日本人占领吴郭城,比德国人占领巴黎还轻松。除了城外零星的枪声,吴郭人关了门,熄了灯火,跟一群吃饱的鸟一样安静,令人生畏的日本兵,走在街道的金山石上,走在木楼下面,走在眼皮子底下。

能走的都走了。吴郭城的大家族文家,早在一九三六年日侨分批撤离吴郭市,就开始出外避祸。文家一门人口众多,光仆役就有十几个,分成三批人马,一批由大儿子带队,去了上海投奔丈人,没想到大上海先沦陷了,所以一直困在了那里。第二批由二儿子带队,投奔了西安的丈人。西安倒是一直太平的。文老太爷,是到了一九三七年十二月才走的,他不想走远,带了第三批人马去了吴郭的花码头镇,那里有他的祖业,田地房屋都在。

文老太爷走的时候,记者来采访他,问他对于时局、对于抗战,有何想法。他指指头上柳亚子送他的呢帽,说,这是一顶帽子。

采访文老太爷的内容第二天见报,标题是:看时局水深火热,问抗战左顾言他。

文老太爷说，这些报人懂什么？我父亲二十几岁的帽子还在我的橱里，世上的人却死得一批又一批的了。

文老太爷一生好戴各式各样的帽子，连他的结发太太文冯志远，也不常见到他本人的真发。

吴郭的乡下也不太平，国民党地方游击队和共产党的抗日武装一直在乡下各处游走，蓝湖里的水匪，除了打国军，打共产党，也打日本人。冷不丁的，枪声就四处响起了，炒蚕豆一样。

一九三九冬，吴郭城里倒是太平了，日本人年初在城里搞了阅兵式，现在贴出布告，请大家回到自己的家，便于领取"良民证"。老太爷说，唉，国破家还在，人活着总得有家。家才是自己的。回去吧。

他这一队人马不多，计有八人：他、大太太文冯志远、侍候他俩的夏姨、二太太吴银斗、二太太带来的丫头小菊兰、他唯一的孙子文觉、孙子的小厮阿七。还有仆人小路，小路学武出身，孔武有力，是兵荒马乱年代的好帮手。

本来文老太爷可以走水路的，从花码头镇一直坐到吴郭城南船运大码头，从船运大码头坐黄包车到家里，不过十几分钟。但是他情愿从花码头镇坐轿子，一路绕行到吴郭小火车站，再坐半小时火车，行驶二十公里，到吴郭大火车站，然后坐黄包车，四十分钟才能到家。等于上自家的卧室，不从房门进去，要到门外去绕个圈子，从窗户里进去了。

他是狼狈而逃的，他要体体面面地回。从这个意义上讲，不是从窗户里进去，而是劈了窗户重新做个门进去。

日本人占着城，他要让日本人看看，他，文泽黎是吴郭城兴办教育的名流，是诗人、画家，是有地位的尊者。听说日本人在城里各处送糖果给妇孺吃，安抚人心，他要看看，日本人如何安抚他。他知道日本人善于学习，好奇心重，对他如此做派，他们会吃惊吧？

他兴冲冲地写了一封信，让小路先回城里交给隔壁拉黄包车的小季，让他带三辆黄包车，某日某时等候在吴郭火车站，再去通知一些他的学生，报社的人，站在车站外面欢迎。人越多越好。

在火车上，无数的人前来给文老太爷致敬。文觉一直盯着爷爷头上的灰色呢帽子，大家来打招呼的时候，全都拿掉自己的帽子放在胸前，只有爷爷一次也不曾脱帽，他那顶帽子就像他养熟的一条狗，忠心耿耿地、狗仗人势地窝在他的头上。火车停下，最后一个来探望他的人也匆匆走了。文老太爷忍不住摆阔气，说，哼哼，我每回见了市长，市长也没叫我脱帽。不管我去开什么会，从来没脱过帽子。这是我的身份。帽子，代表我的头。我的头见了市长也不用低下。

文觉说出自己的担心，爷爷呀，人家会不会以为你是个秃子？

文觉的小名叫小桔子。文老太爷说，小桔子，哈哈，我要是个秃子，也是个了不起的秃子。你看，我不谈国事，大家也都一声不吭。只说些天气、收成、头疼脚疼……

文老太爷一行慢慢地下了火车，车站里安静得连喘息声都听不到，明明走着那么多的人，却都没有气息，像夕阳底下的一群游魂。日本兵荷枪实弹地站着，令人胆战心惊。

出口的地方堆着一大堆东西，小山一样，老太爷眼神不好，惊问，文觉，这是什么东西啊？

说着话，脚就碰到了小山堆，仔细一看，啊呀，都是帽子啊。大家都在脱下帽子朝里扔呢。文老太爷直起老腰，看着帽子堆边的两个日本兵，正想发表一些议论，说时迟，那时快，一个日本兵熟练地用刺刀一挑，把老太爷头上的帽子挑落到帽子山顶上。文老太爷一个趔趄倒在帽子山里，手正好按在自己的帽子上，帽子滚烫，着火一样。他气得鼻涕流到手背上，想了一想，终究没敢拿走自己的帽子，任由自己像一坨泥巴一样在帽子堆里沉下去,只擦了擦脸上的鼻涕。

文觉想,呀,爷爷的头没了。

刚才在火车上还向爷爷致敬的一些人,看见这一幕,赶紧扔下帽子,加快步子从爷爷身边跑过去了。

文觉哭起来。

文老太爷与孙子有感应,在帽子堆里对孙子说,哭吧哭吧,爷爷的头没啦。哎,我早就料到,国破,家也亡,项上人头也是保不住的。

大太太文冯志远轻声说,你料到个屁啊!

大家一言不发,搀扶着老太爷走出火车站,他几个学生苦瓜一样静悄悄地呆愣在门外,见此情景,抢着上来扶,文老太爷努力睁开眼睛,打起精神,说出一句话:

时间给予一切,时间拿走一切。

时间到了一九四八年冬季了,文觉代表他爷爷,以知识界的代表身份,参加吴郭市工委书记老方开的会议,商量迎接解放大军进城的事。文觉站起来一字一字地说,方静川书记啊,我代表我爷爷问你一件事哦,解放了,我们是不是可以自由地戴各种各样的帽子?

大家全都在笑。老方说,小桔子,你家老太爷帽子的故事谁人不知?谁人不晓得?我也有个疑问,自从日本人不许他戴帽子以后,他就真的不戴了?一次也没戴过?

文觉老实回答,真的。但是他买了许多帽子,放在他的屋子里看。

老方说,这个,我们知道的。我们还知道他后来买了五十多只帽子,但是从来不戴……这就是知识分子的软弱,要是我们,早就用硬碰硬的手法去争取人民的权利了。

文觉听老方"我们你们"地评说,心里很不是滋味,噘起嘴,头颈一梗,眼睛斜着看地上,想,以前你和你们也来过我家里,还不是追着我们的爷爷叫老师?可我们的爷爷根本就忘了什么时候教过你。文觉傲气地站起来说,不客气了,我可要走了。再请问方书记一声,从今后,我们是不是可以自由地戴各式各样的帽子?

老方说,当然可以,除了绿帽子,都可以戴。

大家又笑起来。这次是全体爆笑,屋顶上的鸟瞬间齐飞。

文觉回到家,先到大太太房里。一进去就放平脑袋,对着墙撞了一下,把自己撞得跌在地上,正要再撞,夏姨已经把一只厚垫子伸过来,护着他的脑袋了。大太太文冯志远虽说缠过小脚,但也读过女学,见过世面。先是参加了"放足会",辛亥革命后,她又跟着王谢长达闹革命,是吴郭女子北伐队里最小的一个。她一动不动地坐在太师椅上缝衣服,说,再撞一下,看看是你的头结实还是墙结实?

文觉听言又撞一下,把头撞破出血了。大太太还是一动不动地缝衣服。他流下眼泪说,我撞死了你就没孙子了。

大太太说,人都是为自己活的,哪有为别人活的道理?

文觉一想,对啊,老方说知识分子软弱无能,他又没说我软弱无能。我为什么要这么不开心?

于是他去找爷爷了,幸灾乐祸地对爷爷说,新社会了,你以后除了绿帽子,别的都能戴。——不是我说的,是方书记说的。

老太爷一个人在那儿想着,说,哦,哦,这句话大有问题……

一想,真的想出问题来了,便把他的女人一个一个叫到面前来。

二战结束,他的大儿子最终定居了上海,小儿子带着夫人和两个女儿从西安回到吴郭,分了一半的房屋另立门户。文觉不愿去上海与父母姐妹团圆,宁愿跟着爷爷过。他们这一家差不多还是那些人,老太爷、大太太文冯志远、夏姨、二太太吴银斗、二太太的丫头小菊兰、文觉的小厮阿七、仆人小路,后来增加了厨师金水根和他的老婆,男的烧菜,女人做下手和打扫屋子。

老太爷叫人进来的顺序是从小到大。

先是小菊兰。小菊兰来到面前,他直截了当地问她,你最近是不是想嫁人了?

小菊兰不上他的当,但她近来确实想嫁人,想得厉害,听他这一问,问出一肚子鸟气,拍着手嘶叫,我想嫁人?你才想嫁人呢。

老太爷指着地上,声音低低地说,放肆了吧? 跪下吧。

小菊兰跪下就哭,说,嫁人嫁人,你诬赖好人。我什么时候有过这个心?

爷爷说,我要是你,我就想找人。

小菊兰气鼓鼓地说,找谁嘛?

老太爷体贴地说,譬如小路,你们俩很配的。

小菊兰叩了一个头,站起来拍拍衣裳说,你放心,我这辈子生是你家的人,死是你家的鬼,坚决不会嫁男人的。

老太爷说,难为你这么坚决,我选个日子收了你,好吧?

小菊兰不服气,说,我倒不怕二位太太不同意,我怕的是你老人家的功夫老早就荒废了。要是你啃不动我,还请你不要点我这把火。

说完,左手翘起兰花指,虚搭在胸前,昂头朝天,扬长而去,全不顾老太爷气得浑身发抖。一出老太爷门外,她就骨头轻起来,踮着个脚尖,摇头晃脑,嘴里唱着个小曲。小路突然从路边冒出来,雾里看花一样眯眼看着她的做派,问,姐姐高兴什么啊? 小菊兰一开口,操着京腔说,高兴啊,和您有关的,能不高兴吗?

小路傻傻地笑出声来。

第二个来老太爷屋里的是夏姨。

夏姨是太太文冯志远的一个远亲，会写字，会读报，年轻轻的刚过门，丈夫就死了，男家不要她，娘家也不要她，她只好投奔了唐家。不算仆人，也不算主子。要侍候老太爷和大太太上床起床，她偶尔发号施令时，别人也得听她的。

她一站在老太爷的面前，老太爷就觉得屋子里立刻冷了好几摄氏度。她端端正正地双腿并拢，看见脚底下正好踩着一片阳光，就挪了一下，挪到没阳光的地方站着。然后双手交叉放在胸前，威严地看着老太爷，就像看着一个孩子一样。

小菊兰显然没有给她透露什么信息。

老太爷看着她，硬着头皮问道，你有没有背着我们偷人？

夏姨不苟言笑，嘴唇就跟白松皮一样，一年到头都是干燥紧绷的，听老太爷这么问，她不觉得可笑，只觉得心里有什么东西被这句问话问破了，猝不及防地笑了半声，眼眶红潮起来，低下羞答答的眼神说，太太说了，我是……你们的人。

老太爷说，哦哦，哦……我放心了。你是徐娘半老哟，我有点配不上你。我看你和拉黄包车的小季挺般配，他死了老婆，正想讨个新的。要是明媒正娶，你也不算给我戴绿帽子。要不我去和他说说？

夏姨脸色一冷，抬起头强硬地说，我找小季说话，也是为了你要用车，用完了车我去付钱。给他家拿去的刀切馒头、白枣子、柿饼，是大太太让我送的。

老太爷与她两眼一碰，好的，夏姨的眼睛还是平常模样，冷漠干涩，他放心了。虽说他并不喜欢她，但在她身上的主权还是要维护的。于是老太爷说，把你衣服脱下来，让我看看你。你在外面老说是我家的人，可是我从来没碰过你。

他话音刚落,夏姨就软瘫在地,静悄悄地连喘息声也没有,不说脱,也不说不脱。

老太爷没办法,只好说,好好,我看你是个贞节的人,小菊兰才是个厚脸皮的东西。她……

不知哪里传来一声爆炸声。新政府刚成立,国民党的特务经常搞点破坏,时不时地这儿爆炸,那儿着火。夏姨趁老太爷发愣,翻起身跑了。

第三位来的是二太太吴银斗,一身白衣裤,未语脸先笑。

老太爷拉过她的手说,来,坐我腿上,当年听你唱《思凡下山》,一眼就看上了你。在你唱得正好时,把你娶来金屋藏娇,这么多年难为你了,你的才华浪费了。

二太太说,嗬,你们一家都是好人,我也没受委屈。话说回来,让我受委屈也不行。今天,我和你说吧,你也不用问东问西羞人答答,你干脆拿个烙铁在我身上烙个你的印记吧。

老太爷慢悠悠地说,好的,你就等着。

老太爷放了她的手,两个人脸对脸僵持,二太太始终笑着,晃着身子,老太爷神情木然,纹丝不动,就像案上放着的那盅碗莲。

过了片刻,老太爷有些生气了,喊叫着说,家里最不让我放心的就是你。你心高气傲,不是一只省油的灯。我早就知道你对方静川有好感,恨不得倒贴上去。他一来,你的脸就开出太阳来。

二太太也不说话,笑靥如花,从老太爷大腿上站起身,对着老太爷双手一摊,合起来用劲一拍,拍完双手又一摊。

老太爷摇头说,罢了,你的手势我不懂,但我还是向你认个错。你去把大太太叫来吧。

大太太过了好长一阵才来的,她也是笑容满面的。但她的笑和二太太的不一样,她的笑是娇宠着老太爷的。她说,夏姨在我屋里哭得伤心哪,说她过得不明不白,不知道是谁的人,死了也不知埋在哪块地里。

她一头说,一头给老太爷披好松开的被角,老太爷一脸愠色,手上拿着文震亨的《长物志》,也不理会她的话,用书拍着床沿说,你怎么才来?你在干什么?你在轧姘头吗?

大太太说,今天不是吴郭大学派同学上门来收你的语录吗?还有《吴郭报》来问问你对于新的中国有何期望。我都对他们说了些场面话,挑不出毛病。

老太爷说,你说谎,你在轧姘头。

大太太说,好,好,你说我轧姘头,我就轧姘头。

老太爷问,你和谁轧?

大太太想了一想,下了决心说,和,和……金水根吧。

老太爷说,不行,他配不上你,他烧的菜那么难吃。我要是捉你和他的奸,会被人笑死。

大太太说,那就阿七吧。

老太爷说,不行,他太小了。

大太太说,那和谁呢?我想不出来了。……和小路吧?

老太爷说,小路和小菊兰有一腿,我一定要破了他们两个的奸情。

大太太说,别说了,那就小季吧。

老太爷说,小季?他和夏姨有一腿……难道你也看上了他?

大太太说,那你说我和谁通奸吧?他娘的,你说谁就是谁了。

老太爷指着她的鼻子说,和日本人,你和日本人通奸。你是被逼的,你是为了活命只好忍气吞声,咽下不得不咽的气……你放心,我替你报仇。不过我要先捉奸,你放心,我捉到了马上原谅你,谁叫我爱你?我只把日本人打死。打死日本人!

他脸色涨得通红,眼里冒出火花来,一下子蹦起来,站在被子上,头顶着蚊帐,高呼,打死日本人!打死日本人!

说着,一头栽倒在床上,口角流涎,四肢颤抖,不能说话。大太太悲伤地爬到他身边,对他说,我的亲人,你等了快十年,终于等到了今天,你好解脱了吧?

老太爷看着她,面露喜色,微微点头,指一指橱柜。

大太太说,我懂我懂。

说完就去橱里拿出一顶帽子给他戴上,这顶帽子有来历,这就是他当年被日本人挑落的帽子,后来托了人去拿回来的,这么多年它从来不露面。

老太爷弥留之际,正是解放大军举行进城仪式的那一天,即便如此,吴郭大学和《吴郭报》还是派人上门探视。文觉这天不在家,他一早就代表爷爷去欢迎解放军进城了。

时至今日,吴郭大学的档案部还封存着老太爷文泽黎弥留之际在纸上写下歪歪斜斜的几行字:

一、一屋子白蝴蝶。

二、小丑。

三、偏见、迷信、害怕。

文老太爷临死前回光返照,有那么几分钟,上帝让他开口说话,他看着一屋子准备听他遗言的听众,说了一句意义完整、情绪正常的话:

小桔子呢?

二

小桔子近来很忙。

他读书读得早,去年大学毕业,分配到《吴郭青年日报》,今年就被大家推举为迎军代表,这种待遇明显有他爷爷和家族的面子。后来他又受吴郭大学邀请,代表他爷爷参加教育界迎大军行列。

他对阿七说,爷爷简直是个精神病,话都不能讲了,还忙着要捉奸。奶奶又不肯抛头露面。家里没个在外面说话的人,现在,我就是了,我代表家族发话。

老太爷死的时候,头上戴着帽子。大太太一边给他整理帽檐一边说,唉,我就搞不清楚,帽子就像你的魂一样。小桔子这时正在帽子店里,为了一顶帽子的颜色和店老板胡搅蛮缠。家里人找到了他,告诉他爷爷的临终遗言,他说,我爷爷,是个悲剧。帽子店的老板快嘴快舌地说,文老太爷哪里是悲剧,他就是个喜剧。

文觉转头问帽子店老板,当悲剧好,还是喜剧好?

店老板狠巴巴地说,宁要人嫌,不要人怜。当悲剧不如当喜剧。最好是正剧,金榜题名,红烛高照,衣锦还乡,前呼后拥。再不济,当个底层人也得有血性,叫人怕三分。

文觉要定做一顶时尚的霍姆堡毡帽,还要淡绿色的。爷爷那么多的帽子中,没有一顶是绿色的。当然全吴郭也没有男人戴绿帽子的,全中国恐怕也没有。绿帽子,只在舆论里有,复活在人们的嘴巴上,虽然子虚乌有,其实无比沉重。文觉现在要挑战世俗世界,为新的世界送上一份大礼。

没有店家愿意给他做一顶绿帽子。

他口若悬河地给店家说他的大道理,再把他的大道理写成一篇文章放在《吴郭青年日报》上,居然赢得吴郭的弄潮儿们一片叫好声。文章大意是说,解放了,必须打碎旧时代的镣铐,破除旧思想的束缚,人是自由的,天地是民主的,在新的社会里,年轻人天马行空,有思想的自由,一切为着破除旧思想、旧习俗的行为都可以尝试。

最后,帽子店好不容易给他从上海定做了一顶霍姆堡式的毡帽,水绿色法兰绒,前面束了一根深绿色宽缎带。

他从家里出来,戴着绿帽子,深绿的缎带迎风飘拂,好不凉爽自在。一路走向大东门解放军举行进城仪式的地方,只有阿七跟在他后面,嘴里还夸着小主人,效果太好啦,效果简直是……后来阿七适时地不见了,文觉的绿帽子后面跟了无数激动的陌生人,绵延数里,声势浩大,滚雪球一般,人越来越多,多到后来,就如满天蝗虫一般,熙熙攘攘地开到了庆祝会场上。解放军还没开进来,他伸长了头颈东张西望一番,忽地身子一低,脚底一滑,溜进去站在欢迎队伍的前面了。阿七这时候又适时地出现在他旁边,嘴里还在说,效果好,太好了……

疯狂的追逐者还在后面朝文觉这边挤,奈何挤不进,发出一片嗡嗡嘤嘤的声音:绿帽子,绿帽子,看看绿帽子……

老方往后面的人群看了一眼,转脸对他说,小伙子,你把半个城市都惊动了。

文觉吃了一惊,老方的眼睛里有股子说不出的凌厉。他把帽子默默地脱下来,藏在怀里。一会儿,满世界红旗飘飘,锣鼓喧天,鞭炮齐鸣,夹杂着庆贺的枪声。老方站在高高的台子上面,身轻气定,红光满面,神仙一样的风姿。

文觉回去的路上,垂头丧气,走过城隍庙,进去看了看城隍老爷,在他面前说了点什么,出来对阿七说,方书记看见我戴绿帽子,气得眼睛都瞪出来了。我刚才给城隍老爷说,姓方的不是个好东西,让城隍老爷惩罚他。阿七说,他是你爷爷的学生,他惹你生气,神也不容他。他说绿帽子不能戴,咱们就戴给他看。文觉说,你虽是个蠢货,但有时候说的话是有道理的。我现在想想,戴绿帽子确实也是跟姓方的赌个气。气是赌过了,挺过瘾,但下来怎么办?我这只小桔子还没红呢,还是青的……方书记是我们父母官,他要是不待见我,那我就得一辈子做一只青桔子。

但老方没生文觉的气,或者生过气后马上消了气。过了几天,他让秘书送给文觉一顶帽子,是红帽子,一顶紫红的毛线编织鸭舌帽,秘书说,这是毛线编织社的女工送给方书记的礼物,方书记转送给他,并且写了一张纸条,上面写着:

进步,进步,再进步。

文觉认为也该给方书记写点什么回礼,于是他写了一个纸条,让方书记的秘书转交,纸条上写着:

方书记,城隍老爷保佑你!

虽说天气已热,过了戴毛线帽的季节,文觉还是戴上这顶红帽子出去招摇了一阵。大街上走了片刻,然后去茶馆喝了一会儿茶。吴郭城的人民马上把红帽子的事传开了,他的绿帽子在这当口理所当然地又被大家传说一遍。

广播电台、报纸都报道了这件事,从绿帽子到红帽子,连学校的老师都给孩子们当故事一样讲述。

事件扩散得很快,文觉就去和大太太,或者叫老太太商量自己该如何面对这顶热乎乎的红帽子。他挥舞着红帽子说,除了老早就参加革命的,吴郭知识界,哪一个都没有我现在这样红火。

老太太问,红火了干啥呢?

文觉说,你是真不懂还是假不懂?你就说爷爷吧,他为啥后来一直疯疯癫癫的?

老太太啥也不说,从枕头下面拿出一方白绢,上面用青线绣着六个字:偏见、迷信、害怕。

文觉推开老太太的手说,你们都说这是爷爷给我的遗言,我怎么觉得这是给他自己定制的呢？

老太太说，啊呀，你被阿七这个江北小孩影响坏了。你不像个大家子弟，倒像街口那个卖糖粥的，油腔滑调没正经。……你到底要不要？

文觉说，不要，我要走我自己的路。你看，新的时代来了，一切都是新的，你们的老皇历没用了。你也不要看不起阿七和街口买糖粥的，不错，他们没有进过学堂，但他们有的是生活的智慧。

老太太扁扁嘴说，好啊，你有什么问题，就去问他们吧。我不管你了。我这个岁数就是安心等上帝把我招去，什么样的时代都和我无关。

文觉说，你们都信上帝，你们看见过上帝吗？相信一样从没见过的东西，是不是愚蠢？

老太太说，世上许多好东西，都是看不见的。

文觉对阿七说，哈哈，老太太输了。

阿七笑嘻嘻地问，输在哪块啊？

文觉摸摸阿七肉乎乎的鼻子尖说，喏，我现在向你讨教帽子的事，就是她输了。

阿七说，帽子？哈，我知道。就是市长给你的红帽子。这好办，咱们在家进门口搭个彩棚，放几挂大鞭炮，轰十几二十个大炮仗，把红帽子供起来，让人参观。一来讨口彩，以后要平步青云，二来咱们也表示支持新社会不是？

文觉说，这个主意合我心意。进步，进步，再进步。我们眼看着就要成为主宰世界的人了。阿七，你去告诉街口那个卖糖粥的，叫他逢人就说我这里供了市长的红帽子，叫大家来看看。

过了半天，文家大门口的八字墙边搭起了彩棚，随着鞭炮碎屑在地上弹跳、炮仗在天空中绽响，各行各业来参观的人员络绎不绝，无一例外地表达羡慕之情、赞美之情,文家大门口洋溢着阳光、坦率、上进的气氛。文觉拿了厨房师傅金水根用的板凳坐在门口,戴着金水根用的草帽,手里摇着金水根老婆用的蒲扇。红光满面,朴实敦厚,乍一看就像金水根生出来的小孩。老太太嫌吵闹,带着夏姨去了花码头镇。

这天下午,太阳快落山了,一个中年男人急匆匆地跑进来,把红帽子看了又看,看完给帽子作了一个揖,过来对文觉说,文长官,请借一步说话。

说完,也不管文觉愿不愿意借一步说话,拉着文觉的袖子,把他拉到角落里,问,你脑子正常吧?

文觉答,正常。

男人问,有什么可以证明的?

文觉说,我爷爷他们,从来也没有说过我智商有问题呀。

这中年男人拉拉文觉的手说,那就好。我叫唐家龙,利华丝织厂的维修工,工人阶级。我早就听说你的大名了,虽然你小小年纪,做起事来却了不得的。今天上门借着看帽子的机会看看你,果然是一表人才,是共产党依靠的力量。但是,街口那个卖糖粥的老头子,怎么说你脑子不正常?

文觉甩开他的手说,唐家龙,天要晚了,我忙了一整天,人来人往,你是国民党派来扰乱人心的?

正说着,头顶上飞过一架国民党的飞机,连机身都看得清清楚楚,飞过之处,天空上就飘落下来无数的传单。

唐家龙抄起一个石子儿,跳起来,叫喊着,作势要朝飞机砸去,跳了一阵,飞机飞远了,他把石子儿重新放回原来的地方,说,这是浙江那边机场飞过来的,那边的机场还在国民党手里。报上说,国民党亡我之心不死,真正是的。说完重新拉起文觉的手说,你看,你嘴巴太"仙"了,就是一个大人物啊,天上的星辰降在人间。你说什么,什么就会到你跟前。走,我家不远。你上我家里去,我给你看一样宝贝。我敢保证你出娘胎没见过这么好的宝贝。

文觉被唐家龙一路拉着,一路问,什么宝贝?到底什么稀奇宝贝啊?

唐家龙就是不说,只是努着嘴笑,死活把他拉到了家里。

进了家门,把他领到西边一个小房间门口,叫一声,唐糖,有客人来看你啦。

粉红布帘一挑,房里应声走出一个人,文觉就像见了太阳似的,眼睛一花,脚步朝后一滑。唐家龙看着文觉笑说道,是吧,是一样好宝贝吧?我没说错吧?文长官。

文觉马上给唐家龙鞠了一躬,说,不要叫我长官。叫我小桔子好了。我的小名叫小桔子,家里人都这么叫我的。

出来的是个大姑娘,一根乌黑沉重的大发辫绕在头上,看上去像年历上那些上海滩大明星,不同的是脸上没化妆,白的肌肤、粉红脸晕、黑色长睫毛,全是天然无粉饰的。大姑娘听了文觉的话,嫣然一笑,露出珍珠一样的牙齿,笑容浮在双颊上,像糖一样甜。

唐家龙说,我只有这样宝贝,从小娇生惯养。养在深闺里,一般不给人看见。所以才有好皮肤、好血气。上个星期她不听我的话,去了一趟公园看荷花,回来媒人踏破门槛,夜里都有小年轻扒在后窗上偷看,还送给她一个荣誉,说她是吴郭第一美。后来我报了警,家里才清静下来。

唐家住在三状元弄,单门独户的一个小院落,白墙、黛瓦、花窗,前后的院子,地面上铺设着镶图小青砖。前后院子,各有一口老井,青石井圈,后院井边长着喜阴的老石榴树,开着红花。傍了一块瘦、漏、透的太湖石。前院的老井边长了一棵喜阳的大牡丹花,花期已过,但枝头上还有两朵粉红的花开着。唐家龙说,这两朵花,就是你们俩。花树边上放着一副白色金山石桌和石凳,石桌边的围墙上,爬了一架凌霄花。

文觉和唐糖相见恨晚,就在院前院后走,走了无数遭。文觉发现,来这里短短几个小时,就比自己生活了十八年的文家还要熟悉。

文觉在唐家吃了晚饭,到了夜里九点钟,整条街道都入睡了,他还在月光底下和唐糖说话,现在说得很深了,不知不觉就说到了一些隐秘的事,譬如灵魂啊、投胎啊……

唐糖问文觉,如果让他重新投胎,他想做个什么样的人?文觉说,做一个征战沙场的大将军,为国立功。唐糖敏感地说,你从小跟着爷爷奶奶过,这是你奶奶教你的吧?我们都知道你爷爷是个软柿子。文觉说,当然,我爷爷……我想起他,心里会痛,他好像靠着帽子生活的。我奶奶年轻时是强硬的,后来局势总在变化,力不从心了,就退回到家庭,人也柔软下来。我和他们不一样,我想跟上时代,做一个强者。你知道的,我家先祖是个读书人,明初从塘沽来到吴郭投亲靠友,没做成一官半职,顺应形势,带人到家乡贩盐给吴郭人,后来发家了,有了钱,后辈们才读书的读书,做官的做官。开枝散叶,门庭光耀。文君也曾当垆卖酒呢。先祖要是食古不化,吴郭也就没有我们这个大姓了。开弓没有回头箭,我们这种家庭的,如果跟不上时代,就是没毛的凤凰不如鸡。

唐糖又笑起来。她总是在笑,文觉对她说,你一笑,世界就开始流出糖浆。

说完,文觉把手探进她的腋窝抓了一把,奇怪得很,她不怕痒,也不想装出怕痒的样子。文觉悻悻地问她,你说说你下辈子投胎想做什么?唐糖笑了一声说,天太晚了,你快回去吧。

唐糖破例夜晚出门,把文觉送到了巷子口。

回过来,见到父亲站在身后,吓了一跳。唐家龙说,我不放心,你们说到这么晚,怕他白占你便宜……都说些啥呢?我听见你们说投胎什么的。

唐糖说,他问我下辈子投胎做什么,我可没和他去说。

唐家龙好奇地问,那你下辈子想投胎做什么?

唐糖说,下辈子投到一个不管我的家庭里,我想做什么就做什么。

唐家龙说,你结了婚,想做什么就做什么,有你当家人管,和我无关。但是现在还得我管。给你找到文家小少爷,算你运气。人家前途无量,不信走着瞧吧。

果然,这年的国庆节前,市里提拔了一批干部,文觉榜上有名,小小年纪升为《吴郭青年日报》副主编。于是他把方书记写给他的"进步进步再进步"纸条裱了框,挂在他办公桌后的墙上。

十月五号的游园庆祝晚会,唐家龙放女儿与文觉一起去看烟花。唐糖回来就和父亲说,他们想结婚了,明年春上办喜酒。她比文觉大一岁,明年她二十,文觉十九。吴郭有儿歌这样唱:小桔子戴绿帽子,市长送他个红帽子,红帽子,好帽子,升官发财靠帽子。想恋爱,想结婚,一齐戴戴红帽子。

文觉结婚那天,收到无数的帽子,算上爷爷给他留下的帽子,有了七八十顶。他特意隔了一间小屋子存放它们。它们分别属于三到四个时代,它们混在一起的气味,杂七杂八,是一份粗制滥造的时间鸡尾酒。

他俩在文家院子里办的喜酒,方书记也派人送了一份珍贵礼物,一套第一版的《毛泽东选集》。双方的亲戚朋友同事,加起来办了八桌,大家推杯换盏,忽站忽坐,说的,唱的,朗诵的,都有。

酒席上有一个不合群的人,不大喝酒,不大吃菜,也不与任何人说话,低着头摸自己口袋里的花生米吃,阴沉着脸,心事重重,不像参加婚礼,倒像来参加葬礼。他引起大家注意了,因为他穿着军装——海军军装。他的帽子端端正正地戴在头上。

文觉指着这个人的后脑勺问唐糖,她含糊地说,一个亲戚吧……

文觉就去给丈人点了一支烟,说,阿爸,今天高兴吧?唐家龙说,哪能不高兴?我差不多就要醉倒了。文觉朝那位海军努努嘴,说,这位是谁?唐家龙兴高采烈地说,这位以前是唐糖的小学男同学。他一直对我们家唐糖有好感,以前老来我家坐坐,送点礼物,也不过是一只鸡两个南瓜之类的东西。后来参军了,就不大看得见他了。你看他衣服上啥也没有,是个小兵。和你没得比的。我去跟他喝酒,让他也醉一醉。

文觉说,告诉你,你女儿敢给我戴绿帽子,我毁了她的容,让她做吴郭第一丑。

唐家龙说,哎呀,没想到你也说得出这种话。阿七,阿七,你过来。是你教唆你家主人……

阿七说,他那用得着我教唆的?他是个了不起的大人物,谁欺负他都是自讨没趣。

文觉也不说话,上去就把那海军头上的帽子扫落在地。那海军跳起来捡起帽子,指着文觉说,你打掉军帽,你犯错误了。这个错误不小的。你走着瞧,有你好果子吃。

文觉说,小兵的帽子,值什么钱?

海军说,我只要告你,你就得坐牢。

文觉说,在吴郭这里,我是地头蛇。你算老几?

海军说,当然在这里我不如你,但是在部队的大熔炉里,我是有光明前途的,不信你走着瞧,看以后是你级别高还是我级别高。

文觉说,打个赌。

海军说,赌就赌。

文觉说,赌吃一堆狗屎。

海军说，就这么说定了。

这时候，大家就拥上来劝海军，算了，算了吧，不就是打落你一顶帽子而已，又没打伤你的人，犯不着让新郎官难做人。

唐糖站在那里，冷眼看着。海军回过身，郑重地给她敬了一个礼，戴上帽子走了，走到门口时，又回过身来看了唐糖一眼。他一走，唐糖就过来挽着文觉的胳膊，笑着悄悄地开玩笑，哟，你打落了人家的帽子，好威风！你是戴不到海军帽子才生气的吧？

文觉瞪她一眼，一把推开她。

深夜里，闹洞房的也走了，屋子里只有文觉和唐糖，红烛高照，寂静无声。

阿七在院子里头喊叫说，这里有大蟋蟀啊。

文觉一听就走了。唐糖在他身后喊，洞房花烛夜，哪有被用人一喊就走的？

文觉一夜没回来，他和阿七先是在院子里捉蟋蟀，后来伙了隔壁拉黄包车小季的儿子，一起出去捉蟋蟀，捉到了护城河外边，看看天快亮了，才想起要回家。

文觉说，这一夜过得好，大自然清新可爱。回家之前，我还得地上躺一会儿，在美丽的风景里想一想以后怎么过，不当悲剧，不当喜剧，要当正剧。

说着他就躺了下来，一分钟还不到，他打起了呼噜。阿七对小季的儿子说，我家少爷，就是这么一个人，得过且过，什么事不朝心里去。你看好了，他是有福的。将来怎么过不需要想，逢凶化吉。

唐糖一夜没睡，一边绣花，一边等他。文觉不是走进去的，是一脚踢进去的，飞起一脚先把门踢开，连人带风一齐窜进屋里。唐糖坐着递给他一把剪刀说，你杀了我吧。

文觉抢过剪刀说,哼,捉了一夜蟋蟀,把我捉得头晕了,没有力气杀你。

唐糖说,一个男同学过来喝个喜酒,就把你气得这样。你不是要移风易俗吗?你不是连绿帽子都敢戴出去张扬?可见你的行为是假的,只是想拿绿帽子换红帽子。

文觉说,就是假的又怎样?我们看将来。

唐糖说,你说过的,你爷爷靠帽子生活。你靠什么生活?

文觉想了又想,说,我没想过这个问题,等我想到了,再告诉你。那么请问你,你靠什么生活?

唐糖说,新中国我们翻身做主人,妇女翻身得解放,我要靠自己的劳动,实现我的人生价值。

文觉取笑她,嗬,你的人生价值是什么呢?

第二天,报社来了一个市府的女干部,直接来找文觉,说,有现役海军赵健夫把你告到方书记那里,说你打落军帽,你从今天开始在家时写检查,群众大会上读,什么时候大家通过了,你再重新回来工作。副总编这顶帽子就脱下来罢,以后再说,这个小鬼——这句话不是我说的,是方书记原话。

文觉愣了片刻,斩钉截铁地说,你告诉方书记,我错了。检查,我写。写多少遍都行,只求大家不要把我打入冷宫坐冷板凳。

女干部严肃地点了点头,她瞧瞧文觉吓得焦黄的脸,捂住嘴笑起来。

文觉想,不好,她笑话我了。

三

文觉不想当笑话,一个人成了笑话,不是喜剧,就是悲剧。一个男人,不能被人笑话,不能让人可怜。

马路对面有个人朝他这边喊,喂,报社,开表彰会,怎么一个人也不来开会?

文觉推开窗户回话,领导全到炼钢一线去啦。

这人说,哦,文老师,那就你来吧。

夏天的蜘蛛网结得飞快,一只毛腿大蜘蛛从他身后的大茶树上降落下来,掉在报社的铁栏院门上,竹针一样左右穿梭起来。一个多小时后,文觉从市政府大院回到报社,一开院子的门,结成的蛛网粘了他一脑袋。他别出心裁地想,哼哼,拿蜘蛛网做个帽子可是时髦的一件事!用竹篾编成帽子骨架,放在室外蜘蛛出没的地方,蜘蛛在上面缠绕结网,大概两天就成了吧。

看门人问他,文老师,你为什么这么高兴?

他说,哼哼,刚才我把方静川整得脸都发白了。

看门人头一缩不见了。

文觉心中不快,顺口骂道,哼,一群小丑。他也不知道这一群指的是谁,想想觉得好像在什么地方听到过的。

文觉刚才去市政府礼堂开新闻表彰会议,在礼堂门口碰到了老方,老方对他说,文觉啊,这么多年来,你好像一点进步也没有。文觉说,多谢你惦记!这么多年来,你不是也没升官?还是我们的书记。

老方边上的一个人怒冲冲地说,是谁叫他来开会的? 谁?

文觉九年前被老方削职检查,后来检查通过了,他却一直没有官复原职,老方好像忘了他这个人。

他拿掉头上的蛛网,走进办公室,把老方的字从墙上取下。这幅字挂了九年了,进步,进步,再进步!进步个屁。男人没有社会上的地位,鬼都不知道你进步要图个啥。他说。

办公室里还有一位女同志,女同志抬起头问他,你为什么骂方书记是个屁?

文觉说,人,都是一个屁,活着是一口气,死了就是一个屁。

女同志说,你是不是唯心主义了?就是屁,也有本质上的不同,我老家的人常说,地主老财吃的是鱼肉,放的屁就是荤屁,穷人苦人吃的是清汤淡菜,放的是素屁。修行的人只喝露水,放的是清屁。我问问你,你想放什么屁?

文觉认真想了一想,说,爱吃鱼肉,是人的天性,谁喜欢成天吃清汤淡菜?露水?别谈了——我就放荤屁吧。

女同志一下子笑得前仰后合,指着他说,你这么老实啊?你太老实了,难怪你昙花一现,这么多年默默无闻。

文觉说,你认识我吗?你叫什么名字?

女同志说,我不告诉你。哈哈,我来了三天了,你正眼都没瞧过我。你娶的是吴郭第一美人,所以对女同志都不拿正眼瞧。

文觉想起三天前,这个女同志是总编陪着进来的,不声不响地老是坐着,总是在笔记本上记着什么。他仔细看了她一眼,三十几岁模样,肤黑皮糙,穿得很朴素,裤子膝盖上打了一个补丁,只有一头乌油油的短黑发很出众,水波一样地晃。

文觉对她说,去,给我拿一瓶热水来。

女人把文觉上下左右打量一下,清脆地说,你也有两只手,不会自己去拿?

文觉听她这么一说,觉得她是有道理的,就去传达室拿了一个热水瓶。回来时,那女人还在笔记本上记着什么,听到他进来,头也不抬地说,剥削阶级家庭出来的人,就是和我们劳动人民不一样。

文觉问她,你是和我说话吗?

女人抬起头,又把他上下审视一番。文觉说,你老是看我裤裆干什么?女人赶紧又朝笔记本上记下什么。文觉见她行动古怪,潜到她身后,一把抢过笔记本看了一眼,只见最后一行写着:文觉这个人言谈粗俗,说……

文觉放下笔记本,回到自己的位子上坐下,泡上一杯水,呷了一口,说,你记这个?好没意思。你是哪条线上派来的?我喜欢胡说八道,报社的人都知道。再说我是真的不怕老方,你告到哪里都没用。

女人把最后一页撕下来扔进废纸篓里,笑着说,我是瞎写呢,练练字而已。你不要多心。我要回去了,我知道你家和我家是一个方向的,我真心诚意地邀请你与我同行,好吗?

文觉想,这位女同志不坏,性格大方,思维敏捷,喜欢说笑,有点趣味,头发也长得好,同行就同行吧。

文觉结婚快九年了,还是第一次与女同志并肩同行。虽说他不喜欢她膝盖上的补丁,但人家也是个清清白白的女子,更有肩上乌发水波一样地摇晃。两个人一路走,一路说说笑笑。这女同志叫马爱思,父母亲在吴郭,她才从外地调回父母身边。二十九岁,尚未结婚。

马爱思说,我还是想问问你,为什么要骂方书记?

文觉说,他毁了我的梦想。

马爱思这次没笑,侧过脸,专注地盯了文觉一眼。文觉说,别这么看我好吧? 难道你又要朝笔记本上记了?

马爱思从包里掏出笔记本,乱撕了一大把下来,扔到河里,说,你看,我向你表个态度,以后我就不记了。一个人不能成为喜剧,你成了喜剧,就是人家茶余饭后的笑谈。

文觉说,我觉得我自己吧,一会儿是个喜剧,一会儿又是悲剧。

前些年文觉闲着没事，撮合了小路和小菊兰、夏姨和小季两对夫妻。夏姨和小季结婚后，文觉把西边的房子分给他们住了，没几天，小季就砌了一道围墙，与大家隔开。等到小路和小菊兰成亲，文觉又把前边的厢房分给他们住，没几天小路也学着小季的样子砌了围墙。文觉本来还想给二太太吴银斗做个媒，这下子不敢了，把吴银斗送到花码头镇与大太太做伴。阿七这厮，做了人家的上门女婿，说好生了孩子，姓丈人的姓。但他老婆一怀孕，他就反悔了，把老婆哄着拉着投奔了文家，文觉把后院里的柴屋和储藏室都给了他们。他们照例在后院子当中拦了一道墙，不过却开了一个月洞门，夫妻俩平时从月洞门里进出，照顾文觉一家的生活。

文家的大门现在开在东边小巷子里，门一敲，里面屋子的人就听见了。开门的是阿七，搀着文觉和唐糖的五岁儿子文定。阿七说，唐主任今晚在家里。

他说的唐主任是唐糖，吴郭市妇联副主任。她结婚后去了妇联工作，因为工作出色，官路一路顺畅，前些天刚提了副主任。

文觉赶忙对马爱思说，再见吧！

马爱思笑嘻嘻地跟了进来。阿七说，人家和你说再见了，还跟着干啥？

马爱思还是笑眯眯地站着不动。

阿七叹气说，今晚家里真正热闹了，来了一个客人，又来一个客人。

唐糖闻声出来，脸上红红的，光彩照人。一看见马爱思，上来就拉住她的手说，大驾光临，什么风把你吹过来的？我真是三生有幸啊！来来来，我这里正好也有一位贵客，你来见一见。

文觉跟着两个女人进了屋子，沙发上坐着一位穿海军军官服的男人,那人见了他,满脸笑容地站起来,向他伸出右手。文觉见了他,两手垂下,双眼一低,退出门外。

这是唐糖的海军男同学何健夫,和他赌吃狗屎的那位。

文觉出了大门,一个人漫无目的地走。

狗日的……时代! 他悄悄地骂。

但骂人是没有用的,骂时代更没有用。游逛也是没有用的,他还得回家去。

被时代抛弃的人,不配有家,他一进家门就感觉到了。

唐糖和马爱思坐在沙发上,两人膝盖上都摊放着笔记本。海军坐在她俩对面的椅子上,手里也拿着笔记本,正在读着什么。三个人用的笔记本竟是一模一样的。文觉身边没有笔记本,就去拿了一张白纸,一支铅笔,搬了一个小板凳,装模作样地坐在边上一起学习。

何健夫,上尉。他向地方上的同志通报海军整风反右运动的情况。

过了个把小时,他收起本子站起来,两个女人也一齐收了笔记本,一齐站起来,一前一后朝门口走去送他,文觉心里好没趣,朝床上一歪就睡着了,一睡就回到了那一年和爷爷回吴郭的时候,日本兵荷枪实弹地站立两边,爷爷搀着他的手,走着走着,爷爷的头从肩膀上滚了下来,爷爷自己还不知道,只管前行,他不敢说,回头去看爷爷落在后面的头,只听爷爷的头对他说道,我的帽子呢?快把我的帽子拿来,没有帽子,我算什么人呢? 他吓得哭起来,说,爷爷,不是帽子,是头。

文觉在梦里一哆嗦,差点把尿漏出来,醒过来一看,唐糖坐在藤椅子里,披散着头发,抚摸发梢,看着他若有所思。文觉说,哎,做了一个噩梦。唐糖说,我看你一直在噩梦之中。文觉说,出了啥事? 唐糖说,刚才来的这位,是方书记的侄女儿,在省里工作,最近省里派她到文化新闻教育一头蹲点摸情况。其实你见过她,我们结婚的时候,她跟着方书记的秘书来送东西。文觉说,她长得这么丑,我怎么记得住她?唐糖说,她为什么要看你裤裆?你那裤裆是金子做的?

文觉说,开个玩笑,有什么关系?

唐糖说,这是阶级感情问题。

文觉说,不管哪个阶级,总要上床吧?

唐糖晃晃悠悠地过来,走近了他,突然出手,抽了他一个大耳光,说,老说自己满肚子知识?满肚子屎吧。还说为国效力?做梦去吧,知识分子的轻浮浅薄,我看你将来死在什么地方都不知道。

文觉更不打话,翻身穿起衣服,走到后院门口,一片声地叫阿七给他整理衣服送到报社,他今天要在报社过夜,明天去花码头镇看二位奶奶。

阿七果然给他把被子衣服送到报社了。

阿七对文觉说,唐主任让我给你带个话。第一,赶紧写个检查给报社领导,深刻反省自己灵魂深处肮脏的东西,请求宽大处理。第二,如果不能过关的话,不要连累她。

文觉说,阿七,她居然敢打我耳光?

阿七笑起来,说,少爷这么问真是让我浑身高兴。

文觉说,阿七,我把墙上方书记的字拿下来了,你给我扔到外面的垃圾箱里。我辛辛苦苦地挂了这么多年,他也没给我官复原职,我还是一个平头百姓。

阿七说,要是我,早把字拿下了。

文觉连夜写好了检查,与自己的请假条放在一起,第二天一大早,坐上小船去了花码头镇。二太太吴银斗在门口坐着看鸟儿,见到他以后,让出自己坐的椅子,告诉文觉,大太太神志不清,时好时坏,现在正在睡呢,一天到晚老睡,睡不够的样子。正说着,大太太出来了,见文觉,惊问,你是谁?这么眼熟。文觉说,我是你孙子文觉,小桔子。大太太说,什么小桔子?我不认识你,你到底是谁?文觉好生无趣,一声不吭地走了,大太太追着他一直到镇口石牌坊,在他身后凄厉地喊,你到底是谁?然后对二太太小声说,我知道是这小猴子,就是不想认他。二太太说,罢了,你想要他怎样?大太太说,我不想要他怎样,就是不想见他。他和他爷爷一个样,我受够了。

文觉坐在船上,一路看水波翻动,突然,他想明白了,奶奶是不愿认他这个孙子。这个世界里没人需要他。

他心里一酸,眼前一黑,"咕咚"一下滚到水里去了。等众人七手八脚地把他捞上来,再把他身上弄干,也就到了城南大码头了。

下了船,碰到一队敲锣打鼓的吴郭大学游行队伍,他们群情振奋,高呼口号,庆祝吴郭大学也炼出了铁水,他站在边上看,看见了队伍中几个熟人,越发伤感,想,时代是把他抛弃了,但在什么时候抛弃了他,到底是什么原因,他还闹不明白。也许就是那顶绿帽子开始,也许就是老方对他反感开始。想当年,他是吴郭城的风向标,他的思想、趣味,就是整个吴郭年轻人仿效的榜样。

他恍恍惚惚地看着人群,想到过去,想到自己的未来,浑身打了一个寒战。如果他还有将来的话。他想。绝不能像爷爷那样成为一个笑话,哪怕成为悲剧,也比笑话强。

他没有回家,去了报社,傍晚的报社,一个人也没有。他找出自己写的检查,撕个粉碎。泡了一杯茶,想了半天,然后下定了决心,拿出一沓稿纸,开始写一封检举揭发信,他揭发的是吴郭市委书记方静川,他前天听了赵健夫和马爱思的反右运动工作汇报,知道扳倒一个人不需有实际的罪行,只要说他政治思想不正确就行。他想来想去,想到去年听总编私下嘀咕,说老方有一次说,日本侵略者是可恨,不让中国人进庙拜自己的神仙,要让中国人拜他们的天照大神。

他这样写道:……他方静川这样说的目的,就是提倡新社会的中国人民都去拜牛鬼蛇神,其用心险恶,十恶不赦……我国人民只崇拜敬爱的党和毛主席。

写完,浑身一阵轻松,他不禁苦笑起来,没想到给一个人编织子虚乌有的罪行会有这么大的快感。他对自己说,你是个混蛋啊。……但至少是个混蛋。

检举信一式三份,一份寄给市委,一份寄给省委,一份寄到北京中央组织部。三份信的后面,他都郑重地签了自己的名字,十年来,他第一次感到自己的姓氏又有了举足轻重的价值。

第二天是星期天,他回到家里,儿子和唐糖刚吃完早饭。唐糖朝他微微笑了一下,进去拿了手提袋出来。文觉问,你又上哪里去?唐糖说,我去理发店老王家里剪个头发,头发太长了,影响工作。文觉拿起饭碗,说,不许去,你就是想让老王的手在你头上摸来摸去。他们的儿子文定嘴里嗯嗯啊啊地发出声音抗议,唐糖把儿子哄着进了里屋。出来时,文觉已经吃完一碗饭,速度之快,令她不禁笑起来,她说,好吧,那我不去老王家里,你让阿七把老王叫过来,我在家里剪头发。

文觉斜睨了她一眼,说,有一件事,比你的头发重要多了,我揭发了老方,是真的。我签名了,寄出去了,你过几天就会知道的。

唐糖吃惊地说,哦,啊,呀……

她嘴里虚应着朝后退,退出房门,朝巷口的部队医院走去,一会儿她回来了,对文觉说,你不要吹胡子瞪眼,我老实和你说,是去打电话的。我让马爱思想想办法,能不能把信拿回来。

文觉说,恐怕你们是商量着怎么把这件事告诉姓方的吧?

唐糖迟疑片刻说,对,我们是商量的。

文觉说,鹿死谁手还不知道哩,你们商量也没用。

唐糖说,你还不明白,反右运动斗争的对象是谁?

一会儿,马爱思来了。她一进来,就与唐糖抱在一起,文觉倒笑起来了。然后。她们围着文觉,问他写了些什么,文觉一五一十地把检举信的内容说了一遍。他很喜欢看唐糖和马爱思紧张的表情,马爱思不停地点着头,就像颤抖一样,……对,像某种特定时候的颤抖。文觉带着恶意这么想。唐糖咬着下唇,把丰满的下唇都咬出了血,这使他更想入非非了,他恨不得把她们抱在怀里,一起滚到被窝里。恍惚中,他觉得自己是个英雄,边上二位美人,是配给他的战利品。

马美人说,唐糖,你看吧,你只有离婚这一条道了。

唐美人说,是啊。我真的没想到他这样胆大包天。我们吴郭的知识分子,历来温文尔雅,谦和忍让……

她还没说完,文觉就打断她,说,至少在我这里,和以前不同了。

没多久,方书记正在开一个重要的会议,上级给的右派名额,分配到各部门,各部门都表现出部门保护主义,全都用不完,客客气气地退回了用不完的名额。方书记就召集了各大部门,一个部门一个部门地重新过场。说到新闻单位,老方问,报社还空出几个右派名额?去开会的报社领导回答说,三个。老方说,分一个帽子给文觉戴戴吧,他们家几代人都喜欢戴帽子。

文觉就这样当了右派。

文觉当右派,全吴郭都笑开了花。

因为当右派，要戴帽子，戴一种似帽非帽的玩意儿，大多数的情况下是纸做的，有时候是一只脸盆，有时候又是很写意的，一把扣在头上的扫帚或其他充满想象力的东西。它们是实体，可又是那么虚拟。它挟风带雨而来，使命却是让风雨摧毁它，它如此矛盾，却又高度统一。

居委会的主任来通知文觉，明天是吴郭的地主、富农、反革命、坏分子、右派分子大游街，他由街道统一安排，一起出发。主任是位女同志，腋窝里夹着一只布包，手里拿着本子，一边沾口水掀纸张一边反反复复地说。她的安排很详细，几点起床，几点去街道办事处集合。说完她朝文觉一笑，说，累死了。我走啦，还有几个游街的要去通知。看她的神情，好像是去通知看电影的。

屋里冷冰冰的，住着他房子的那几家人，夏姨和小季、阿七和他老婆、小路和小菊兰，他们突然消失无踪。

这些狗东西！

文觉骂。

昨晚上，他写了一幅字，拿到他的办公室准备贴起来。老门卫不让他进去，他说，我还没被报社开除工作，怎么就不让进去了？

老门卫说，谁知道你进去干什么呀。搞了破坏不得了的。

他就拿出写的宣纸给老门卫看，他知道老门卫不识字，就念给他听：偏见、迷信、害怕。

老门卫听了一挥手，说，你写的是什么呀？你至少写个毛主席万岁呀。别进来了，走吧走吧。

文觉手里捏着宣纸，流下了眼泪。

此时，儿子与唐糖在沙发上玩一只浑身油光光的独角仙，文觉问唐糖，你怎么这样高兴？是不是与你的海军准备结婚了？

唐糖说，你是你，我是我，我为什么不高兴？我也不准备再嫁人了，新中国好多女同志一心为了工作,都不结婚。我把何健夫介绍给了马爱思,他们要结婚了。

文觉说,那你还不找地方哭一场?

唐糖说,算了,你还是好好想想等会儿游街的事吧。

文觉说,我已知我的命运,我不怕。要死的话,我希望死期早点来临。

他戴帽游街的时候,万人空巷,来看他头上新颖别致的纸帽子。别人的纸帽子全是白色的,上面用黑墨写上某某,反革命或破鞋或败类,他的纸帽子刷成了绿色,上面用红色的漆写着:文觉反革命吃屎派。

"吃屎派"三个字写在后面,好多人看了前面,又去看他后面,一看就笑出了声。一群一群的人指点着他,说着他的往事,说着说着都笑。

文觉想,不好,不能让人这么笑我。

于是他抬头大骂,老方,老方,你是个混蛋。你是个缩头乌龟,你有种出来。他一边喊,大人孩子一边跟着他,不断发出阵阵惊叹声,时不时的有人喝彩。

老方在路边的一幢房子里看到这一切,不由叹气,对身边的人说,你看看,他害我,反而成了英雄。

一大批人游了两个多小时的街,最后走到城北火车站广场上停下,露天上搭了大台子,台子正中放着一张青翠可爱的大荷叶,荷叶上放着一大泡牛粪。看见台子上有这等内容,人群再度沸腾。大家要看文觉如何吃屎。有人在下面叫,文老师,笑一个。

文觉一看见独有自己面前放着牛屎,有点恍惚地问边上的人,怎么是一堆牛屎?不是说好了一堆狗屎吗?

他又叫喊，老方，有种出来。

老方的吉普车也跟着游行队伍到了火车站，歇脚在车站贵宾室。贵宾室外面就搭着批斗的大台子，但他不是来主持批斗会的，他马上要去省里开会。听说台子上的牛屎，他笑了一声，看看手表，火车还要半个多小时才来，于是出门，去了台子上，领着大家喊了几句口号，唱了一首歌颂毛主席的歌。然后准备走，走之前对大会组织人说，把牛屎就拿掉吧。

老方领唱期间，文觉突然认出台下有许多熟人，原来大家张着嘴唱歌的时候，面目毕露。他的老婆、同事、朋友、街坊都在，马爱思和她的海军何健夫，还有阿七之流，更奇的是，他居然见到了大太太和二太太，他们都在唱，于是文觉也卖力地唱。唱完他听到老方说，把牛屎拿掉吧。

他拿掉头上的纸帽子，一个箭步上前捧起牛屎，劈头扔到老方的脸上，朝台下的大太太叫道，奶奶，我只能做到这个地步啦！

台下人群如潮水般涌动起来。这时候不知道哪里飞出了一只蝴蝶，优雅地飞在人群上空。

文觉斜眼看着台下，想，谁还笑话我？谁还可怜我？

他一手指着台下，说，谁敢欺我！

他的声音淹没在巨大的喧嚣声里。

马德里的雪白衬衫

马德里停下脚步四处张望。一街茂密的生气勃勃的梧桐树,暗黄的灯光从树叶间打下来,照着空无一人的长街。他长长地吸了一口气,仿佛是惆怅的,又是欣喜的;心里装着的幸福好像是满满的,一转念又空了。总之,年轻男人马德里的这个夜晚患得患失,分外复杂,因为他正在惦念一个名叫郑碧霞的女人,他感受到的东西与正常人不大一样的。

虽说大街上空荡荡的,他还是忍不住举止诡异地隐到一棵梧桐树后,从书包里掏出一件白衬衫,打开来在月光下面端详。

这是一件崭新的衬衫,有着新鲜的略显僵硬的折痕,散发着淡淡的化学剂味道和衣料单纯清洁的香味,表明它刚从厂里到国营的商场里,再从商场的柜台里到郑碧霞的手上。郑碧霞没有骗他,确实是一件没有穿过的男衬衫。她说她昨天刚给丈夫买回来,丈夫三天前到乡下探亲去了,她还没来得及告诉丈夫呢。

郑碧霞的声音软绵绵的,带着一些颤音,有些像老旧的电影里失真的声音。马德里每回听到她的声音,就会喘不过气来。就是现在想起来,他还是又激动,又害羞。

树叶间除了灯光照射下来,还有一丝丝夜雾游了出来。马德里靠在大树上,捏住白衬衫,一会儿把它放在狂跳的胸口上,一会儿把它放在发烫的脸上。一九八一年的秋夜，没有熙熙攘攘的人群，没有铺天盖地的霓虹灯。所以，空间很大，非常寂静，足以让马德里无所顾忌地对一件白衬衫抒发激情，他胡乱地哼哼了一句："白衬衫啊！白玫瑰啊！"

他不记得自己曾经这样放肆过。

但是问题来了，马德里看见白衬衫的领口上有一排黑点，他看得仔细，这是圆珠笔的笔痕，有六个，每一个有绿豆那么大，整整齐齐的，看得出描它们的人当时是用心的。马德里用手指头轻轻地按住它们，轻微的湿润，还有着新鲜的弹性。凑得近一些，鼻子里闻到一股圆珠笔的笔油味道。他听到了郑碧霞咏咏的笑声。

马德里面色灰白。白衬衫落到了地上，它面目刻板，透出无比的阴冷。在月光下，显得比月光更白。

走过来一个中年妇女，看样子是刚下班。马德里站直身体，眼神直勾勾地盯住中年女人，他有心问问这个面善的陌生女人：郑碧霞为什么要在衣服上画六个点？中年女人一碰到他的眼神，吓了一跳，急急忙忙地绕开他，回头看了一眼，嘴巴里下意识地对自己说了一句："谁都不要相信？"

马德里也吓了一跳。

马德里带着白衬衫回了家。他的一大家子，父亲和母亲，哥哥和嫂子都坐在客厅里。他抬头看着他们，问："你们怎么还没睡？"他清清楚楚地听到自己的声音是颤抖的。

他的父母哥嫂都不吭声。马德里突然明白一件事，最近，每当他晚上回来时，不管有多晚，大家都没有睡。是的，他是家里的主心骨，他的前途关乎大家的前途。

马德里走到自己的屋子，他的嫂子跟进来了。他对嫂子说："友琴，你让爸妈去睡。"嫂子叫友琴。友琴说:"他们回房睡了。爸爸让我对你说,要珍惜自己。"马德里轻轻笑了,低下头说:"原来你们都知道了。"友琴说:"世上没有不透风的墙。"马德里想了一想,说:"那好,我给你猜一个谜——一个女人送给一个男人一件白衬衫,是昨天才买的,为什么领子上有六个圆珠笔画的点。"友琴的脑子转得飞快,伶牙俐齿地回答:"有三个人会破坏这件新衬衫。一是这女人的丈夫,二是这女人的孩子,三是这女人自己。我知道这女人没孩子,这女人丈夫三天前到乡下去了,因为他的干妈死了。剩下来的答案你知道,是这女人自己糟蹋了这件白衬衫,她给了你一件新衬衫,心里又不太情愿,所以在领口上画了六个点。"

友琴说完,看也不看马德里,马上就走了。她走到屋外,悄悄潜到窗口,马德里的窗边长着一棵石榴树,眼下正是满树果实的时候。透过石榴树望进屋去,她看见一幅令人不愉快的画面:马德里捂着脸,使劲地憋住呜咽声。

过了两天,马德里在夜色掩护之下潜到郑碧霞家,从屋后的窗户里看到,屋子已经换了主人,是一对带着孩子的年轻夫妻。马德里敲开大门,这对说着浙江话的夫妻告诉他,原主人已搬走了,这房子现今他们租用着。至于原主人搬到了哪里,他们一点也不知道。马德里一面点着头向那对浙江夫妻致谢,一面嘴里说着毫不相干的话:"原来如此,原来如此。"他身体摇晃了几下,那对小夫妻四只眼睛瞪圆了,担心地看着他,怕他会晕倒在自家门口。

回到家里,马德里在日记上写下三个字:为什么? 他再翻开一年前的某一页日记,上面也写着三个字:为什么?他记得很清楚,这是他第一次看见郑碧霞的日子,那天是"五一"国际劳动节,市政府组织了一批"劳动模范"到大礼堂做报告,他错过了来接他的汽车。大礼堂就在不远处,他还知道他是最后一个做报告的人。所以他就走着去了。走着走着,他碰到了郑碧霞。郑碧霞倚在梧桐树上,用手绢扇着脸,脚下放着一只大竹篮子,里面五花八门的菜,一副刚从菜场里出来的模样。确切地说,马德里先是看见篮子,然后再看见郑碧霞的脸。那张脸红着,但是表情很丰富,既焦虑又期待,叫人一看就明白。马德里是个劳动模范,助人为乐是他的本分,他二话不说上去提起篮子。

很巧,郑碧霞的家就在大礼堂边上的小巷子里。他把郑碧霞的篮子一直送到她屋里。其实他没有进门,但他不知道为什么,把自己的工作单位告诉了她。过了几天,他收到郑碧霞的信,邀请他到她家里去,为了感谢他,她包好了馄饨在家里等他。

马德里居然去了。吃了她的馄饨,他浑身不舒服,因为郑碧霞的勾引那么明目张胆。他在回来的路上对自己说:“马德里啊马德里,她说下次还要请你吃馄饨,如果你再去,就是一个没有道德的小人。”他记得那天的气候极好,太阳光极亮,简直想把什么东西都照透。他像喝醉了酒,迷迷糊糊地不切实际地担忧着一些事,譬如太阳的野心,还有人的野心,等等。

下回郑碧霞又写信请他吃馄饨。郑碧霞在她的信笺上洒了一些香水,还画了一颗小小的人心。马德里皱起了眉头,忧心忡忡,呆呆地看着这颗心,对郑碧霞产生了一丝恨意。但他居然又去了。这一次,他认为郑碧霞包的馄饨很好吃,以前他总认为他妈妈包的馄饨是最好吃的,现在看来他的想法是可笑的。

这就是马德里与郑碧霞认识的过程。

在这之前,马德里认识过无数的女孩子,他是一个十分理性的男人,从未迷恋上任何女孩子。她们总是太单纯,像一杯白开水一样乏味。郑碧霞也单纯,但她不是白开水,不会等着别人主动去喝。那些女孩子们除了乏味以外,每个人还有一些让马德里无法接受的缺点。郑碧霞也有缺点,譬如她有事没事爱拿根牙签剔牙,有时候莫名其妙地咻咻而笑,在人不注意的时候,眼神突然会凶狠地一闪……这些缺点,马德里统统都能接受。他是如何接受的?这是一个谜。

马德里合上笔记本,木然地坐着,他根本不知道为什么。

马德里的哥哥叫马赛。

马赛走到马德里的屋里来了。马德里忧郁地对哥哥说:"如果一个女人,送了你一件白衬衫,却在领口里面用圆珠笔画了几个点,这是不是说明她不爱你?"

马赛坐在马德里边上, 皱起眉头思考这个问题, 最后他认真地回答:"我不知道,女人的心是奇怪的,有可能她是爱你的,有可能她是不爱你的。但是现在她躲藏起来了,你已经找不到她,爱不爱的就不再重要了。我求你不要再想这个问题,还不如及时为自己筹划将来。我来就是告诉你,你嫂子给你安排了一个女孩子,叫萧雅,是个大学生。跟你嫂子一样,也是在妇联工作的。你最好见上一面。"

哥哥总有哥哥的严厉。

马赛走了。马德里把白衬衫从书包里掏出来,再看一眼衣服领口上那六个污点,冷静地仔仔细细地把它折叠好,放在衣橱的最下一层,用了许多旧而重的衣服压在上面。他清晰地知道,这辈子他不会穿这件衣服。

马德里很快结婚了。他是我们巷里乃至区里的大人物,他的婚事也就是我们的大事。巷子里许多人都请了假不上班,到他家里帮忙、道喜,或者看热闹。新娘子就是妇联工作的萧雅,此时她坐在一张"实现四化"的招贴画下,微微低着头,不说话,她算得上漂亮,和眉顺眼的,一副温柔的模样。女人们拥在新娘子面前,逗她说话,想看看她的牙齿。她很知趣地配合着笑了一笑,一嘴的石榴籽小白牙,十分好看。所以,女人们都说,这个新娘子没有架子,性情好,会做人。

参加婚礼的大人物来了许多,小汽车把巷子都堵住了。这也难怪,马德里是何等样人物?他是轻工系统的省级劳模,他的几项发明得到过中央首长的夸奖。光凭他经常到省里和北京去开会,我们就明白他的前途不可限量。有那么一天,他会坐在大人物中间开会或接见外国人,而我们就在电影正式放映前加映的新闻短片里看到他。

马德里的父亲喝多了几杯,站在门口朝看热闹的人大声嚷嚷说:"当初我给他们弟兄两个一个起名叫马赛,一个叫马德里,多少人背后骂我?骂我自不量力,敢把人家的首都拿来做名字,是猪八戒的鼻子上插葱——装象。现在你们知道了吧……"话没说完,忽然人群里有个男人大声说:"他收心了就好,人家说他勾搭有夫之妇,没有道德。"马德里的父亲一下子酒吓醒了,张着嘴喘息片刻,勉强问道:"谁?谁在那里瞎说的?"

说话的人已经走了。

马德里的父亲讪笑着,对围着他的人说:"我儿子是个意志坚强的人,不会乱性的。"

再说马德里,他在喧闹声中暂时忘了郑碧霞,面对着一屋子贺喜的人,他笑得有些难为情,心里仿佛是愉快的,而这种愉快是熟悉的。白天过去,到了灯光通明的新婚之夜,马德里对新娘说:"我不算个粗人……但是我真的不懂女人。你是在妇联工作的,你一定知道许多人间的真理。"

冰雪聪明的新娘子萧雅马上严肃起来,摆出一副聆听问题的态度,说:"你有啥搞不懂的问题,尽管说,兴许我能回答你的问题。"

马德里问:"如果一个女人,她送了你一件白衬衫,却在领口里面用圆珠笔点了几个点,这是什么意思?"

萧雅的脸色变了,她先替自己想了一想,然后再考虑了马德里的问题,回答说:"第一,她确实想送你一样东西;第二,她想留一个纪念。"

马德里"噢"了一声,不知道明白了什么,扔下萧雅,一个人跑到院子里抽烟沉思去了。夜深了，马德里坐的台阶上洒了一层清露。萧雅拿了马德里的外套，走过来披到他身上，坐在他身边说："我知道你心里有一件事解不开。谁都会这样的。你有什么事尽管对我说，相信我，我会替你解决所有的问题。"马德里心里有些惊讶，说："你真心这么说？……你会后悔的。"萧雅拍拍他的手心，笑着说："和你赌一百块钱，看我是不是会后悔。"马德里不由得高兴起来，说："那就赌两百块吧。"萧雅说："行！我应战。但是你要答应我一个条件，你心里的事情不要对任何人提起，只对我一个人说。"

新娘子这么说，马德里还有什么不答应的呢？

马德里和萧雅是在秋天结婚的，两个人一起度过了新鲜的秋天，度过了有趣的冬天。等到和煦的春天过去，理应是艳丽的初夏，因为意外的一件事改变了颜色。

那天中午，马德里的师傅过生日，请了他的朋友和徒子徒孙们去家里喝酒。师傅家的小方院子里摆了两桌，一桌是师傅师娘和他们的老朋友，一桌是师傅的徒子徒孙们。马德里是师傅最得意的徒弟，师傅看待他有时比儿子还亲。所以马德里的那一桌上，他就理所当然地成了喝酒的靶子。年轻气盛的人，闹起酒来不可收拾，马德里是个酒量很大的人，也经不住大家轮流劝酒，宴会快结束时，他终于喝醉了，嘴里胡言乱语，就像换了一个人。他用力拍着桌子叫大家安静，不许说话，听他一个人讲故事。他说："有一个男人喜欢上了一个女人，特别特别地喜欢……"他的一个师兄红着脸反驳："什么特别特别的，要举例说明。"师兄这么说，马德里马上想起一件事，有一次，郑碧霞似是开玩笑地对他说："你是大名鼎鼎的劳模，肯定收入不止这些，我要你给我买一条足金项链。好不好？"马德里自从爱上郑碧霞以后，每个月的工资有一大半花在她身上,这次他不敢问家里讨钱,就去卖了一次血,给郑碧霞买了一条金项链。郑碧霞很高兴,说:"你看你看,我没看错人……"

马德里虽然喝醉了酒,但脑子里尚存一线理智,这件特别特别的事快到嘴边时忽然中止了。他的师兄很不高兴,也拍着桌子恼火地问:"不行不行,讲话怎么讲到一半就没有了?"马德里说:"没有了。"师兄说:"好的,你不说拉倒。"马德里说:"有一个男的,爱上了一个女的,特别特别地喜欢。有一次,那个女的要搬了,想摆脱这个男的,就把男的叫到家里去,说,我们相好了这么长的时间,你对我这么好,我从来没让你碰过我。我今天有些后悔自己的做法,我铺好了床在等你……"别人又吵闹起来了,师兄着急地说:"快讲啊!他们要打起来了。"马德里说:"这个男的说,我要的是你的真心。女的叹了一口气说,心有啥值钱?心会变的。快来吧!这个男的又紧张又害羞,就走了。那个女的从家里追出来,拿了一件白衬衫给他,吃吃地笑着说,这是送给他的礼物。后来……"他没有讲完男的女的,桌子上的师兄弟们就乱成了一团。眼看着再也无法讲下去,他生气地走了出来,带着六个点的疑问走出师傅家门。

师傅住的地方是一片家属区,马德里很快碰到了一位厂里熟悉的一位大姐。大姐好心地把他扶到墙边坐下,赶快到隔壁的烟纸店里给马德里家里打了电话。萧雅慌忙赶来时,看见大姐歪着身子,马德里坐在地上,捉住大姐的一条胳膊,头埋在大姐的手上,哭得很伤感。大姐有些傻气,冒冒失失地对萧雅说:"你是他的爱人吧?你快去给他买一件白衬衫吧!他的白衬衫上有六个污点,不能穿了。"

萧雅把马德里扶回家,守在他的床边,一夜没有合眼。她知道自己犯了一个错误,她低估了马德里,马德里太固执了。她也才知道,马德里心里的事情没人能替他整理清楚。当然,她愿意等他清楚的那一天。她爱马德里。她没见到他时就爱了。

马德里第二天醒来，萧雅口气有些严厉地对他说："你答应我不对别人说的，你对了许多人说。你不信守你的诺言。"马德里烦躁起来："我也没有要你一定信守你的诺言。"萧雅哭了，说："我真的很好奇，她到底是个什么样子的女人？"马德里认真地想了一想说："她是个表情和内心都很丰富的女人。"萧雅擦掉眼泪，赌气地说："好吧，既然这样，让我去替你搞明白，这六个点到底是什么意思。"

阴天，光线暗淡均匀。在这样的阴天里，有的物体是亮的，有的物体是暗的，亮与不亮全靠自己本身的资质。譬如红砖，在阴天里显得比太阳下还要明亮。但是沾了湿气的瓦片是天底下最暗的东西。深绿的广玉兰叶片也是暗的，但它树叶间朵朵大白花，在阴天里就像一团一团白光。还有一样东西是暗的，那就是人的脸，马德里喝醉酒的第二天没有上班，萧雅也请了假在家里，她睡着或醒着，脸都是暗的。马德里的心是暗的，暗无天日，无边无际。

第二天，下着雨。萧雅打着雨伞出去了。她走的时候与马德里没有说话，晚上回来时，与马德里说话了。说："我知道送给你衬衫的女人搬到哪里去了。我把她的地址告诉你吧。"萧雅是妇联工作的，她若想知道本市一个女人的底细是易如反掌。马德里眼睛看着萧雅，脸上现出惊恐，说："我不要她的地址。"萧雅问："你不想知道一些事情的原因？"马德里说："说不清楚的。再说那跟她无关。"萧雅无精打采地说："你莫名其妙。你是不知道她，我是不知道你。"

其实马德里从结婚那天起就不想再见到郑碧霞。

马德里不想见郑碧霞，但萧雅想见。

郑碧霞是怎样一个人呢？郑碧霞今年三十二岁了，不算年轻。但她说话做事儿都很悠闲，加上没有生育过孩子，所以时间到了她的身上好像放慢了脚步。她身材偏瘦,脸上却多肉,嘴唇与眼睛看上去肥肥的,松弛而懒散, 散发出孩子气的撩人的味道。她的内心也像孩子一样浅浅的,什么事情都不朝深里想。关于精神上的东西,更与她无关。不爱精神的人,肯定是爱物质的。她身上偶然有一点凶狠和智慧,全是关于物质的算计。丈夫林阿大和她一样没有家底,工资也少,偏偏也与她一样喜欢钱。一个偶然的机会,郑碧霞碰到了一个愿意为她花钱的男人,这男人上门与林阿大认了干兄弟,源源不断地拿东西给他们,大至照相机、自行车,小到一条咸鱼,两双丝袜。当然郑碧霞和林阿大最终要摆脱他的,摆脱他的途径很多:搬家、给脸色、下最后通牒。这个男人通通不吃这套,他花了这么多钱,想要得到郑碧霞的人。于是郑碧霞约他到家,正要上床,早就埋伏在屋后的林阿大带着几个弟兄冲进来了。一顿拳打脚踢,这个男人再也没敢上门。

这是一个极端的例子。接下来的若干事例几乎都是和平解决的。郑碧霞和林阿大的感情也很好。他们同舟共济,没有理由不好的。

第三天是星期天。上午十点钟,萧雅走着去见郑碧霞,她到底年轻,对即将到来的见面有些怯场,一路上盘算着说什么话,怎么开场,怎么结束。她还得着重说明白,她是为了心爱的人才上门的,她要问一问郑碧霞:你有什么理由在白衬衫上画六个点?这有多伤人?你知不知道马德里为了那六个点过的是什么生活?萧雅想到这里,眼泪不由自主地流了出来,不得不在墙边站了一会儿。

她按照调查来的地址径直走至一间屋子,这屋门大开着,好像欢迎大家随时进去喝茶聊天儿。萧雅一脚踏进去,看见一个白皙丰满的女人坐在椅子上剔牙,镇定地若无其事地看着进来的陌生人。好像有谁在耳边提醒萧雅,这就是郑碧霞了。与一路上盘算的内容恰恰相反,萧雅看到郑碧霞,忘了自己的身份,顾不得体面,站在屋中间大叫:"来人啊! 救命! 骗子要害人哪! "

郑碧霞慌忙站起来,这种场面她还没有经历过。她扔掉牙签,朝后面大叫:"阿大,阿大。"叫了一阵没人答应,后面有个门,林阿大肯定出了后门赌钱去了。

萧雅一鼓作气,上前打了郑碧霞一个耳光。可也奇怪,这一个耳光一打,郑碧霞倒不慌了。萧雅也冷静下来,找了一个椅子坐着,反客为主。郑碧霞抱了胳膊,一只手捂在脸上,等着萧雅先开口。萧雅指着郑碧霞的脸说:"告诉你,我是马德里的妻子。我是市妇联的。我问你话,你老老实实地回答,要不然的话,我打个电话叫派出所来人。"郑碧霞这才放下心,她不怕回答问题,她也看出来萧雅不是个难对付的角色,她虚张声势罢了。看到萧雅,她想起马德里傻乎乎的作风,脸上差不多要笑了。"好吧。"她油滑地回答,"你有啥事只管吩咐。"

萧雅想问的事十分的多,他们怎么认识的,怎么交往的,又是怎么结束的……但她对马德里有过承诺,她首先要问的是,郑碧霞为什么要在白衬衫上画六个点?郑碧霞无所谓地回答:"我不过随手画画。这有什么? 难道它不能穿了? "

这句话,萧雅一直没有告诉马德里。她仅仅告诉马德里,她见过了郑碧霞,别的什么也没说。现在说什么都是无意义的,她回家一看到马德里的脸色就明白了这一点。她在马德里放旧衣物的柜子里找到了那件领口上描着六个点的白衬衫,白衬衫确实是崭新的,有着略显僵硬的折痕,散发出淡淡的化学剂的味道,它一次也没有被穿过,却历尽伤痛。

萧雅看过了白衬衫,把它放好。她收拾了自己的一些东西,回娘家住了。临走时,她对马德里说:"一个人静着心,试着不要再想那件白衬衫。你想通了，我就回来。"马德里苦笑了一声，笑得极苦极苦。

这句话一说就过了二十多年，这二十多年的时间里，萧雅始终住在娘家，她不想再结婚，所以也没有提出离婚。她远远地守着马德里，坚定地固执地守，好像很明白自己要等什么。马德里和她一样的心情，不想离婚，也不想让任何女人靠得太近。他们把这种奇怪的生活过得像正常人一样，有时候会见个面，也是百感交集的，感叹两个人之间总有一个厄运梗着。

马德里，他没有像我们期望的那样飞黄腾达。虽说他后来也做了厂长，但是这个职位与我们期望的相距太远。关于他的私生活，关于他的职务升迁问题，我们这些邻居中有许多猜测。事情的真相如何，除了他和他的家里人，谁也不知道。但是我们欣喜地看到，马德里没有示弱，他每天步行着上下班，几十年如一日，身体轻捷，脸上的神情始终是平静开朗的。

他只是不想示弱而已。

二〇〇五年的"五一"国际劳动节，马德里晚上从厂里回来，经过路边的一片草地时，意外地看见一只白色小家兔一动不动地伏在草地上。它的头颈和耳朵受了伤，一对红宝石一样的大眼睛温顺地看着马德里。它来历不明，又楚楚可怜。马德里把它握在两手之间带回家，小白兔看上去非常信任他，一动不动地窝在马德里的手心里。到了家里，友琴见了这只小兔子，童心大起，说："我们给它弄个纸箱子放着，放院子里。我们再给它起个名字，叫小雪好不好？或者叫白雪，好不好？"马德里淡淡地打断友琴说："它叫小霞。它要住我屋里。"说完就捧着兔子进屋去了。友琴气得翻翻白眼，说："它要住你屋里？是它跟你这么说的？笑话！当心是一只兔妖，夜里出来吓你……还小霞呢？谁不知道你在惦念……"

马德里根本不去理睬友琴的话。他非常喜欢这只小白兔，每天早晨醒过来的第一件事就是吹一声口哨,把小霞唤到床边,抚摸它柔软的温暖的大脑袋。他侍候小霞时简直像女人一样细心,菜叶子都要消了毒才给它吃,还给它搔痒、梳毛。小霞喜欢吃馄饨里的肉馅,马德里从此后只吃馄饨皮,把肉馅都给小霞吃。白天他上班时,小霞就躲了起来,什么人都不见。一听到他的脚步声,小霞就像一只小狗一样蹿出来迎接他。一个月后,马德里晚上散步时就把小霞带在后面了,半年之后是冬天了,马德里让小霞睡在自己的枕头边。

小霞没有活过冬天,这是大家都没想到的事。

小霞的死源于马德里在一个冬夜里做的梦。这个梦是黑白色的,很乱,很简单。黑白色的女人们一个又一个无穷无尽地走过马德里面前,马德里肩负着评价女人的使命,平时无法说出口的话尽情地说了出来:荡妇、淫妇、泼妇……每走过一个,他就要说一句坏话,他筋疲力尽,焦虑而沮丧。这个梦复原了他生活里深藏的一种黑暗,他喘着气醒了过来,一时间对自己的生活丧尽了信心,跳起来一头撞到了墙上。声音在宁静的冬夜里十分地响,住在隔壁的母亲先醒过来,马上推门进来,打开电灯。马德里在灯光中一眼看见了小霞,它醒了过来,若无其事地只顾努嘴,一只爪子放在嘴边。他发了狂,抄起小霞跑到院子里,把它扔到井里。母亲跑出来,扒着井栏,伸长了头颈朝水里看,井里面很安静,哪里看得见小霞啊?

马德里在井边站了好长时间,看上去他对自己的行为十分吃惊。他回屋去穿了衣服,深更半夜的就到厂里去了。第二天上午,厂里的书记打电话到家里来,说马德里自己要求出差到北非去。他脸色不好,精神也差。劝他不住。

母亲听到马德里出远门的消息就哭了。这边,友琴倒高兴了,悄悄地给萧雅打了个电话,说:"萧雅,告诉你一个好消息,他把小霞扔到井里淹死了。看上去他心里的事彻底结束了。"萧雅的想法与友琴不同,她伤感地说:"啊?没想到他还是这样!"友琴着急地问:"他怎样了?"萧雅冷不防被友琴问糊涂了,她细想一下,是啊,马德里心里是怎样的,谁说得清楚?他自己说得清楚吗?

萧雅与友琴说完话就到马德里家里来了,她看望了马德里伤心的母亲,把小霞从井里捞起,埋在马德里窗口的石榴树下。光秃秃的石榴树上还挂着几只老石榴,不知是回忆青春茂盛时,还是在等待明年花期,萧雅暗地里落了一阵眼泪,在埋小霞的地上放了一张纸,用石块压着,上面怨恨地写道:小霞之墓。害你的那个人心里充满仇恨,我们都忘了他吧!

马德里出差了半个月,回来了,气色和精神看上去都不错,还给大家带回了礼物。他说,他在南非碰到一位有名的心理医生,是个中国人。心理医生诊断他有焦虑症、抑郁症加狂躁症……总之,病不少,但吃一些药就好了。母亲和父亲暗地里都喘了一口气。萧雅留下来的那张纸早就给母亲扔到垃圾桶里去了。但是友琴快嘴快舌地告诉马德里:"是萧雅埋了小霞啊。萧雅多好的人啊!这样的女人这辈子错过了,你就再也找不到了。我知道有一个男的追了她十几年了,她为了你一点都不动心的。"马德里点着头说:"是啊是啊,她确实是一个可爱的人!让我给她打个电话去吧。"

马德里一个电话打到萧雅的住处,萧雅在那头优雅地问:"谁啊?"她听不出马德里的声音了。马德里心中一震,觉得大事不妙,只好报上名字:"是我,马德里。"萧雅这才听出是马德里的声音,她突然变了一个人似的,声音急速变换,几乎是叫喊起来:"马德里,你完了!你这辈子没法解脱了。我想通了,我后悔了。我不会再等你。"马德里赶紧安慰她说:"我有病。我会好的。我在吃药。"萧雅狂乱地说:"你把药扔了吧。你吃啥药都没用,心病要用心药治。你的病就是那件白衬衫。你把白衬衫烧了吧……不,不,不要烧,烧了你也不能好起来……"马德里无话可讲,只好说:"那么……我们结婚那天打过赌……你输了,输了两百块。"他听到萧雅"啪"地扔了电话,根本不理会他的幽默。

萧雅从未对马德里发过火,事后证明,这是第一次,也是最后一次。

没过几天,马德里就收到萧雅用圆珠笔写得认认真真的一封信,她先抱歉说对不起。这么多年,她终于想通了,不再追究马德里是否爱过她。她得到了解脱。她准备接受一份健康人的正常的爱,那个人无怨无悔地等了她十几年了。现在,请马德里与她去办理一下离婚手续。只有解除了婚约,她才能安心地和别人谈情说爱。马德里"哼"了一声,讥讽地自言自语:"等了你十几年还算正常?我看这世上的男人都差不多的——都有病!"他用手机给萧雅发了一个短信:信收到。同意你的做法!他忽然有些舍不得萧雅。他咬住牙,好不容易忍过了一阵难过。

他们办了离婚手续。不到一个月的时间,马德里就收到萧雅的结婚请柬。萧雅结婚的那天,马德里真的去了。他站在人群外面,看见萧雅神清气爽的脸,庆幸她终于解脱了。她的男人看上去也是个好人,微微有些害羞,额头上冒出一片急促的油汗。他被萧雅轻轻一推,就主动过来和马德里握了一个手。他握着马德里的手,用力一捏,好似说你的事我都知道了,好好活,伙计! 马德里被他捏得心里又是一酸。

到了四月份,马德里查出生了胃癌,住到医院里做了胃切除手术。住进来时天还是冷的,做了手术没几天,天气就热了。友琴在家里把马德里的箱子翻了一遍,大大咧咧地把看到的衬衫全拿来了。然后,她让管理病房的小护士去叫一个护工,马德里换下来的厚衣服应该是护工拿回去洗的。友琴以前还给马德里洗衣服,随着年纪大了上去,她精力衰退,不再给马德里洗衣服了。有空的话,她宁愿晃荡着两手,跑到社区的公园里找老大妈们说三道四去。

护工由病房的小护士陪着进来了,友琴不在。马德里突然醒了,他听到小护士和另一个女人一边翻检着他的衣服,一边商量着哪件衣服应该洗,哪件衣服不用洗。两个女人的声音他都无比熟悉似的,就如置身家中,周围全是亲人们。他微微抬起头,一眼认出了郑碧霞。

郑碧霞做了护工了?她骗来的钱财到底是不护日子的。她五十好几了吧?完全不见了以前的风采,头发干燥花白,胡乱一把扎在脑后。曾经多肉的脸现在像风干的枣子,瞧着人的眼神是疲惫的,退让的。她那时候如何的尖利刻薄?如何的滋润轻佻?原来她也是个凡人!

现在,郑碧霞挽起了袖子,露出青筋毕露的胳膊,听从小护士的指挥,一件一件地把马德里的脏衣服放进一只大布袋里。窗帘被风吹得轻轻鼓起,马德里恍惚觉得自己也被风吹得鼓起来了。他感觉前所未有地好,就像重生一样。就在刚才,他认出郑碧霞的一刹那,心中如释重负,原来他明白了一件事:他并不恨她!

安宁重新回到他的心里。他简单、轻松,可以原谅自己了。

他向郑碧霞招招手。他招手的时候有些犹豫,就像年轻时那样,略略感到害羞。郑碧霞来到他的面前。他看着她的眼睛,吃力地一字一字地对她说:"我原谅……"原谅谁?他的话郑碧霞根本没有听清楚。她经常会见到这样的病人,想对她说什么,结果说也说不清楚。她给他掖了一下被角,提了装满脏衣服的大布袋子走了。她不知道,她的布袋里还装了一件白衬衫,一件从未被人穿过的白衬衫,领口上有六个污点。小护士翻开这件衣服时很惊讶:它是干净的,看上去还是新的,但领口为啥这样糟糕呢?她随手把它扔进了郑碧霞的布袋里,命令道:"好了,都拿回去洗吧!洗得干净一点,一个污点也不能有。"

亲 人

某天，何湘在一条小巷子里见一群人，中间站着一位七八岁小女孩，眼泪鼻涕一齐下，哭着嘟囔，要妈妈，要妈妈。何湘停车，摇下窗子，问一看客，她妈妈哪里去了？看客们摇头，说她妈妈早就没了，去年在这条路上被大卡车碾死，她经常跑过来哭，要妈妈，要妈妈，不停嘴，像念经一样。

何湘到了家，把车子停到车库，熄火，关门，背了包进门。脱鞋时一低头，脸上掉下一滴水珠，沉甸甸的，里面像是包含着什么惊人的元素。一摸，竟是一手的眼泪。何湘想，哦，我是有妈妈的，只是八年不曾相见了。她十六岁那年为避免与妈妈相见，来到现在这个城市独自谋生，平日里只计较如何生存，忘了自己还有个妈。后来靠着一些亲友互通消息，母女俩也都知道彼此的近况。但对何湘而言，仅止于知道，她从不朝心里去。

今天不同，一夜时睡时醒。

早晨天未亮就起身来到后院，石榴五月花开，到九月里红熟。后院的这棵石榴，即使在夏天，也只有下午两点过后才晒得着一些太阳。亏得它喜阴，也结了这么多的果子。这果子也红熟，只是到了国庆过后才渐渐地晕红。何湘记得妈体魄寒虚，年年立秋过后就会喉痒咳嗽，吃什么药都不见好,一直要咳到冬至前后。她今年春上偶然听了一个偏方,说是石榴籽煎汁可治咽炎,不知为什么记在心里了,想来就是为了今天的念想了。当下采了几个,取出籽,煎出一小砂锅的汁水,提着上了城北火车站。

坐了一个多小时的火车,何湘就到了吴郭市,她妈妈居住的城市,也是她的家乡。这城多山,满眼葱绿,妈妈长住在群山之中的一座古佛寺里,与尼姑和尚一起参禅、打坐、缝纫、农耕。

出了火车站,上了出租车,何湘把砂锅紧紧抱在怀里。司机浑身的香烟味道,一开口,更是让人不愉快:"你紧抱着那东西干什么?怕我开车摔了你的好东西?我看你还是把东西放到地上吧。"她没回答。司机遂粗鲁地问:"什么东西啊?骨灰啊?"

到了目的地,从车窗里一眼望见那座高高的山峰和寺院,何湘心里涌起不祥的慌乱。一路上她对司机的话没有表示动静,这时候把一张二十块钱甩到司机脸上,司机一脸反应不过来的样子。

山下有几家简陋的饭店,她选了一家清静少人的坐下,要了一瓶黄酒,自饮自酌的味道一向喜欢,今天却滋味不佳,心中忐忑,不住眼地瞧山顶上隐现的寺院。不一会儿就吃了半瓶。这时走过来一个和尚,口袋里的手机响,他就坐到饭店门口的长条凳子上与对方说话,缠夹不清地说了半天才放下。也许是说累了吧,他坐在凳子上不走了,抬头看天。

何湘问他,师父,你是山上寺院里的吗?

他回头看了她一眼,神情倨傲。

何湘说,我找一位居士,法名叫兰坚。长住在寺院里的。

和尚说,兰坚死了。

他与何湘说话倒是言简意赅的。但他的话何湘无论如何不相信。和尚看何湘脸现愠色,便站起来要走,转回头与她说,我是听说兰坚孤身一人，只有一个女儿。我看你眼泪下来了，像是她亲人。你哭哭啼啼的先不要上山，就坐在这里等着，我上山去叫一个人和你说话。

过了有半个小时吧，一个五十多岁的女人找过来，也不问就坐到了何湘的身边，两只眼睛盯着她，而后眼光落到砂锅上，解开塑料袋，开了盖子一闻，称赞说，好香好香。她的声音轻柔急促，显得有些做作，她的眼神何湘也不喜欢。仅出于礼貌，何湘回答她，这是石榴汁，我煎了给我妈喝的，她咳嗽。

女人叹了一口气，说，哎哟，你还记得你妈咳嗽？……你和你妈长得真像。可惜她喝不到了。三个月前她在寺院里圆寂……她当真有福啊，不声不响地就去了。按了她的心思，没通知别人，当天火化了放到山后的灵塔里。她一身的毛病，又没钱，又没亲人来看她。死后的事全是寺院里给她办的，还做了道场。……你要不要上山去谢谢主持？

听了这女人的一番话，何湘冷笑了一声，不去，她毫不犹豫地说。

女人声音硬了一些，那，那你还不谢谢我？你妈后来都是我照顾她，她死了，我给她念了一个月的往生咒呢。

何湘不吭声，只喝酒。

女人无奈，复又恢复轻柔急促的声音，说，你和你妈一样，爱喝酒。你妈后来断了荤腥，就是断不了杯中酒。这样吧，我也不要你谢了，你跟我到后山的灵塔里去看看你妈的骨灰。

何湘脸色青灰。

女人叫喊起来，哎呀呀，真是没见过你这样的女儿，今天开了眼了。阿弥陀佛。罪过罪过。

她如坐针毡，片刻就站起来走了。她离开的那个地方，何湘看了一眼，好像还能看出空气里含着她的不满和伤心。

秋天自然是天高云淡的，阳光赤黄可爱，满山青翠欲滴。何湘扔了酒杯,放眼看去,全是凄惶。

　　何湘在小饭店里坐了一个下午,不知不觉天黑了。天黑了,她倒觉得自己有点醒过来了,小饭店后面开着栈房,六十块一晚,她要了一个房间和一瓶标识可疑的白酒,开了瓶盖,身体歪倒在床上,一口一口地就着瓶口喝。她是从不喝白酒的,她不喜欢白酒的泼辣劲头,喝它的时候,她总是想起妈妈和她之间水火不容的关系。但是今夜这白酒竟然如此美味,她敢肯定,没有它,无法消磨掉今夜。

　　忽然有人敲门,虽然轻微,间隔也长,但是不屈不挠,门廊里有别人到处走动的杂声,她就大胆地去开了门。门边站着一位三十岁左右的男子,那种让人无法记住的人,相貌和穿着都普通,看上去老实,还有些拘谨。他看到何湘醉醺醺的样子,不由得朝后退了一步,退得匆忙,脚步不稳。何湘便来气,大声问,怎么? 怕我吃了你?

　　他小心地看着何湘的神色,赔笑,说,你来了?!

　　何湘没听懂他的话,但她又流下了眼泪。今天来的路上,她总是想着"你来了"三个字。见了面,妈妈问,你来了? 然后她回答,我来了。

　　何湘回答他,我来了。

　　他又问,你什么时候来的啊?

　　何湘没好气地说,我早就来了啊。

　　男人上来搀扶,把她扶到床上躺下。他没有关门,把门虚掩着。何湘在床上问,你是什么人? 你是不是想占我便宜?

　　他一边给她泡茶一边体贴地说道,你不要多心,没有占便宜这种说法,你情我愿,是互相的。你为什么喝了白酒?哦,你这样哭,是有伤心事吧? 你有什么事想哭就放开来哭一场吧,我在你身边呢。

　　他泡的茶水温度恰好,喝到胃里比温暖略多一些,正好可以醒醒她麻木不仁的胃肠。

何湘喝了一口,啐他,你怎么知道我想哭?指指门对他说,你走吧。

他说,好吧,那我出去了,我就住在你隔壁,右边那间。你要是有什么事拍拍右边的墙就行。

他关上门走了,走进隔壁的屋子。右墙那边响起电视的声音,声音很轻。这墙不太隔音,也许他是怕打扰到她吧?何湘到处摸索,白酒不见了。除了刚才进来的他,还有谁会这么关心她呢?她想,不行,没酒我怎么过掉今夜呢?前面的饭店已经打烊,山前山后不是一个热闹的地方,一到傍晚就四下无人了,不会再有卖酒的地方。

她毫不犹豫地敲击右墙,她一敲,墙那边电视没了声音,是在确定声音的来源,还是思量着什么。何湘又敲,他听到了,回敲几下,但没有过来。何湘感到他在犹豫,过了十几分钟他才来到何湘的房门口。何湘打开门后,他更是让开一段礼貌的距离,拘谨地问,有事吗?

何湘不想问他为什么这样拘谨起来,只是朝他一伸手,酒。

哦,哦。我去拿给你。他忙不迭地去隔壁拿来她喝剩下的半瓶白酒,放在地上就回自己的房里了。他匆忙回避的态度令何湘不解,但她不计较,她的心里只有酒。躺回床上,喝一口,呛了出来。酒离开她前后不超过半小时,这酒味变得无比凶猛,就像藏了一把刀子。何湘觉得这酒被妈妈的灵魂下了咒语。

她仰天喊了一声。酒是不能再喝了,石榴汁还在,她捧起砂锅,一气喝下半锅,这东西刚到肚子里又从喉咙口回了出来。去年的八月十五,何湘独自去了海宁老盐仓看大潮,潮水果然汹涌,看的时候不觉得厉害。现在她知道了,人的心里也有涨潮的时候,心潮澎湃的时候,一样凶猛无比。

有敲门声。开门，是他。

何湘问，你来了？

他说，来了。

他给她倒酒，白酒倒在茶杯里的声音沉闷凝重，和白水完全不同。这种微妙的感受让何湘莫名心酸，一刹那她涌起询问他名字的欲望，旋即又打消了这个念头。萍水相逢，要知道名字何用？他也不问她的名字，应该是想到一块去了。何湘喜欢这样，互不相欠，比牵牵扯扯的干净。

何湘喝了一大口，把杯子放到他嘴边，让他喝。他闭紧嘴唇不喝，何湘一个劲地用杯沿按他的嘴。他喝了一大口，呛了。他看来不会喝酒。对不善于喝酒的人来说，最好的方法是再给他喝一大口，这样他就会爱上酒，酒也会爱上他。何湘用杯子再一次强行打开他的嘴，逼着他再喝了一大口。他像傻瓜一样愣在那里，何湘摸摸他的脸，滚烫，他眼睛里涌动着潮水。呵呵，他笑了一声，笑声不太正常，但颇为放松。然后他问何湘，你到底来干什么的？他语气挑衅，完全没有了刚才的拘束。这种说话的语气多好？把一个平庸得有些卑微的男人衬托得富有光彩了。

何湘指着他，你先说，你到这里来干什么的？

两个人你看着我我看着你，忽然就看得彼此心热难当……

大约过了一个小时，他才有空回答何湘。他说，他在网络上结交了一批朋友，加上他一共是三男三女，大家结成了三对恋人，相约今晚在这里见面。刚开始他以为何湘就是他结成对子的那位，后来见了另外两对，才知道他的那位因为临时有事没来。

你来了？！

我来了！

问的和答的都欣喜，只是搞错了对象。错了又何妨？世上所谓正确的事，往往是海市蜃楼。错误的事，反而成了日常。

何湘沉吟，问他为什么把如此私人的事告诉她。他说，应该告诉你的呀，我们，我们……一夜夫妻百日恩，我们现在是亲人了呀。

何湘不禁冷笑说，难道我们刚才搞了一下就成了亲人了？

他惊诧莫名地看着她，你用词好粗俗哦，难道不是吗？

何湘说，有这么大的意义吗？我们不过是搞了一下，弄了一阵，日了一会儿，操了片刻……

他倒慢慢平静了，说，我猜你受过伤。告诉我，谁让你受这么大的伤害？

何湘对着他说，滚！

他就去摸裤子，慌慌张张地穿衣服。何湘朝他扔过去一样什么东西，他头一偏躲过了。她看到盛酒的玻璃杯碎在地上，哦，原来碎的是杯子，他完好无损。碎片激起了心中更大的怒火，她拍床怒叫，我最讨厌一夜情，我最讨厌网络上搞那些男女关系，别以为睡了一觉就可以占有我，想也不要想。

他穿好衣服，显得有点底气了，捋捋头发轻声说，不想理我？那就随你的便。

他走到门口时，何湘又叫起来，你敢走？

他停下脚步说，我知道你不会让我走的。你不让我走，我一定就不走。请放心。

何湘愣了半天才无奈地问，你到底是什么人？

你到底是什么人？

何湘被自己这句问话震惊了。想，这么说，我还是关心他的。可是我凭什么关心他，就凭刚才和他睡了一觉？这一觉睡得意义不大，只是把她紧绷的情绪放松了一点。刚才两个人折腾的时候，她还抱着希望，希望是一场山崩地裂的情事。可是他们除了拘束还是拘束,并且拘束到了无所谓。何湘的脑子里后来想着酒,就像睡在丈夫身边,想着另一个环境里的情人。十六岁那年,何湘离家出走,十七岁她开始过成年女人的生活,男人们在她的生活里来来往往,数一数,双手数不过来,加上双脚,也还数不过来,可是她若数一数真心快乐的次数,一次也没有。因为从来没有,所以不甘心,更勤快地换人。男人们拿她毫无办法。她靠着他们有了一切,只有她自己知道一切皆是虚无。

他听了何湘的问话,站在门边朝她傻笑。

她看他傻笑,不知为何心里轻松起来,同他一起傻笑。

她拍拍床,对他说,过来,别怕,我们说说话。

他听话地坐在床边,两手垂在身边,神情和举动都像个店小二。何湘对他说,我现在就叫你小二吧,好不?

他说,随便你。

你叫我小三吧,好不?

他还是说,随你便。

小二爱小三吗?

秘密。他回答。

那你觉得小三爱小二吗?

秘密。他不假思索地说。何湘心里一动,这才发现他的镇定自若很吸引人。她扫了他一眼,看来他不是寻常之辈,他是个有内涵的男人。那么他为什么会约了网络上认识的人来此度夜?

你到底是什么样的人? 她问。

他笑笑,说,这是秘密。

你有老婆吗?

这是秘密。

你做什么工作?

秘密。

究竟为了什么出来……

秘密……

他最后说,我是什么样的人无关紧要。你想和我好,我就和你好。你不想与我好,我也遵命。我一见到你,就知道你是个特别有故事的人,你还是说说你自己吧,我洗耳恭听。

何湘便沉默不语,从十六岁起,她就不再向任何人倾诉,所以她没有朋友。到现在再让她倾诉,比登天还难。

小二,她说,不说了吧。

到后来还是说了。

小二问她,小三,你现在最想干什么?

何湘想了想,心里觉得没意思,双手一个劲地摆,不说了,不说了……

小二拉住她的手,说嘛,不要这么紧张。你想干什么,我都满足你。

何湘说,小二,你真好。……我刚才突然闪了一个念头,希望你驮着我走来走去。我妈驮过我一次,感觉很舒服,很安定,让我一直记到现在。

男人二话不说,一蹲身,就把何湘拽到他背上了。屋子窄小,他只能迈着小小的步子绕床走,他的步子很奇特,小小的步子,慢慢地左右晃动,就像一只小船一样。何湘伏在他背上,蜷成一团,眼睛合起,恍若成了妈妈怀中的小婴孩。她迷迷糊糊地感叹,哎哟,从来没有过这么……快乐。有那么一刹那,她听见自己的心跳了,窒息、紧张,但是愉悦,虽然稍纵即逝,她还是敏锐地捕捉到了准确的信息,她便想,是想说了。既想说,就说吧。……快说吧,过了这一村就没那个店了。

她开始说自己的故事。她说完以后,发现他停下步子了。摸摸他的眼睛,他是哭了,真的是哭了。她看到了泪水,内心前所未有的安静,身心安泰。她就安心地在男人的背上睡着了。

第二天中午她才醒过来,身边没有人,敲右手的墙壁,也没有人应声。她洗净了头脸和身体,背了包走出门,感觉就如新生,这些年的怨怼和仇恨,好像从来没有发生过,她看看走廊里四下无人,就在小二住的房间门口跪下,磕了一个头,说,小二,谢谢你啊!

……她从此没有再见过这人,也不知他的姓名。

她在小店里吃了一碗粥,除了腌黄瓜和麻油拌木耳,她什么也没要。吃完这些,她径直去了后山灵塔,找到了妈妈的骨灰盒,办了一些简单的手续,把它带回家了。放在自己的床下,睡觉的时候,两个人无语相伴。回想往事的时候,总不忘了对床下的妈妈说一声,对不起!这是小二教会她的,所以她念及小二的时候,总说,小二谢谢你啊!

她变得容光焕发,精神气十足。即便她穿着普通随意的衣服走在大街上,还是会引来不少注意的目光,她微笑的眼睛和嘴角就像鲜花一样绽放在灰蒙蒙的天空下。她不无炫耀地想,我就是一个引人注目的女人,我要好好地生活,我的未来是广阔天地。

可不是,世界就是一张纸,轻轻一捅就破了。在破裂的地方她看到了真相,这真相就是爱。

这样过了一个半月,何湘发现小腹部隆起了,用手摸、按、揉、拍打……预感不对头啊。急忙去药店里买了早早孕试纸,连试了两次,都是阳性。

她扔下试纸,开了电脑,以小三的网名给自己开了一个微博,发出

第一条寻人启事，这是一个公事公办的寻人声明：找一亲人，我叫他小二，他叫我小三。小二，你在哪里？速与我联系。

第一天没有任何回应。她紧接着在第二天又发出寻人启事：小二，小三找你。你是小三在这世上最亲的人，她找你有十万火急的事。

有一些无聊的网民回应：十万火急，要么借钱，要么讨债。

一位网名叫小陆曼的感同身受：小三，你是怀孕了吧？找个正规的医院打掉吧，我就是这么干的。

过了一个星期，网上留言还是乱七八糟来凑热闹的，没有一丝一毫小二出现的迹象。

她忍不住就给那位"小陆曼"留言：我一直在治疗月经不调。我是干枯，有时候半年也不来一次。来了，也是敷衍了事，打个马虎眼，两天不到就结束。医生说我很难怀孕，没想到和他在一起就怀上了。我想找到他，希望他说，留下这个孩子吧。

写下这句话以后，她浑身打了一个寒战，太像了，她和妈妈怎么走到一条路上去了？

这不是晦气吗？她又想起以前对妈妈的种种恨，妈二十三岁结婚，结婚七年没有孩子，后来怀上了她。这是一个私生子，按妈的说法，是老陈强奸了她，但人家老陈说，胡说八道，你是主动送上门的。大不了算通奸，况且只有过一次。

老陈和他的女人生了三个孩子，加上私生子何湘，是四个。何湘和妈妈家在街头，老陈他们家住在街的后头，三个孩子吃得好，神情都像小狼一样，没人敢惹。爸妈在何湘没出生时就离了婚，因为妈一定要生下孩子，说她得胎不易。

街头街尾住着，老陈和何湘妈妈彼此都摸清对方的来往路径和时间，从来没有打过照面，因为不想见，所以井水不犯河水。何湘七岁时，她这一对亲爹娘才碰着面了,且有她在场。这次见面彻底改变了两家人的生活。

这次见面何等丑陋,妈妈拉着何湘的小手,劈面见着老陈。她没想到老陈今日肚皮疼,提早下班,没从巷底的小路回家,从巷子口进来了。老陈当然也没想到这天下午何湘在学校拉肚子,弄得裤子污秽了,老师打电话给何湘妈妈,她就提早把孩子接回家了。

老陈看到母女俩,一愣,情不自禁地瞄了何湘一眼,赶快收回目光。何湘妈妈看他要逃,忽然心有不甘,鼓起勇气喊道,老陈,你看这孩子长得像不像你?

老陈说,我,我肚子疼,我要回去了。

何湘妈妈上前拉住他说,你肚子疼,来,来,我给你揉揉。她说着就低下头,一手揪住老陈的裤带往下捋,一手使劲地朝肚皮处钻进去。她摸索到了老陈粗糙的肚皮,这地方是温热的,熟悉的手感和温度,一下子引出了她的眼泪。老陈不提防她现在如此泼辣,不断地后退,时退时进地到了家。何湘妈妈紧跟着进了屋,说,你肚子疼,你女儿也肚子疼,你们是一家人。她把何湘放在一只高木凳子上,说,你今晚就在这里吃,吃好了再回家。她指着何湘说,你不要回来,家里没东西吃。你要是不吃就回家,我揍死你!

何湘说,妈妈我裤子有点脏。

何湘妈妈说,没关系,你们一家子都脏。

这凳子很高,何湘坐在上面,双脚悬空。陈家的三个孩子,两男一女,沉默地在她周围走来走去,像看一个犯人似的。不一会儿,陈家的女孩捂住鼻子,唔,臭死了。一个男孩找了一根棍子,挑起何湘的衣服问,你拉屎拉在身上了吧?另一个男孩就用脚踢何湘坐的凳子,幸好老陈的老婆走了进来,喝道,不要踢。男孩说,她身上臭。老陈的老婆盯了何湘一眼说,让她臭好了,不关我们的事……这凳子可是我们家的,踢坏了还要修的。

这顿晚饭何湘是在老陈家吃的,老陈的女人把她赶到天井里一个人吃。何湘吃了晚饭回到家,妈妈问了她许多话,吃的什么粥,什么菜,家里人怎么说话,最要紧的是老陈说了哪些话,他是高兴还是不高兴。何湘说,老陈对她说,你一来,我们家做什么都快了一拍。说话快了,吃饭快了,连拉屎也快了。妈妈说,好,好,就是要让他们不自在。

妈妈这天十分高兴,给她洗澡,上床前还给她梳了头发,并且亲了她一下。亲完后,她把何湘驮在背上,像小船一样摇,把何湘摇得满心喜悦。然后妈妈对她说,明天你还去老陈家里吃晚饭,放心,他家不会赶你走,他家怕我告他哩。我要是告他,他就当不成干部了。

何湘从此天天晚上到老陈家里去,坐到天井里,一边做功课,一边等晚饭吃。上了初中后,老陈就让她上桌子吃。妈妈还是每天晚上必定问她老陈家的情况,事无巨细,她必定听得津津有味,或感慨点评,或粗言怒骂。初一刚上完,有一天晚上,她按例去老陈家吃晚饭,老陈家门开着,进去一看,家里空无一人,所有的家具搬得一干二净。到哪里去了?街上有一个人知道的,说,人家调到别的地方工作去了,一家子全走了。难道你们也要跟着去?

老陈家走得干净果断,妈妈只好说,我没防他来这一手。

不管见到谁,妈妈总是拍着手喊冤,我真没防到他来这一手。

街上的孩子跳皮筋,唱的是:你,你,你真逗。我,我,我没防。他,他,这一手……

这一年的大年夜,妈妈做了几个菜,解下围裙,坐下来叹口气,焦虑地皱着眉,老陈,到底到哪里去了?她问何湘。

她刚说完,何湘站起来就砸了一只菜碗。两个人愣住了,何湘拿起第二只碗又砸碎。妈妈叹了一口气。何湘听到她叹气，把桌上的碗接二连三全砸了。然后她走了出去，街道空无一人，空气里弥漫烟花爆竹的火药味。独自站在大年夜的街上显得分外孤单，她深吸一口气，想，自由真好，无牵无挂。

若干年后，要不是看到那个哭喊着要妈妈的女孩，她真的对"妈妈"这个词恍惚了。

那天，她对小二倾诉。小二说，你妈妈做的事没有错，老陈是她的亲人，她当然要让孩子去吃晚饭。孩子回来了，当然要问老陈说了什么，做了什么。你承受着屈辱，可是你也每天承担爱的使命。你朝另一处想，世界就会豁然开朗。

前些天，她确实豁然开朗。但今天回想往事，何湘心里的那份恨又返回来。她从床底下拖出妈妈的骨灰盒子，带着它上了自己的小汽车，就朝吴郭市开去。高速路上，汽车都开得风驰电掣一般。她从没开过这么远的路，夜里开长途，更是前所未有。她开夜车时会对车速反应迟缓，开着很快的速度还觉得慢。这些障碍都没关系，她情绪激荡，一心想把这倒霉的东西重新放回灵塔。她不想看见它，它承载了她以往所有的怨恨，为了这怨恨，她很少感到快乐。

路上下着雨。秋天干燥，许久不下雨，这一下雨，路上就打滑。后面一辆开得飞快的大货车撞上了何湘的车，何湘双手脱离方向盘，眼看着自己的车子撞上高速路边护栏。一声巨响，她被轻飘飘地从车子里弹出来，手里抱着妈妈的骨灰盒。落地以后，她才明白，从车里飘出来的是自己的魂。她看见自己的肉身还在车里。

她的魂也不多想，看看不远处就是妈妈生前待过的那山，于是就抱了盒子飞跑。片刻就到了山后的灵塔。看守灵塔的就是那个五十多岁的声音柔和的女人。女人对她说，你怎么又来了呀？何湘说，骨灰盒子还是放你这里吧，我先交十年的保管费……女人说，那你就放在这里吧，你这种人，还是孤身一人好。

何湘问，你这话是什么意思？

女人说，兰坚和我说过的，你就是为了在老陈家里吃了六年晚饭，才记恨她。你也不想想，老陈一家子，忍着气让你吃了六年晚饭，你是多大的福气啊？你要惜福啊。

她忽然惊诧，还可以这么想的？

原来小二的思维与这女人是一样的，世上确有两种截然不同的思维，一种思维不断地得到，一种思维不停地失去。

沉思中的一瞬间，她猛然在黑暗里打开眼睛，眼前是警灯闪烁，人来人往。她感到了身上无处不在的疼，她呻吟，脑子也清晰起来。她被人抱出车子。她一只手护在微微鼓胀的小肚子上，另一只手紧紧抓住骨灰盒的系绳，就怕一松手就没了。

八个月后，她被推入产房。什么都好，护士对她柔声慢语，医生对她抚慰有加。同产房的产妇家属给她送了鲜花，她的同事们在产房门外等待她，他们都像她的亲人一样。而她呢，这个单身母亲的嘴角和眼睛里堆满笑容。医生刚才问她，孩子出来以后，对他（她）说上什么样的第一句话。

她说，谢谢孩子呗，谢谢孩子来投胎。

是谁在深夜里讲童话

上

中华人民共和国开天辟地的第一次选美是在广州，时间是一九八五年。选美的图片因为敏感暂时不能登上报纸，但是选美的消息还是像长了翅膀一样传开了。听到这个消息后，吴郭市的团市委也策划了"首届吴郭市青春美大赛"。吴郭比广州保守多了，团市委从策划那天起，就遭到不少人反对。到成功举办的那一天，已是三年后的事情了。三年后与三年前大不一样了，有句夸张的话讲，凡是个年轻女孩都跃跃欲试。严听听也从家里偷拿了户口簿去报名参赛，那年她十八岁，正好够上参赛的年龄。

团市委请来了香港的一位美容师，一位发型师，免费为进入决赛的二十名男孩女孩们化妆打扮。美容师是位浑身飘着香水味的中年妇女，她在严听听身边转来转去，最后只给她的鼻头和额头扑了一点粉，嘴里还说："这点粉其实也是画蛇添足啦。"男发型师的身上也飘着香水味，他把严听听及腰的长辫子披散开来，喷上少许水，用电吹风把她天然微卷的长发吹几下，喷上少许摩丝，再吹几下，就叫下一个了。

下一个是严听听新交的朋友,叫花亚,是个心直口快的纺织工人,她为了参加这次选美大赛,被厂里开除了。为了这次选美,她烫了一个香港流行的爆炸头。她妈说她的头像一只鸡窝,丑得绝种。她从女式香水中穿行到男式香水里,坐下,挑起两根画得很沉重的眉毛说:"严听听,这次选美你没戏了。"严听听无所谓地说:"我就是来玩玩的。"

比赛场地在工人体育馆。严听听最后一个出场,她穿着香港人赞助的一件红色镶金丝无袖及膝短旗袍,手里拿着一把她嫂子用的丝绸小扇,走到台上。看见那么多人在台下鸦雀无声,突然高兴起来,就像见着了许多老朋友一样,要取悦他们。于是脸上洋溢出快乐的笑,一边小步侧身疾走,一边用扇子缓缓地轻拂脸面。走到台子中心,扭腰做个看花的造型,扇子遮住半边俏脸。她脱离了彩排时拘束的台步,自作主张地来了一套这么活泼的动作,本来也是小孩子心性,没想到台下的年轻人对着她一声一声喝彩不停,吹口哨声经久不息。没错,她成了这次决赛最出彩的一个人。花亚说她没戏,没想到她无心插柳柳成荫。她成功了。

时尚青年黎光也在台下吹口哨的行列里。他穿着一条时尚的水洗牛仔裤,无领无袖的白T恤束在裤腰里。T恤后背写着一行字:跟着感觉走。他边上有个大胆青年,衣服后面写的是:我是流氓我怕谁?看得黎光心里一阵阵无名的兴奋。度过了这个激动人心的夜晚后,他似乎确定了人生的目标。决赛结束后,他骑着自行车回到自己住的弄堂,碰到巡夜的民警吴三宝。吴三宝问:"你穿的是什么?这就是传说中的苹果牌包屁股牛仔裤吗?"黎光没好气地说:"对。难看死了,难看死了——我替你说了。你就继续巡逻去吧。"吴三宝说:"九点钟了,你这么晚才回来,没有在外面惹是生非吧?你对天上的月亮发个誓。"黎光指着月亮说:"我今晚要是在外惹是生非,以后出月亮的时候,就让我见恶鬼。"

黎光发完誓,进了屋,拿出笔记本写道:今晚的青春美决赛有着划时代的意义。冠军叫严听听。调皮的民警吴三宝,你老是批评我,没关系。我终究找到了我的使命:我的使命就是担负起保护美的职责。严听听,你就是美的化身。菜花头、波浪头、爆炸头……都没有你黑亮的自来卷长头发好看。

考虑到吴三宝经常混到他房间里摸索探查,他最终把笔记本穿了麻绳,吊在墙面的挂钩上,再移了一个柜子把笔记本掩上。隔壁的王伯伯在墙那边说:"小猢狲,你半夜三更的折腾个啥?"黎光说:"不怪我,这墙不隔音,放个屁都听得到。老猢狲,我还没找你算账呢。你不是三天两头在夜里折腾?"王伯伯就不吭声了。一会儿,他好像赌气了,真的又在床上折腾起来了。黎光用两团棉花球把耳朵塞住,朝隔壁喊了一声:"王阿姨,你真的很可怜啊!"

黎光这一夜激得几乎没睡,他又找了几张废纸,在王伯伯王阿姨制造出来的噪声里,写了几首纯洁的爱情诗,献给严听听。

再说严听听,她根本不知道今夜会有多少人为她无眠,为她写诗。香港的男发型师自告奋勇地送她回家。两人打了一个车,还没到目的地,发型师就让严听听下车了。他说:"这个城市黑乎乎的让我好害怕。"说完,让严听听下车,扔下她就跑了。严听听站在树影婆娑的街上,悠然四顾,微风轻吹,吹过来她熟悉的一些花香树香。她想,那个鬼东西跑什么? 我的家乡多好啊,怎么会让人害怕?

片刻,发型师又回来了,打开车窗对严听听说:"我还有一句重要的话没对你讲——你好美好美。真的啦。除了美,你还天真纯洁。你得小心一点,不要被人白白利用啦。"

严听听双手搂着一个玉雕花篮朝家里走,这是冠军的奖品,没有奖金。她被评委问到的问题是:如果你得了这次大赛的冠军,你将如何以此为基础,规划你的未来?

她说:"我没想过未来。对于我来说,愉快地过好每一天,才是最重要的。"

相比别的选手们很有时代感的豪言壮语,她的话简直太朴素了。评委们大部分是吴郭人,吴郭是个崇尚朴素低调的城市。于是她的朴素和诚实让评委们给她打了高分。她的冠军就是这样得来的。

打开家里的黑漆木门,严听听的嫂子高如珍从房里走出来,问:"可爱的小姑娘,你是最后一名吗?"严听听把玉雕花篮放到高如珍的怀里,说:"报告夫人,第一名。没奖金,只有这个,请你收好吧。"高如珍说:"真光荣啊!就怪你哥,拦着不让我去看。"严听听的哥哥严玉晖在里屋说:"光荣个啥?瞎胡闹。一帮大姑娘在台上丢人现眼,丧失自尊。"

严玉晖惊讶地发现,他第二天去菜场买菜时,走过居委会的黑板报,上面写着严听听得了青春美比赛冠军的喜报。一路上不停地有人招呼他,跟他说他妹妹得了选美冠军的事。连摊贩都知道了,害得他不好意思和摊贩讨价还价。更让他惊奇的是,等他回到家里,家里已坐着居委会主任刘阿姨,是来说媒的,给听听介绍一位现役军人,连长,党员,是部队培养对象。严玉晖对高如珍说:"你发愣干什么?还不去泡杯新茶给刘主任。"

刘主任笑一笑,没喝茶就走了。

高如珍责怪严玉晖说:"挺好的一门亲,为什么不应承?你就是那种把日子越过越小的人。除了爱国是对的,别的都不对。"

严玉晖说:"你不要这么敏感好不好?"他捧起那杯泡好的新茶,慢悠悠地出了门。看见大家对他的笑脸,他很受用。于是对大家说:"下星期天中午,大家都来我家。我家听听得了青春美冠军,我请客啊!"

大家"啊啊啊"地答应着。答应着的这些人,几乎都是没资格去赴宴的。有资格去赴宴的人，都不会"啊啊啊"地答应，要等着严玉晖上门来请。

严玉晖得了脸，声音越发响亮，几乎是叫喊着了："听听，你在哪里？——谁看见我家听听了？"

大家七嘴八舌地提供了许多信息，最终严玉晖用了一个三岁女娃娃的消息，她说听听朝俞阿婆家里去了。俞阿婆住在巷子底，那里有一条河，河对面有一座小山，小山下面有一大片荒荒的杂草地，杂草地里有几座无主荒坟。俞阿婆的肚子里有层出不穷的故事，故事的灵感就来自河水、山地、杂草丛和野花。听听经常来找俞阿婆，此刻她正和俞阿婆挤坐在一只小凳子上，一边剥蚕豆，一边听俞阿婆给她讲故事。俞阿婆今天除了讲故事，还顺便劝了严听听几句："听听呀，十八岁不小了呀，要么找工作，要么找婆家。最好是又找工作又找婆家。"严玉晖走进去的时候，严听听的十根手指上都套上了蚕豆皮。

黎光睡了一个短暂的觉，清晨就精神抖擞地爬起来，出门买了两副大饼油条。一副自己走着吃了，一副留着，去了派出所，给值班的吴三宝吃了。原来他是求吴三宝办事，想问问严听听家住什么地方。他说给严听听写了诗，需要当面转交。吴三宝打了几个电话，然后写了一个人的名字给黎光，让他去某某地方找这个人。黎光回到家，倒在床上，一时心头撞鹿，七上八下，辗转反侧。最终爬起来给听听写了一封情书。除了大学时给一位女同学写过，他还从来没有给别的女性写过情书。写好情书，他到巷子口的理发店去理了一个头发。说是理发，其实是烫发，今天是星期天，理发店的人特别多，再加上他是烫发，所以时间有点长了，到下午三点钟才把头发弄好。朝锈迹斑斑的镜子里一照，仿佛换了个人，自己觉得洋气极了。飞快回到家里，翻箱倒柜找出一件格子衬衫，系在牛仔裤里，戴一副墨镜，又把口琴放在裤兜里。骑车到了某某地方，一看是派出所,要找的那个人是个小民警,叫葛小根。葛小根的警帽有点大,老是压着眉毛,他得经常用手把帽檐抬上去。

葛小根抬一抬帽檐,问他:"你叫啥名字?"

黎光老老实实地回答:"我叫黎光。"

葛小根又抬一抬帽檐,问:"看你游手好闲的样子……说说你有啥特长?"

黎光说:"我的特长是写情书。"

葛小根说:"这么说,你今天把情书带来了。拿出来给我看看。"

黎光拿出给严听听写的情书,葛小根看了一遍,拍着情书说:"我个人认为,你的文采一般般,而且写得有点不正经。我劝你不要给人家了。人家脸皮薄,天真纯洁,看了以后会不开心的。走吧,跟我去。"没等黎光有所反应,葛小根就把情书团起来扔到垃圾桶里。黎光只好叹了一口气,跟着葛小根来到一个白墙黛瓦的弄堂。弄堂很美,很干净,屋前屋后都长着鲜花,再不济的也放着一个长满大蒜或小葱的大碗。时值烧晚饭,他辨别出红烧排骨和咸菜烧黄鱼的香味。在一个水井边上,有一位大姑娘和几个十来岁的孩子在打弹子玩,旁边竹篱笆上垂下来累累团团的蔷薇花,风吹落花瓣,和暗金的夕阳一道,飘在他们身上。

葛小根骄傲地指着那姑娘说:"那就是我们的选美冠军。"

黎光认出她来了。她两颊绯红,额角两边的头发编成两根小辫子,像两根绳子一样朝后拢住浓密的长发。黎光自言自语地说:"她是不是有点蠢?这么大了还混在小孩子堆里打弹子。"

葛小根说:"你才蠢,打弹子又怎么了?我走了,你给我老老实实的,不要乱说乱动。你烫的头发真难看。"

黎光"哦"了一声。

他忽然觉得很饿很饿,饿得胃里长出两只手在互撕,这才想起忘了吃午饭。那么,摆在他面前有两条路,一条路是离开她去吃晚饭,一条路是继续纠缠。正在这时,一个女人的声音从不远处响起来:"听听,回来吃晚饭啦。"

严听听抬起头,高高兴兴地应了一句:"我来啦。"

黎光看到她的脸,觉得自己看到了初升的太阳,令人惊喜和舒畅。他追上去说:"严听听,我是来看你的。"严听听只管朝前跑。他又说:"你能不能看我一眼?"严听听还是不说话,黎光说:"你不看我也行。我想问你一个问题,你的理想是什么?就是说,你想干什么工作?"严听听果然上当了,回头说:"我想干什么工作没必要告诉你。我倒是想问问,你是何方神圣?"黎光赶紧说:"我是个诗人。"严听听头也不回地跑进了屋。

严听听家门口有一口井,很小的井圈。黎光分开两腿,蹲到井圈上,拿出口琴开始吹。他只会日本影片《追捕》里面的插曲。反反复复地吹,终于把严玉晖吹恼了,出来问:"喂,小兄弟,你吃了晚饭没?"黎光说:"别说晚饭,我午饭也没吃。"严玉晖说:"怪不得吹得这么难听。还有,你蹲在井上干什么?撒尿吗?诗人就是你这样的?"黎光说:"我又不是来找你的,我是来找严听听的。"严玉晖:"严听听五岁就死了爹妈,是我把她带大的。她一切都听我的。我不会让她出来见你,她就不会出来的。"黎光问:"你是她什么人?"严玉晖说:"我是她阿哥。"黎光说:"阿哥好。"严玉晖没理他,进屋去了再也没出来。也没有别人出来。

不知过了多久,街上已空无一人,黎光喊了一嗓子:"我失恋了。我他妈的失恋了。"

既然失恋,那就得把日子过成失恋的样子。

没几天,黎光招集了一帮哥儿们去城墙上喝失恋酒。城墙上写着标语:时间就是金钱,效率就是生命。他把啤酒什么的都堆在"生命"这两个字的上方。

他的好朋友萧天龙搂着一个女孩子前来赴约，这个女孩烫着大波浪，穿着刚流行的一步裙，走起路来在萧天龙怀里跌来跌去。萧天龙说："妈的，这年头还有人失恋？大家都去抢货了？我妈买了一百盒火柴，我奶奶拿黄鱼车去拖了五十公斤盐回来。要通货膨胀了，抢点东西储备着。黎光同志，你不去抢几条香烟吗？哦，我忘了你是个穷鬼了。"

黎光说："没有爱情，世界就不存在。有火柴也点不着烟，有盐也是满口淡。至于香烟，就是受伤的喉咙里吐出的最后一声叹息。"

萧天龙说："胡扯，明明是你已经抽不起烟了。你抽的中华香烟从一块八毛钱涨到十多块了。"说完把怀里的女孩子推到黎光面前说："不说别的了。她是我专门找来治疗你失恋的。"

黎光头颈一扭说："我不要。"

萧天龙扑过来搂住黎光的肩膀说："你看看像谁？像不像你那个选美冠军？"

黎光凑近了姑娘一看，确实像。他把姑娘拉到有灯光的地方，仔细端详一番，看见这姑娘脸上堆着不明原因的春色，肌肤也有松弛的迹象。萧天龙说："怎么样，动不动心？"那姑娘转头对萧天龙厉声说道："你喋喋不休地问他干啥？这人长了一对死鱼眼睛。难怪我表妹也看不上他。"

原来这女孩是严听听的表姐。姓卢，本来叫卢招娣还是卢迎娣的，看了电影《庐山恋》后，就把名字改成了卢山恋。

黎光赶紧叫了一声表姐，扶她在墙头上坐下，给她倒了一杯啤酒，开始打听严听听的事。卢山恋性格开朗，把紧绷绷的一步裙朝上勒起，裙子瞬间就变成了一条短裤。然后像座山雕一样，把两条闪着冷光的大腿搁在城墙上，不时还看黎光一眼，仿佛在揣摩黎光的心思。黎光很怕她突然扯住他的手，叫他抚摸她的大腿。所幸这是杞人忧天，一直到结束,她也没有任何举动。她走时对黎光说:"一般的男人看到我,都会爱上我。你为什么不爱?严听听有什么好,幼稚得像个小孩。她侄儿都不听的童话,她听得津津有味。是我长得没她漂亮吗?"

黎光想了一想,决定不骗她。就说:"你的脸和严听听一样漂亮,但是你的脸上闪着冷光,手臂和大腿也是冷飕飕的。你两腿一碰,好像两把刀碰了一下,有刀的声音,让我害怕。听听的脸上闪着暖光,好像早晨的太阳,有一点暖,有一点润,有一点红光,有一点金光……"他东一点西一点地还没说完,卢山恋上来抽了他一记耳光,两个人就算两清了,互不相欠。

不管怎么说,这是一场纯洁的聚会。萧天龙本来想拉上黎光一起开个西服专卖店,卖品牌服装。上海和浙江都有这种专卖店了,生意红火。黎光不愿意,他现在满心都是严听听的身影,放不进别的事。而且他不想和朋友合作,为了赚钱,朋友之间也会互害。这种事他听得多了。他们走后,黎光留在城墙上独自待了半个小时,他把剩下的啤酒都喝了,然后流了一通眼泪,怀着莫名的伤感,回到了家里——没回到他租的房子,回到他父母的家。他是这家的独子,他的父亲是吴郡市的财政局局长,以前是"打击投机倒把办公室"副主任。这个办公室取消后,黎光的父亲就升任市财政局局长了。黎光这一年也才二十岁,大学刚毕业,与父亲的生活理念大相径庭。在他父亲踩碎了他的"蛤蟆镜"后,他从家里搬了出来,并辞去了市教育局的"铁饭碗",也没有办流行的"停薪留职",去当了空空荡荡的自由青年。他觉得,没有浪漫的人生都是生不如死。他和父亲对彼此的评价高度对等,他们都认为对方会坐牢。

这一夜,黎光的脑细胞被啤酒浸润得无比活跃,他的脑袋里就如铺开了一条巨大的滑雪跑道,他在跑道上任意地无休无止地滑,一直滑到他和严听听结婚为止。他大笑一声,醒过来了。保姆金姐赶紧过来嘘寒问暖,问他喝牛奶加燕窝还是吃火腿配鸡蛋。他掀起被子,跑出门外。那时候,吴郭市内别墅很少,但他家已是湖景别墅。他一口气跑回自己的租赁小屋,听见隔壁王伯伯在煤炉上炒菜,闻到葱油炒萝卜干的香味,觉得这就是自由的味道。

他忽然想到一个重大的问题:严听听是个追求自由的人吗?如果她是个物质女孩怎么办呢?

在城墙上,卢山恋告诉黎光,严听听四岁时,她的父亲和母亲坐车去探望外地的爷爷奶奶,不幸翻车而亡。她的哥哥那时候正在读高二,毕业后就顶替父亲进了纺织品进出口公司。他们的父母亲去世后,哥哥带着妹妹,每天晚上讲一个童话给妹妹听,一直讲到结婚,不再给妹妹讲了,他得给自己的娇妻讲故事。但是妹妹很快就找到了另一个讲童话的人,就是住在巷子底的孤老太俞阿婆。俞阿婆给严听听讲故事讲了十年了。就那几个童话,翻来覆去地讲。严听听百听不厌。她这么大了,除了童话,不爱听别的。俞阿婆也不知道什么叫童话,她一辈子安静和安分,眼睛里全是别人不屑看的东西,一开口讲故事,自然就是严听听想要听的童话。

现在,黎光知道怎么接近严听听了。严听听是不是一个追求自由的人他不知道,重要的是他知道严听听爱听童话。黎光从家里出来,原本也没想去做官或发财,只想过自由而普通的生活。他去私人公司当职员,却因为三天两头地迟到早退,最后总是被老板辞退。他也不怨自己,也不怨老板们,他要的就是一个自由。一份一份的工作做多了,他也渐渐看出门道,几乎所有的私人老板都想偷税,几乎所有的老板都想侵害亲朋的利益,几乎所有的老板都想婚内出轨,几乎所有的老板都想行贿,几乎所有的老板都想用漂亮女职员公关,几乎所有的老板都想空手套白狼。他在社会上胡混了两年多,没赚到钱,没创下业,内心却增加了愤怒和忧伤,他很清楚,这份愤怒和忧伤会长久地伴随着他的生活,这是他无比害怕的。

他为了接近严听听,买了许多童话书去看,一看看出了许多谎言。譬如大灰狼和小绵羊做了朋友,或者小朋友随随便便就发现了藏在深山里的宝藏。乌龟和兔子赛跑赢了。还有,小朋友们全都改变了吃零食的、打架的、睡懒觉的、说谎的坏习惯⋯⋯变成了听话、勤奋、德智体全面发展的小圣人。

他看了一天,第二天就决定写童话。他想起小时候听爸爸讲的一件事:一只狐狸藏在他爷爷家大院子后面的柴房里。这只狐狸生了一窝三只小狐狸。有一天,爷爷捉住三只小狐狸准备扔出去。狐狸妈妈窜到爷爷的脚上咬了一口。爷爷气坏了,边上正好有一条小河,他就把三只小狐狸扔到河里淹死了。说来也怪,爷爷是个性格懦弱的人,街坊邻居大都看不上他,时不时地会有人欺负他一下,让他吃点苦头。但自从他淹死三只小狐狸以后,就再也没人敢欺负他了。他也得以扬眉吐气,运气仿佛也好了起来,做点贩茶叶的小生意,居然发了点小财,供儿子读了大学。黎光听说这个故事后,就不再搭理爷爷。爷爷追着他问理由,把他问急了,趴到地上,也在爷爷的脚面上咬了一口。

黎光花了一天时间写了《狐狸的悲伤》。第二天,他骑着一辆新的摩托车去了严听听家,摩托车是他借萧天龙的。萧天龙经常请他代写情书,或者干脆把他写的诗说成是自己写的。在巷口,他碰到严玉晖拎着两大篮子的菜朝家里走,他赶忙停车,掏出手绢放在摩托车的座位上,让严玉晖把菜篮子放上去。两个人站着说了一会儿话。

严玉晖说:"哟,新车。重庆80。还没上牌照。我考了一个摩托车驾照,但买不起车。"

黎光说:"你想开的话,拿去开两天。"

严玉晖说:"想开。今天白天不行,我要晚上才有时间出去开车遛遛。"

黎光说:"那没关系啊。你什么时候想开我就拿过来好了。"

严玉晖问他:"你今天又来干什么?你和听听两个是不般配的,你不要打她主意了。"

黎光问:"我为什么和听听不配?"

严玉晖沉吟了片刻才说:"我看你是个认真的人,我就把心里话告诉你吧。我们父母亲去世那年听听才四岁,我是十七岁了。我给她整整讲了四年的童话故事,她就是靠着我的童话才能吃饭和睡觉,才活下来的。我一直讲到我结婚才不讲了。后来就是巷子底的俞老太接上去给她讲。"

这些事黎光已经从卢山恋那里打听到了,但现在从严玉晖的嘴里说出来,他还是感到内心的震撼。

严玉晖说:"走吧。我们一边走一边讲。今天中午我在家里请客吃饭,听听得了选美冠军,我们答谢一下乡邻们这么多年来的照顾关心。……我跟你说,那时候,我每天晚上给听听讲童话,后来就身不由己,一天不给她讲童话,我心里就空落落的,好像人生没有光明。她听童话,一定要我把她搂在怀里。她那张脸,你是没看到她那张小脸,那么认真,那么美,那么安静,不像是凡世的小孩,我心里就充满感动,充满光明,觉得我自己也与众不同。我知道我不仅靠着听听活下来,还靠着她过着童话一样的生活。我走到今天,能这么健康快乐,事业有成,婚姻美满,全靠了听听身上的能量支撑着我。"

说着就到了家门口。严玉晖家里人来人往,忙乱得很。严玉晖拿下菜篮子,对黎光做个鬼脸,说:"今天晚上六点半,你在巷口等我。"

黎光拉住他的胳膊说:"等等,你还没说我为什么不配你家严听听。"

严玉晖说:"我一看你就是个不会讲童话的人哪。不会讲童话的人,和她合不来的。"

黎光脑筋一转,急急地说:"你不要赶我走。我想和你做个结拜兄弟。大哥在上,受小弟一拜。"

严玉晖说:"罢了,你太缠人了。你中午就在我家吃了饭吧。"

这顿不出钱的饭,黎光吃得畅心满意,从头到脚每个细胞都吃得油亮亮,透着气,发出微笑。在他的记忆里,从来没有吃得这么开心。他先是坐在居委会主任刘阿姨身边,觉得和她无话可讲,瞅个空子,和人换了位置,坐到俞阿婆旁边去了。来的人都不空手,俞阿婆今天也带了一小块织锦缎料子。

答谢宴摆了两张圆桌,客厅一桌,天井里一桌,每桌坐了十几个人。今天高如珍掌勺,卢山恋和严听听都在厨房给她打下手。高如珍不愧是高级宾馆的名厨之徒,两桌子菜肴整治得可圈可点。厨房里的动静稳稳当当,上菜的节奏不快不慢,荤菜、素菜、汤水、点心上桌的顺序一丝不乱,撤盘换盏有条不紊。就是外面的野狗来讨吃的,都让听听把骨头骨脑放到外面僻静之处给它吃,安置得妥妥帖帖。

黎光在厨房里转了一会儿,用毛笔写了一个菜谱,贴在墙上让大家看,算是做点贡献。菜谱上有这些菜:

清炒河虾仁、虾籽烩蹄筋、醋熘鱼片、葱烤野鲫鱼、酱汁狮子头、清蒸蹄髈、肉糜炖蛋、百叶包肉、虾饼、老鸭汤、黄松糕、糯米酒酿。

菜谱无意义,有意义的是俞阿婆面对这些菜的胃口。俞阿婆的牙齿基本掉光,可是不影响她吃美食。她的胃口让黎光大吃一惊,不是亲眼所见,简直不敢相信。她不是吃,她是大口大口地吞。老人家眼明手快,只要看到端过来新菜,她就率先下筷。别人才吃完三只虾仁,她已经吞下三勺虾仁了。别人刚吃完半只狮子头，她已经一只下肚，又夹起另一只朝肚子里塞。狮子头吃到喉咙口下不去，她就拿了筷子朝喉咙里捅下去。她还夹了半条大鲫鱼，吃得满嘴鱼卤。黎光劝她："吃得慢点哦，小心鱼刺卡住疼死。"俞阿婆说："卡住不要紧的，我老得已经不知道疼了。"严听听看了很着急，过来小声对俞阿婆说："阿婆啊，我们少吃一点哦。吃多了肚子里难受的。"俞阿婆说："是啊，我以前多吃了肚子就会难受。今天不会的，今天是个好日子，我要上天堂了。"

大家以为老人话多失言，也不理会。

吃完，说完闲话，已是下午两点。黎光自告奋勇地承担起了送俞阿婆的任务。俞阿婆说："来，小伙子，搀着我。今天没你不行，因为我走不到家里就上天堂了。小伙子，我们俩有缘。"

黎光搀着她走出天井，下台阶，一路缓行。俞阿婆脚下打了个趔趄，黎光赶忙扶正她的身体。她眼睛朝天上看着说："太阳光太浓了，晃得我脚也站不稳。今天是个好日子。"黎光问她："阿婆啊，人要是活得像你这样，那就是神仙啊。"俞阿婆打了他一下，说："我什么都知道。"黎光问："你知道什么？"俞阿婆说："要不是听听，你才不会送我呢。"黎光说："被你说对了。那你说说看，我和听听有没有在一起的缘分？"俞阿婆朝前看了一眼说："我要到家了。今天真是功德圆满。"她忽然踉跄起来，黎光一把抱住她要倒的身体，要扶着她朝前走，无奈她的身体越来越软。黎光索性一蹲，慢慢把她扛到肩上，几步到了她的家。门是虚掩着的，没有锁。进了门，黎光把俞阿婆放在床上，只见她脸色通红，脸上一片汗水。黎光说道："不好了，我要去给你喊人。"俞阿婆说："不要折腾我，我大限到了，想要安安静静的。"

黎光一想，她的话是对的。于是坐到她床边，问她："你还有什么话，都可以告诉我。"俞阿婆沉默片刻问："你是什么人？"

这句话把黎光问住了,他有很多身份:市财政局局长的儿子、名牌大学生毕业生、辞职的公务员、私营公司的小职员、给画商画批发扇子的画工、倒卖外贸服装的倒爷、写诗者、说谎的人、写童话的人……

他从中选了一个身份说:"我是个作家,专门写童话的。"

俞阿婆说:"我要走了。……会有人给听听讲童话的。"

黎光说:"你放心,你讲不动的那天,我会接着给听听讲童话。"

俞阿婆说:"不是你……"

黎光问:"为什么不是我?"

俞阿婆闭上了眼睛,过了好大一会儿,她忽然睁眼,对黎光说:"你对听听说……我谢谢她。我本来十年前就要死了,幸亏她来,缠着我讲了十年的故事,我又多活了十年。……为什么不是你……因为你不会靠着她活下去……"

末了这句话黎光听不懂。他正在思考这句话的时候,俞阿婆长长地叹了一口气,安静地告别了这个世界,正如她那么安静地活。

第二天,俞阿婆出丧。不少邻居过来吊唁。俞阿婆没有子女,黎光又自告奋勇地当了孝子贤孙,披麻戴孝,站在门口迎送。最后他和居委会的干部一道,把俞阿婆的骨灰从火葬场里领了出来。然后,他和严听听一起去了俞阿婆乡下老家,把她的骨灰安置在骨塔里。做完这些事以后,他和严听听的关系也变得热络起来。他想,他们快成为恋人了吧?奇怪的是,一想到这个,他心里就慌得不行,一点也没有甜蜜的感觉。最后,他下了决心,一定要和严听听摊牌了,行就行,不行就不行。哪怕不行,也胜过现在这样钝刀子割肉的状态。

这天晚上,黎光破天荒地回父母亲家里吃饭,去之前他借了王伯伯的衬衫和裤子穿着。他爸在饭桌前坐下来的时候,看了他一眼,明显对他穿的衣服不入眼,但也没有说什么。一家三口沉默地吃了片刻,黎光的爸问他:"你最近在外面混什么?"黎光说:"我最近辞了工作,准备写童话。"他爸说:"你不用写童话,你就是童话里的人。"黎光掏出本子赶紧把他爸的这句话写下来。他爸恼火地问:"你想干什么?"黎光说:"爸,你不要紧张,我听到生活里有好句子,马上要记下来。不然就忘了。"他爸说:"你还用得着这么费神?你不如去书上抄袭好了。你最近在看什么书呢?"黎光说:"托夫勒的《第三次浪潮》、路遥的《人生》,还有马克思的《资本论》、李燕杰的《塑造美的心灵》。"

这份复杂的书单让黎光的爸爸一时不知说什么好。

阿姨金姐端上来一份莼菜豆腐汤,插了一句话:"金庸的小说好看。"黎光说:"金庸的小说我都看过,他的小说就是成人的童话。"金姐说:"是好看。成人的童话好看。"黎光问:"金阿姨,你老家现在还有什么流传的乡间故事?"金姐说:"有啊,好多呢。狐狸精嫁人的,红木棺材找主人的……"黎光妈妈打断她的话:"金阿姨,你也不要忙了,先去吃吧。"黎光爸爸说:"我倒也想起我小时候听到的故事,我睡觉前,我奶奶要讲故事给我听。说真的,中国的民间故事,大部分都阴森诡异。我们小孩子睡前听了有点害怕,但听习惯了,也就麻木了。"黎光开了一句玩笑:"那你的麻木有些年头了。"黎光爸瞪了他一眼,说:"我问你今天怎么突然回来了?"

黎光正要回答,不知为什么,喉头突然哽咽了一下。他定了定神才说:"我回来是要告诉你们,我爱上了一位女孩,我想谈恋爱、结婚。"黎光看到妈妈一下子感动得泪光闪闪。黎光爸爸:"你不是一直在谈恋爱吗?那个绰号叫什么'夜巴黎'的巴女士。你们要是结婚了,小孩可以叫巴黎,或者叫篱笆。"黎光说:"'夜巴黎'早就和我不往来了,她嫌我太幼稚,前些天去美国投奔她亲戚了。'夜巴黎'之后,我还谈了一个,是我校友,她和你一样,觉得我不求上进,完全不是时代青年。"黎光爸就嚷嚷起来:"你看,你看。你可以写一本书,书名就叫《恋爱大全》。你烫的这种头发可以叫恋爱头。"黎光说:"这次不一样。这次我才懂得了什么叫爱。"黎光爸听了,刚张开嘴想嚷,黎光就说:"你别说了,我要回我的家了。我今天回来是想找金阿姨收集童话故事的,我以后再来吧。"他看到他妈妈的脸上掠过惊惶和难过。

他推着车走在路上。他本来是打算回来借钱买摩托车的,不知道为什么就忘了。今天中午,严玉晖告诉他,想借他的那辆重庆80摩托车夜里兜兜风,于是黎光就去跟萧天龙借。但是萧天龙不准备借给他了,并且说,实在要借,借一天就得付一百块钱。这也太贵了吧?但问题还不在于贵,在于此举的俗不可耐。难道友情只值一百块钱?萧天龙当时的回答很伤他的心:"有时候友情连一百块钱也不值。你没看到现在中国的形势?一切都变了,以后人人只为钱。顺者昌,逆者亡,历史的车轮不可挡。我觉得你也要调整好自己的生活状态,不要过得浑浑噩噩的,像个小孩子。严听听那种姑娘不值得你爱,'夜巴黎'多好哟,你就应该跟了'夜巴黎'去美国。总之,生活不是童话,生活是战场。"黎光说:"你又不借我车,又来教训我。你也太占便宜了吧?小心我叫吴三宝揍死你。"萧天龙问:"吴三宝是谁?"黎光说:"吴三宝是你爷爷。"

黎光心里愤愤的,他不是不知道社会正在起着剧变,人们习惯的那些东西很快就会过时,会被新的东西代替。但以他最近几天的某种判断,任何社会,不管时候都是需要童话的。严听听的天真单纯,即使再过一百年,也是人心的慰藉。当然,未来没来,黎光心里没底,所谓的一百年还会怎样,也是美好的向往和猜测,所以他心里忍不住愤愤不平。

他打定主意要和严听听携手人生,一齐活在童话世界里。他感到他们俩在一起的话,彼此都会得到拯救。分开来的话,两个人都会沉沦。

好吧,既然提到了吴三宝,黎光就去找吴三宝。他告诉吴三宝,他爱上了一位天真纯洁的女孩,她的哥哥想开着摩托车玩一会,能不能把派出所的带边斗的侧三轮摩托车借一个晚上用用。吴三宝把头摇得像拨浪鼓:"不行。派出所的东西是国家财产,私人拿出去玩就是犯法。瞎胡闹。"

黎光很恼火,上前一把揪住吴三宝的领子,问他:"你是不是觉得我很幼稚?"吴三宝推开他说:"是啊。大家都觉得你很幼稚。"

从派出所里出来,他回去又跟王伯伯借了衣服和裤子穿起来,然后去了父母家。这回他一去就提了借钱的事,被他爸一口拒绝,说怕他拿了钱去贩毒或者吸毒,因为他离这种生活不远了。他从父母家出来,路过另一个派出所的时候,隔着窗户见到葛小根在里面值班。他在窗外停下自行车,敲敲窗户说:"葛小根,把所里的摩托车拿出来,你爹我要用用。"葛小根一看是他,举起手作势要打,说:"骨头痒了吧?小流氓。"

他赶紧一蹬车轮逃了。骑车骑到这里,他才明白自己想见的不是葛小根,是严听听。他就去了严听听家,一家四口人正围在一个小彩电前看电视。黎光悄悄地坐在他们边上,也跟着看。看完了,高如珍递给黎光一支烟,被严玉晖拿走烟,换了一袋人人都吃的"傻子瓜子",两个男人嗑着瓜子说了一会儿话。后来的话都是严玉晖在说,他不停地安慰黎光,说不知道黎光的摩托也是借来的,早知道的话,不会开口要玩玩。等以后有钱了,两个人合伙去买一辆。最后,严玉晖纯粹是说得高兴,对黎光耐心听他说话有点感动,让严听听送黎光出去。

黎光走到门外,被夹杂了花香的微风一吹,精神立刻大振,长啸一声,立刻有人开窗户骂道:"神经病。"

严听听笑了。笑完后问他:"你今天为什么穿得像个老头子?"黎光低头看看身上的衣服,王伯伯的衣服是很老气。但他每次看到王伯伯时并不觉得他土气，反而觉得他很朝气、很鲜活。他的葱油炒萝卜干，他家屋子里米粥的香味，他与王伯母和和美美的慢生活，都让人肃然起敬。

未来，还会有这样的从容吗？

黎光问严听听："你将来想干什么？"

严听听说："我小时候，羡慕鸟有翅膀，想当飞机驾驶员。"

路灯光从梧桐叶里打下来，扑在她脸上。黎光想，我要是这束光就好了，扑在她脸上，把她的脸亲个不停。

想是这么想，手和脚一点不敢妄为。

他说："好吧，我们的飞行员，你谈过恋爱吗？航空公司有个规定，没谈过恋爱的不能当飞行员？"

严听听惊讶地问："为什么？难道谈过恋爱就能飞得更高吗？"

黎光说："详细情况我也不太清楚。我只知道，谈过恋爱的飞行员比没谈过恋爱的飞行员安全系数高，不会引擎失灵。"

边上有个小公园，黎光把听听朝公园里引。他们站在一棵大桑树边上，这棵大桑树周身散发着淡淡清香。黎光说："我最近在写童话，正好就有一篇跟桑树有关的，叫《桑树的故事》。我讲给你听吧。"

他奔忙了一天，不知道怎么这样精神焕发。给心爱的姑娘讲童话，本身就是一则童话。

桑树的故事是他现编的，他把写老槐树的移到了桑树身上。说有一只喜鹊，看到一个很大的村庄光秃秃的，没有一棵树，它就想做好事。正是桑葚成熟的季节，它就衔了桑葚扔到这个村庄的每一个地方。后来，这个村庄到处长出了小桑树。过了一年，这只喜鹊飞过这里，看到一位农夫低头在地上忙着刨挖桑树。桑树们长得很高了。喜鹊大吃一惊，问："老爷爷，你为什么要刨掉小桑树？是不是嫌它们长得太密了？"农夫就说："不是嫌它们长得太多，而是一棵不留。它们根本不应该长出来。"小喜鹊惊奇地问："为什么呀？"农夫说："你看看，自从村子里到处长出桑树后，我们的坟地里多出十几座坟墓了。"说完，农夫朝一个地方一指，小喜鹊看清了，不远处有一块荒芜的坟地，里面到处是坟。老坟上长满杂草，没长草的新坟是有十几座。小喜鹊还是不懂，问："桑树和坟有什么关系呀？桑树多好，不轻易生虫。要生虫的活，最多也生出一些野蚕。野蚕的茧子可以收集起来织出丝绸。桑叶切碎了可以喂猪、喂鸡。桑树结籽，熟了很甜，大人小孩都可以吃。桑葚晒干了泡茶，滋阴补血、生津止渴。这么好的树，为什么不让它们长？"农夫就说："在我们这里，越是好的树就越是不吉利。因为家家都认定是自己种的，先是吵，再是打，然后就搞出人命了。"小喜鹊说："你们没有村长和长者吗？村长和长者可以替大家仲裁一下。"农夫看着小喜鹊流下了眼泪："我就是这村里的村长，也是年纪最大的人，我没有办法调停纠纷。因为有的人家说，他要多一棵，因为他家人多。有的人家说，他也要多一棵，因为他家人少。……他们的理由层出不穷，所以我只好亲自来刨掉桑树。"

说完这个故事，黎光问严听听："这个故事怎么样？"

严听听说："这个故事太复杂了。"

黎光说："复杂一点不好吗？难道你只喜欢听简单的？"

严听听说："我只喜欢听简单的。故事复杂了就不好玩了。"

黎光说："我这故事不好玩吗？"

严听听说："不好玩。譬如说，这位农夫既是村长又是长者。他就不该刨掉桑树，他千方百计地要维护桑树长大，造福村庄。你就想说这个农夫很可怜，可怜有什么用呢？村里人都可恨，你让我听了也恨他们，可是，恨有什么用呢？本来故事里的喜怒哀乐都是空的，你与其让我凭空地去恨一些人，不如让我凭空地去爱一些人。这样，我的心始终是快乐的，有力量的。"

黎光听了她的一番话,半天说不出话。反驳她吗?他决定不反驳。要反驳她是很容易的,譬如可以怀疑受到她肯定的快乐和力量。

他说:"你觉得我的童话不好听,那你给我讲一个吧。"

严听听说:"我不会讲。我生来就是听童话的命。"

黎光央求她:"讲一个嘛,破一个例。我想知道你喜欢哪种童话故事。"

严听听说:"好吧。我就讲一个,我讲故事平平淡淡的,再好的故事也会被我讲坏,你就凑合着听吧。"

严听听讲了一个俞阿婆常常讲的故事:"有一个摇船的老公公,无儿无女,孤独一人生活。有一天上游发洪水,漂来一只筐子,漂到老公公的窗下面不走了。老公公听到哭声,点着了灯,打开窗户一看,筐子里有一个小女孩,他心疼地把小女孩抱进了屋子。这时,灯花一跳,落在桌上,说出人的话:摇船的公公你听好,上次发洪水,你救了一窝落在水里的小鸟,这次你又救了一个小孩。菩萨让我告诉你,你想要金银财宝还是要这个小孩? 你想要这个小孩的话,就留下来当女儿,没有金银财宝。你不想要的话,重新放回水里,马上就会有人来救她。看在你善良的份上,菩萨会给你吃穿不尽的金银财宝。老公公说,阿弥陀佛,这么大的水,小孩放下去岂能活命? 我不要金银财宝,我要这个孩子当女儿。这个小女孩长大后,有人来找她。原来她是公主。公主舍不得离开老公公,就把老公公一起带进了皇宫。这下老公公得到了数不清的金银财宝。"

黎光沉吟了半晌,说:"你有病吗?这么大了还喜欢听这种弱智的故事。"他刚说完,树上掉下一个东西。他不用看都知道是鸟屎,心里有点懊恼。

严听听说道:"我没病。"

她的声音大了一些,引来在旁边夜巡的民警,过来拿手电筒照着问:"什么人？干什么的？"

黎光说:"讲故事的。"

民警说:"你哄我玩是不是？走,跟我走一趟。"

黎光赶忙说:"同志,我和你开个玩笑。我不是坏人,我和葛小根是好朋友。葛小根你知道吧？"

那民警说:"怎么不知道？他也不是个好东西。"

民警走了,周围又归平静。

黎光对严听听说:"对不起啊,我说话粗鲁。我们言归正传,俞阿婆讲的那些,你相信吗？"

严听听说:"我哥也给我讲摇船公公的故事,妈生前也给我讲过这个故事。他们讲的时候都是相信的,我看得出来,所以我也相信。"

提到她妈妈,黎光一阵沉默。

严听听说:"我妈妈临走的那天,跟我说,她去两天就回来,回来了给我讲新的童话故事。她死了以后,我经常梦见她和我说话,但是又没有声音。我就猜她会说些什么,那肯定是想讲新的童话故事啦。那是什么样的故事呢？应该跟我哥、跟俞阿婆讲的是差不多的,反正和你的故事是八竿子打不着的。"

黎光再次问:"他们讲的故事,你一直到现在也相信？"

严听听说:"对,讲的人相信,我就信。相信一样东西是不变的。"

黎光说:"我给你讲的,我也相信呢。"

严听听说:"你那种故事,过不多久你就会不相信了。"

她说得是那么斩钉截铁,不容怀疑。

黎光说:"我想和你在一起生活,我们要创造高级童话,抛弃掉那些低级童话。这样我们的生活才能真实而温暖。"

严听听说:"我不想和你在一起。我的童话和你的不一样,我俩说不到一起去。"

黎光指着她笑起来："你好幼稚哦。"

严听听没有恼，也跟着笑起来。

黎光暗自摇了摇头，今天晚上的状况出乎他意料。于是他提议去吃馄饨。不远的地方有个小馄饨店，日夜都开着。他们去的时候，小店灯火通明，一对一对的年轻人坐在店里吃馄饨。面食和小蒜的香味老远就能闻到。已经没有座位了，只有一张小桌子坐着一位算命的瞎先生和引路童子，他们边上没人，可以勉强坐下两人。

两人刚落座，瞎先生就对他们说："算命吗？"

黎光说："怎么算？"

瞎先生说："报上落地的年月日和时辰。"

严听听："听老人讲，夜里不好算命的。"

瞎先生说："没关系的。现在国运昌盛，百无禁忌。"

黎光说："我看你是想钱想疯了吧？"

瞎先生说："想是想，还没疯。"他看了严听听一眼说："红颜薄命呵。自古红颜多薄命。"

黎光说："你他妈的看得见。"

瞎先生说："我有点看得见。……你们的馄饨来了，好好吃吧。唉，一对好姻缘，可惜月老不牵线。"

瞎先生和他的引路童子已经吃过，但是不走，坐在那里看人。

黎光把自己碗里的蛋丝都拨到听听的碗里，一边漫不经心地问她："你谈过恋爱吗？我觉得你没谈过。"

严听听没有理睬他。黎光把馄饨连汤带水吃喝完了，让听听坐上他的自行车，一路慢慢地朝严家骑去。露水扑面而来，不一会儿就打湿了两人的脸面。

黎光说:"我谈过许多恋爱,我教你谈恋爱好不好?"严听听说:"好呀。"黎光说:"谈恋爱首先要学会写情书,男女都一样。写情书第一要紧的是称呼,要称对方为亲爱的、我爱的、小羊儿、小马驹……如果男方不听话,就说他是一匹不乖的小马。如果女方不听话,就叫她是一只不乖的小羊羔。然后要表态,就说要为对方做牛做马,累死累活也心甘。下十八层地狱也愿意……"严听听冷静地说:"每个人的恋爱都不一样的,为什么要有这些模式?"黎光说:"你太拘束了,这样不好。你要放开你自己。这样吧,我教你怎么骂人好不好?骂人有雅的,有土的。有宽厚含蓄的,有直率赤裸的。我是喜欢土骂,土骂率真过瘾。"严听听笑了一声。黎光一边用力蹬车,一边用力骂出各式各样的话,骂到最后,他自己"扑哧"笑了出来,抹去嘴边骂出来的飞沫,停下车说:"你到家了。今天真是,打扰你了。"

严听听下了车,头也不回地就朝家里走,黎光的心里忽然涌上绝望,推倒车子,上前一把拉住她的手,说:"其实我不是一个浪荡子,如果你希望我过上另外一种生活,我愿意回到父母身边去,找一份公务员的工作,努力上进,一辈子也能像我父亲那样,干到市局的局长,或者比我父亲更强,干到厅级。有身份,有地位……"他越说越艰难,说到后来连声音都没有了。他明白他已经愿意为听听付出所有。听听看着他,没有露出惊讶。童话里什么都会发生,她不会惊讶的。

黎光问:"你总得给我一个原因吧?"问完他就后悔了。就说:"别说了,说得出来的原因都不是原因。"

但是他的话已经迟了。严听听冲口而出说了一句话:"我们两个人都是生活在童话故事里的人,我的童话是悲剧,你的是喜剧。所以我们俩合不到一起。"

她看着天真单纯,有时候说话却一针见血,让人害怕。

下

对于黎光来说，这件恋情没有开始就结束了。以前他的恋情结束，一般都是在上床以后和结婚以前。这次不同，他心里翻江倒海，却连严听听的手都没敢摸一下。

黎光继续闹腾了一阵。他对严听听采取了盯梢、跟踪、纠缠、恐吓……具体方法有：给她不停地写信，在她家门口吹口琴、唱歌，在她的窗下贴爱的纸条，一整天地站在巷口等候，一见到严听听出来就跟上去。还恐吓她，说他想自杀。时间长了，严玉晖恼火了，说："滚你妈的……再闹我就找你爸单位去。"宣布与黎光绝交，不再让他再上门了。此时大半年过去了，又到了中国人的春节。早晨，黎光从昏睡中醒来，光着身子在电子秤上称了一下，比失恋前瘦了二十斤。说明感情找不到归宿时，肉体会先行消灭自己，以免成为行尸走肉。这消失的二十斤里含有水分、肌肉和灵魂，它们可以证明，感情是有尊严的，他对严听听是认真的。也可以证明，年轻有多么好，想要有多深的伤，就会有多深的伤。

他去父母家过了年。他的爸一如既往，对他还是冷嘲热讽。黎光这次没有多说什么，一副了无生趣的样子，基本上是他爸一个人在唱独角戏。过了年，他就去了深圳。他以前在萧天龙组织的饭局上认识了一个女老板叫牛草青，她在深圳开了一个股份有限公司，人手不够，托萧天龙来找他。黎光二话没说，连工资待遇都没谈，就去了深圳。他觉得在吴郭了无生趣。

他从上海坐火车到了广州，下了车他就去找一位大学好朋友。这位大学好朋友姓党，在大学里就入了党，现在也"下海"了，创建了一家公司。几年没见，党朋友浑身散发着朝气，与黎光的样子正好相反。晚上，两个人在街边上喝啤酒,党朋友说:"你在吴郭干些什么？"黎光想了一想,自己的事迹乏善可陈。就说:"兄弟我最近失恋了。"党朋友一个劲地摇头叹气,说:"现在还有工夫失恋？你睁眼看看这个世界。世界在沸腾啊。"黎光说:"世界沸腾的时候,就是我失恋的好时机。"他补充了一句:"我写了一些童话,准备结集出版。"党朋友说:"快把你那些童话扔到垃圾桶里去吧。我们现在的生活就是一个童话,谁还要看你那些胡编出来的童话。"黎光愣了一下说:"你说的我听不懂,你说现在的生活就是一个童话,那有什么依据呢？"党朋友拍拍黎光的肩膀,说:"你明天坐火车到深圳,到了那里你就懂我的意思了。"

第二天晚上到了深圳,深圳是阴天,天空被厚厚的云层覆盖,星星和月亮都深锁在云层里面。黎光看到深圳的第一眼,就知道深圳的夜晚根本不需要星星和月亮。那是一幅让人感到无比惊讶的情景,灯火通明,连让人偷偷撒尿的死角都被明亮的灯光打着,深圳就像一个大舞台。到处都是振奋人心的或引逗人心的广告牌,如:十亿人民九亿商,还有一亿待开张。信息时代来临,摸到过河的石头不如摸到一张飞乐股票。……古今胸罩,一戴添娇。

到处都是工地。全国各地来的人,操着南腔北调,来此创业或淘金,每个人的脸上都洋溢着对金钱的渴望。空气里飘散着尘土,纵横交错的电线下面,女人们穿着多样,有蝙蝠衫、文化衫、短裙、西装短裤、开衩开到大腿的紧身裙、紧身牛仔裤,光脚穿着凉鞋,手指和脚趾涂着红色,昂首挺胸走在路上。她们长得没有一个像严听听那样的,也许以前与严听听有几分像,当她们的城市不再需要星星和月亮时,她们也就与严听听越来越不像了。

黎光在这里目瞪口呆,说:"这就是党哥哥说的童话世界吗？"

牛草青的公司开在东门,她的公司什么都做,倒服装、倒彩电、倒圆珠笔,把内地的东西倒到香港,再把香港的东西倒到内地。香港需要内地的玉米、大豆、大闸蟹……内地需要香港的电子产品、化妆品、墨镜……她还想着在吴郭市开第一家鲜花店,把深圳的鲜花送到吴郭去。如果政策允许,她还想开私人出租车公司、长途运输公司、飞机客运公司。黎光想起严听听的理想,她想当飞行员。

东门有许多老房子、老街,和吴郭一样有青砖黛瓦,青石板路。不同的是,吴郭城波澜不惊,不像这里如此喧嚣。从凌晨到午夜,始终人声鼎沸,万头攒动。这里也是新旧结合的地方,野蛮生长的新力量和传统的温良内敛并存。牛草青比以前更亢奋了,穿了一件露腰装,身上喷满香水,一看到黎光就扑上来拥抱他,其实他们才见过一次。

拥抱过以后,牛草青又在黎光的脸上亲了一下。黎光一把推开她。无意中掠过她一眼,仿佛觉得牛草青的嘴唇和严听听很像。所以,当牛草青提议带他去沙头角中英街"开眼界"时,他没有拒绝。过了十几天,牛草青给他办好了边境特别管理区通行证, 他们坐着一辆中巴去了中英街。中英街街心有块界石,将沙头角一分为二,东侧是华界,西侧是英(港)界。中英街不长,也就一里路长。也不宽,刚好够得上两辆小车交会。店铺也都是小小的,一家连一家,大部分经营着款式新颖的金银首饰、手表、珠宝。每家店铺的同类商品都是一样的价格,只有在赠送物品上有所不同。许多人在这里进货,再拿到大陆去卖,赚个差价。

牛草青带了四条大陆生产的名牌香烟,交给了中英街港界那边的一家门店,赚的香烟差价,她没拿现金,就在柜台上取了一只花里胡哨的男式电子表,店家对她不错,又赠送了她一条镀金项链。临走时她笑着对店家说:"香港是我们的,迟早要把你们收回来。"店主也笑嘻嘻地用港式普通话回答她:"OK啦,我们等着这一天啦。"

晚上,他们回到深圳东门,去了一家粤菜馆。店里粤曲悠扬,店外摆得满满的南国花珍奇卉，一看就是价格不菲的饭店。牛草青说："放心，我来请客。"

黎光微笑着点头。

牛草青叫了一瓶荔枝酒。黎光说："我不喝这种酒。我喝一瓶啤酒吧。"牛草青说："我酒量很好的，就是有一个坏毛病，喝多了要坐到人家的腿上去。"黎光说："我认识一位十八九岁的女孩，她喜欢听童话故事，别人给她讲故事，她就坐在人家腿上听。你不是十八九岁了，请你不要坐到我的腿上来。"

牛草青不是吓唬黎光，几杯荔枝酒下肚，她就坐到黎光腿上去。黎光想把她推下去，无奈她的屁股又大又有力，像粘在黎光大腿上一样。他说："哪有你这样的领导，男下属见了不得吓死？"牛草青一听就回到自己的座位上去了，说："你不要瞎说，我这头牛也就是见了你以后，才想啃啃小嫩草。"黎光说："你是什么时候'下海'的？真想知道你'下海'前是什么样子的。"牛草青说："我是一九八五年到深圳来淘金的，我那时候很害羞，见了陌生人，话都说不出来，也是一位童话里的女孩。"黎光说："现在是陌生人见了你说不出话来。"牛草青打开包，拿出那条镀金项链挂到自己脖子上，把手表递给黎光，示意他戴上。黎光没有接。牛草青就把手表扔到他身上，说："你怕什么？不过是一个小礼物，又不要你卖身答谢我。每个人来我公司，我都会送一份小礼物。你好好干，奖金多的是。"

她这句话没有瞎讲。国庆节前，因为上半年业绩不错，她宣布带着公司全体人马去海南玩一趟。她说海南刚建省，她要去考察一下，看看海南经济特区有些什么。

在海南，他们也被牛草青开了"眼界"。牛草青不知通过了什么途径，把自己公司的几个骨干带去了一个隐秘的地下室。地下室的门里门

092

外都有虎视眈眈的壮汉把守望风。随着一阵阵香风,几位美貌的高个子女郎轮流出场,从外衣脱到内裤胸罩,在台上且歌且舞,身姿曼妙。黎光也算见过一点世面,第一次见那白生生的肉在台上极尽挑逗,也是一阵阵头晕目眩。他独自走到后面壮汉把守的地方,点着一支烟吸了起来。表演之中,观众是不许离开地下室的,以免有人向公安部门报信。他很想把这件事告诉严听听,问问她有什么感受。世界不一样了,能卖的都会明码标价,她的童话还会保持以前的结局吗?

忽然外面响起了枪声。表演的女郎们顷刻消失不见。观众们也被壮汉们催促着离开了地下室。出来后,牛草青波澜不惊地说:"我们这次人多,打了点折扣,每个人的进场费不算贵,也就一百块。这笔钱公司出了,大家到外面不要乱讲。"

牛草青走到黎光的身边说:"我刚才看到你受不住走了。你还是见识太少。这种场合才是男人的童话。"

后来他们知道,外面的枪声不是针对地下室的色情表演,是两个帮派火并。这也是海南刚建经济区时的怪现象。

在牛草青的发财梦指引下,黎光过了一段混乱然而激情四射的生活。那时候,他们的笑容都很明朗,他们的咳嗽都显得很有主见,他们不断地被什么东西消耗,却自信地认为力量会源源不断地滋生。生活又紧张又刺激,同时伴着空虚和孤独。黎光与牛草青顺水推舟地同居了。才同居了两个月,她丈夫就从杭州赶来,把黎光打残了一只左手,从此后他的左手就捏不牢东西。她丈夫是搞体育的,打起黎光来真是秋风扫落叶。这件事过后,她老公痛下决心,从杭州中学调到深圳大学了。这样也好,牛草青从此不敢和黎光纠缠,黎光暗地里松了一口气。

转眼过了快两年了,春节前,牛草青把黎光、副总经理、财务主管和办公室主任叫到她办公室里,商讨一件事。

牛草青说："各位,我结婚前有个相好,叫赵一铜。他能量很大,这些年做铜的生意,越做越大,是国内经营铜生意的龙头老大。大家叫他铜老师。他在全国各地都有收购铜和加工铜的工厂、仓库,最近他又到非洲什么地方去收购了几座铜矿。我想从他手上弄点皮毛生意,比如让他给我们一点租赁生意,我们搞几座仓库租给他。再比如,我们去弄块地,造几座厂房,卖给他,或者用厂房入股,我们当股东。当他的管理也行。开发了这一块,我们可以暂停传销这一块。传销这东西,我总觉得要出事。"

黎光说："你真是想得美。铜老师这样的人,身边不会缺少美女吧?他连你是谁可能都忘了。"

牛草青说："我认识他的时候,他有老婆了。他肯定记得我的,因为我和他分手的时候,大大敲了他一笔竹杠。就这笔分手费都会让他记得我。那时候他不过是个收破烂的,破铜烂铁旧车废纸,什么都收。摊子不小,钱还不多,他只好把他祖传的金戒指都给了我。铜老师以前当过中学语文老师,人是文绉绉的,有情有义。我把他打得嘴唇出血,脸上瘀青,他也没说什么,还是把金戒指都抵钱给了我。"

黎光说："莫不是你去找到他,让他也打你一顿?"

牛草青说："要是能谈成生意,让他打一顿也不是不可以。事在人为,只要努力,万事都有可能。我打听到他最近去了上海,在上海证券交易所办事,办完事再去吴郭市一个宾馆住下来,他今年要一个人在吴郭市过年。我们也去这家宾馆住着。找个机会,约他出来吃饭,我把金戒指还给他。"

牛草青说的我们,包括她和黎光、副总经理、财务主管、办公室主任。

牛草青捏住黎光的脸颊说："黎光,衣锦还乡啊。去找你那个小姑娘讲童话喔。"

　　三天后,黎光跟着牛草青回到了家乡吴郭市,住在风景秀丽的吴郭宾馆。久不回家,他的心情还是不平静的,大口吸着气。当天晚上,他先回到了父母的家里,才知道他爸正在接受组织上的审查,他爸当"打击投机倒把办公室"领导时,收受了贿赂。当年他和黎光两人父子对骂,彼此都说对方会坐牢,没想到黎光的话应验了。他对黎光说:"你要认真做人啊,不要像我这样。"黎光说:"爸,对不住啊。那时候我也是瞎说。我真的想不到你也会犯这个错误。我想不通。"黎光爸说:"我也想不通。"

　　从家里出来,黎光回到自己的租赁屋里去拿自行车。父亲犯法,他们的房子有可能保不住。黎光想,他要考虑给父母和自己买套房子了。

　　他走的时候,房门是锁着的。现在虽说也是关着,但没有锁。他进屋一看,自行车没了,床上独有的一床鸭绒被没了,屋顶上的吊灯也没了,换了一只赤膊电灯泡。

　　黎光拿了一把铁勺子,朝东墙上使劲地敲了起来。墙那边,老王的声音响了起来:"什么人啊? 是黎光回来啦?"

　　黎光说:"不是我是谁? 你胆子太大了,快把我的自行车、鸭绒被送回来。"

　　一会儿,老王老婆推着自行车过来了,放在他门口,低声说:"鸭绒被没有了,不是我拿的,是老王拿的,带到乡下,送给了他妈妈。"

　　黎光说:"王阿姨,你真可怜。"

　　老王老婆说:"是,我很可怜。你饶了我们吧。你出去两年,不都是我们在给你看房子? 有一次夜里我闻到焦煳味,以为是你的房子失火了,还起来到你这里来看了看。"

　　黎光说:"你没看出名堂吧?是不是你的炉子没封好,放在上面的饭锅烧热了？"

老王老婆可怜地说："是的。"

黎光看了看车子，车子旧了不少，但还能骑。老王老婆说："车子这么破了你还要？你一看就是发了大财了。一身西装笔挺，外面风衣飘飘。手里拿着大哥大，就缺个美女在怀里抱抱。"黎光说："哎呀，两年不见，你也是变多了。除了乱拿人家东西，还这么油嘴滑舌。"老王老婆坦诚地说："我们是穷人。穷人怎么变都没关系，没人在乎我们变不变。"

黎光骑到严听听家的巷子，刚到巷口车子就掉了链子。想起两年前与听听在巷口的光景，心里一阵温暖。走到巷子里，发现巷子好像变了，但一时又不知道什么地方变，它外表还是那个样子，骨子里却透出一股烦躁的气息。黎光想，也许是自己太敏感，太敏感就会失去真实方向，也许是自己变得浮躁了，才会看什么都觉得烦躁不安。

严家大门紧闭，没有灯光。奇怪的是，周围走来走去的邻居，他都不认识。派出所也搬走了。他站了一会儿，明白为什么这条巷子烦躁了，是路上的灯光变得太亮，夜里走来走去的人太多了。

他看到了一个熟人，居委会主任刘阿姨，连忙上前叫住了她："刘主任你好。"刘阿姨看了又看，叫道："哎哟，是你啊小黎，好久不见，一看你就和以前不一样了。你变得多了。我也变得多了。我现在忙呀，只争朝夕呀。居委会想搞一个木器加工厂，我去找领导敲图章。你站在这里干什么，来找严听听吧？她一家搬走了，她家房子出大价钱租给了一个香港老太太。那个香港老太太是个美容师，浑身香水味，呛死人，好在不怎么来。严家搬到哪里去？我们也不知道。再会。"

黎光看着她急匆匆的背影，啼笑皆非。他不过问了一声刘主任你好，就引出了这么多珍贵的生活信息。

他从巷子走到巷尾，怅然若失。

第二天一大早,牛草青就带着办公室主任林叹出去了,两个女人在外面神神秘秘地消失了一天,下午回来喜形于色,说铜老师答应明天晚上来赴宴。

黎光说:"金戒指有没有还给人家?"

牛草青说:"还了。放在他桌上,他看都没看。这狗东西现在牛了,我坐在他门口等了半天,到中午他才开门。开了门叫我进去,五分钟不到又叫我出去。我只好又坐在门外等,看他叫了餐,服务生送到他房里,他吃好是下午一点多了。他又要睡,一直到下午四点多,才让我进他房间——还只能我一个人进去。任我坐在那里,就当我是个空气,自顾自地打电话,上厕所。上厕所门都不关。"

黎光说:"也许他暗示旧梦重温呢。"

牛草青说道:"不是。我看得出来,他很倦,什么人都不需要,就想一个人待着。他说话也是前言不搭后语,眼神木呆呆,走在大街上,谁会看得出来这个人是业界老大,几个亿身价,还以为他是个精神有问题的普通老大爷。他以前不是这样的呀,生龙活虎的。他现在老是一个人在外面晃荡,家里人根本不知道他在什么地方。照我牛草青的想法,他的精神和身体早就亏空了,冰冻三尺非一日之寒呀。"

黎光说:"你也不要推卸责任,如果他真的精神出了问题,你也是他下滑路上的一个原因。当然,你管不了那么多,你还是多替自己想想吧。"

牛草青说:"我现在不敢说满话,也许哪一天我也像他这样了。当然我首先得赚几个亿才能变得像他这么万念俱灰。"

酒店就订在宾馆里,牛草青带着黎光他们,六点钟就坐在包厢里了。铜老师喜欢吃粤菜,她就点了澳洲龙虾、澳洲带子、马达加斯加鱼翅、墨西哥鲍鱼。到了七点钟，铜老师才出现。他就一个人，穿着拖鞋，蓬头散发地走进来，眼睛朝牛草青一瞄就收回去了，牛草青看在眼里，不吭声，一迭声地催服务员上菜，问铜老师："喝什么酒？茅台还是轩尼诗X.O？"

铜老师恍若未闻，坐下来，沉默地吃。他的吃法让黎光看了难受，山珍海味，他吃到嘴里毫无表情，味同嚼蜡的样子。而且他越吃越冷，扣上了衣服扣子，还拿起牛草青的丝绸围巾系到了自己的脖子里。林叹把自己的羊毛厚围巾拿过去给铜老师看看，示意他把丝绸围巾换下来。铜老师也朝她一瞄，迅速收回目光。林叹头颈一缩坐回自己的座位。

牛草青凑过去，低声下气地再问他："喝什么酒？"

铜老师终于挤出两个字："不喝。"

一会儿，铜老师好像吃饱了，扔下筷子，开始说话了："江汉曾为客，相逢每醉还。浮云一别后，流水十年间。欢笑情如旧，萧疏鬓已斑。何因不归去，淮上对秋山。"原来他在吟诗，吟完这首韦应物的诗，他伸手到口袋里摸出他的"大前门"香烟，牛草青拿起火柴，替他点上。铜老师在烟雾里对牛草青说："这些年来，你除了想钱，还想些别的什么？"牛草青急忙说："除了想钱还是想钱，不想别的。连男人都不想了。"听到这个回答，铜老师的脸上浮出笑容。他这么一笑，黎光发现他长得不难看，也不太老。他的笑容很是真诚可爱，甚至有点儿孩子气。

这时，隔壁的包厢里响起一阵哄笑声。笑声停下，有个人说了些什么，又响起一阵哄笑。

铜老师站起来说："我听出来隔壁有一位见过一面的朋友，我去看看他。不知道他还认识我吗？"他说完就走掉了，去了那个不断哄笑的包厢。牛草青说："黎光，你跟过去看看。铜老师是我们的人，别让别人把他勾搭走了。"

黎光跟在铜老板后面。铜老板推开隔壁包厢厚重的樱桃木门,大声说:"我是赵一铜,你们这里有谁认识我吗?"里面一阵沉默,突然有个北方壮汉从座位上站起来,朝铜老板又惊又喜地奔过来:"哎哟,我认出您来了。我真是太高兴了。请也请不来您哪,是哪阵风把您给刮来了?"铜老师说:"我在你们隔壁谈事情,听到了你的声音,就过来看看你们笑什么?"

他们重新排位子坐好,这次铜老师坐了主位。没人在意黎光,他就站在门口服务台旁边。

北方壮汉站起来,端起酒杯说:"今晚真是太高兴了,早上喜鹊一个劲地叫,原来贵客晚上到。我们现在重新开始,第一杯酒敬我们尊贵的客人赵一铜老板。"铜老师站起来,端着酒杯说:"敬祖国,敬我们的时代。"

喝完了第一杯,铜老师问:"你们刚才在笑什么?说出来让我也高兴高兴。"

他话音刚落,大家就热闹起来了,推来搡去,最后把一位穿着白衬衫、黑白格子呢短裙的姑娘推到他旁边坐下。黎光看见那姑娘,脑袋"嗡"的一声,这不是严听听吗?

黎光摇摇脑袋,定一定神,仔细看去,不是严听听是谁?她一点也没变,还是那么朴素淡雅。也还是那么美,头发差不多披到了膝盖。看到她没有变化,黎光心里松了一口气。

铜老师问严听听:"你来告诉我吧,你们刚才为什么那么笑?"

严听听一本正经地说:"我们刚才在讲童话故事。我讲的童话,他们都说是骗人的。"

铜老师说:"你讲了什么?讲给我听听。"他说完,大家又是一阵笑,严听听微笑着对他说:"我姓严,叫听听。我讲出来的故事,大家又要笑,不如你讲一个吧。"

铜老师专注地看了严听听一眼说："你喜欢听童话故事？那我来讲个给你听。世界变了，我以为再也安不下一个童话了，看来我的想法太悲观了。我讲的是一个穷小孩，男孩。他读书很认真，功课也好。可惜家里太穷，供他读到高中就再也供不起了。他上头两个哥哥都送给别人家当儿子了。这个小孩高中毕业后，就在乡里的中学当老师。当了十年老师，碰到了好时代，他离开学校，开了一个废旧品收购站。后来专门做铜加工，越做越大，有自己的铜矿，全国各地都有工厂、仓库……他租了飞机、火车跑运输。他有了钱，最想做的事就是找回他两个哥哥。他的爸和妈临死前都和他讲，要千方百计地找回他两个失散的哥哥。爸和妈都走了后，他孤独一人，一想到这世上还有两个哥哥，他的心里就涌起生活的愿望。于是他到处找，找得很辛苦，终于把两个哥哥找到了，一个在青海，一个在新疆。他们都有了孩子了。他们拖儿带老来投奔弟弟，弟弟为了他们，特地在山清水秀的南方建了一个崭新的小镇，全是青石板的路，路两边分散着别墅，别墅的院子都有四五百平方米。他给小镇起了名字叫欢笑镇。欢笑镇上有温泉。欢笑情如旧啊。"

严听听说："你讲的这个不是童话故事。"

北方壮汉打圆场说："这就是童话故事。这个童话故事里的主人公就是赵一铜老师。两个哥哥，一个叫赵一金，一个叫赵一银。来，大家敬铜老师。"

铜老师没有端酒杯，说："大家请安静一下，我有重要的话要说出来。"他扭头严肃地对严听听说："小姑娘，想不想和我一起赌一把人生？拿你的青春赌明天。赌得好，你不仅有一个信任你的依恋你的丈夫，还有数不清的荣华富贵。你拿青春赌，我拿命赌。"

谁都知道铜老师在说些什么。他说得平静，却把大家吓得鸦雀无声。

铜老师再一次对严听听说："你想一想回答我。"

黎光的大哥大响了起来。是牛草青打来的。他回到了自己人身边，眼里闪着泪光，把铜老师看上严听听的事告诉了大家，并且说："铜老师可是有老婆的。"牛草青说："不足为奇，他还有三架飞机呢。他可以离婚，也可以不离婚。那个女孩可以当他老婆，也可以当他的小三或者小四。"

大家都忽略了黎光眼睛里闪着的泪光，他们不知道铜老师看上的小姑娘是谁，还以为黎光喝多了。饭桌上，喝到世界模糊或摇晃时，什么情况都会发生。

正说着，铜老师一推门，站在门口说："我要回房间里洗个澡，打扮打扮。我今晚喝多了，你们谁扶我去房间？"林叹和牛草青闻言立刻站了起来。但铜老师忽然想起了什么，朝黎光一指，像国王一样命令他："就你，你来侍候我。从今后我不要女人来侍候。"

黎光走出去，一路扶着铜老师的手。铜老师说："我刚才看见你一直在门口站着，我说的话你都听见了吧？"

黎光说："听见了。"

铜老板说："我一看见她，就知道我是她的人。她会拯救我，她是我生命里的绿洲，她会滋养我的生命。"

黎光说："她是许多人生命里的绿洲，她滋养过许多人，包括我。"

铜老师问："此话怎讲？"

黎光说："老头，我追她追得好伤心。她不愿意，我也没办法。"

铜老师说："小伙子，你眼光好。"

黎光说："你放过她吧。她才二十岁多一点，还什么都不懂，是个活在童话里的人。你有五十了吧？还是六十？"

铜老师说："我才四十三岁。她不需要懂，她天生就有一种拯救人的能力。只要她肯要我，我会把我整个世界给她，因为我要靠她续我的命。"

黎光把铜老师带回他的房间，坐在外面等着他洗完澡。铜老师从浴室里出来时，精神焕发，就像换了一个人。他不仅洗了澡，还洗了头发，喷了香水，换上了西装，穿上了皮鞋。他对黎光说："小伙子，想不想听欢笑镇后来的故事？嗯，弟弟的两个哥哥、两个嫂子，加上各自三个小孩，小孩们的爷爷奶奶、外公外婆、舅舅阿姨、叔叔伯伯等等亲朋，一共四十几个人，十几家。住在欢笑镇里，开始过得真是其乐融融。弟弟还把两个哥哥和两个嫂子安排进了集团公司。然后就不太平了，吵的吵，闹的闹，争权夺利。他们不缺钱，可任何时候说话，都带着钱这个字。欢笑镇变成了苦笑镇。"

黎光还是说："你看到我脸上在苦笑吗？请你放过她。"

铜老师说："不放。我下半辈子就靠她了，我不会看错人。"

过了片刻，铜老师说："我想当时代的英雄，可我却成了时代中的一个小丑。在听听面前，我才相信即使是一个小丑，也有莫大的价值。"

黎光听了铜老师的话，无法不动容。他再也说不出任何话了。他把铜老师送进包厢，也就是说，送到严听听的身边。门打开的时候，他看见严听听凝重的脸，两个和她差不多岁数的女孩围着她悄声说话。包厢里灯光打得很亮，严听听的长发上好像折散出白光，让黎光看了头晕目眩。

严听听抬头问铜老师："我们就算开始了吗？"

铜老师肯定地说："开始了。从童话开始，永远没有结束。"

严听听忽然转脸对黎光说："你回来了。我觉得你变化很大。"

黎光有礼貌地躬身说道:"童话已经失控,且看结局如何。"

隔壁这里,牛草青说:"大家都不要走啊。等着铜老师把好戏演完,我们再见机行事。"说完她闭上眼睛,把头一仰,坐在椅子上睡着了。片刻,她身子一歪,慢慢地瘫下来,大家只当没看见,任由她一头倒在地上。明天是除夕,她把大家拖到这里,这会儿还要大家看好戏,眼见得大年夜不能和家人团圆了。过了一会儿她醒过来,自己爬起来,换到沙发上去睡了,并且发出惊天动地的鼾声。大家静悄悄地坐在桌子边,面前摆着残羹冷饭,心里怀着各种心思,耳朵里听着如雷鼾声。

睡了大约半个小时,牛草青的鼾声戛然而止,睁开眼睛,说:"隔壁要散了。"

隔壁那一桌确实要散了,椅子在挪动,好几个人已经走到门口,互相道别。

牛草青问:"几点了?"

林叹说:"快十点钟了。"

牛草青说:"黎光,你去看看铜老师朝什么地方去了。跟在后面,不要惊动他。"

黎光说:"我不去。"

林叹说:"我去吧。我实在太好奇了。但是跟着人家干什么?人家要进房间的。"

牛草青说:"今天他们不会进房间。铜老师对待他心爱的女人,不会这么随便。那时候他对我也是这样的。"

林叹去了十几分钟,上来说:"铜老师和那个女孩在大厅的茶室里说话,说着说着,铜老师就坐到地上,把脸枕在女孩的膝盖上。他看见我好奇地东张西望,也不恼,叫我过去,对我说,明天晚上,他要在这里的二楼办一个盛大舞会。让我们都来。他还要把上海、杭州、南京的商界大佬们、朋友们都请过来。"

牛草青说："明天是大年夜。他要办舞会干什么呢？哎哟，那就是向大家宣告他的爱情了。这位小姑娘到底是什么来路？铜大老板俘虏一个小姑娘要闹这么大的动静，这是从来没有过的。"

林叹说："我听那些客人讲。这位姑娘是普通人，唯一光彩的事就是两三年前得过本市的选美冠军。因为家里最近买了房子，要还债。所以就答应了人，出来陪个酒。她这样的人，陪一场酒也就两三百块钱。"

牛草青说："谁想打赌？这个女孩到底能不能拯救铜老师。"

林叹说："这没法赌，你用什么标准衡量拯救和非拯救？"

牛草青说："好赌的。如果他们在一起以后，铜老师改变独往独来的习惯，说明他得到拯救了。如果还是像以前一样孤僻不近人情，说明铜老师这次又失败了。以前他找我的时候，分手就是这么说的，说他又没找对人。"

林叹说："我赌铜老师功德圆满。"

大家纷纷赌铜老师成功。牛草青说："你们就是想气我罢了。我赌他们的关系以惨败告终。这件事太像一个童话了，世上哪有童话呢？黎光，你说呢？"

黎光摇着头，忍不住抽泣起来。

这场戏就这样了。黎光的除夕夜是一个人过的，他的房间位置不错，下面是一个挺大的花园。里面亭台楼阁，小桥流水。蜡梅花的香味悠远绵长。隐隐约约听见二楼的乐声，灯光从窗帘里透出一点，落在花园的水面上。

他始终看着花园。他很明白发生了什么，也知道将来会发生什么。

过了十二点，各处的烟花爆竹一起放起来，惊天动地，仿佛要把地底下的魂灵也惊醒过来，一起庆贺人间的无尽期望。烟花爆竹声里，花园成了最幽静的地方，一对情侣挽着手走了进来，在花园里不知疲倦地走，无穷无尽地走。花园被他们越走越小，最后花园小成了一叶扁舟，他们坐在扁舟上，驶向远方。这对情侣就是铜老师和严听听。铜老师不停地说着什么，严听听仰脸听得很专注。铜老师在说什么呢？他在讲童话吗？很显然，他的童话有着完美结局。他不知疲倦地讲着同一个童话故事，严听听百听不厌的童话。讲着讲着，他会不会就此深信不疑？

黎光说："你傻呀。"这句话不知道是说严听听的，还是说自己。

大年初一，他回到了自己的租房。他没有再和严听听见面。严听听在吴郭市过了正月十五，然后跟着铜老板去了他的家乡。

不出所料，牛草青和她的团队抓住了这个机会积极公关。大年夜舞会后，他们打听到了严听听的哥嫂家，上门送了重礼，甚至还想把严听听的哥哥聘为公司的副总经理。一来二去，严听听的哥嫂就和他们熟悉了。熟悉产生了感情，感情产生了利润。牛草青得偿所愿，得到了铜老板的帮助。黎光也得到了牛草青的奖励，拿到了一大笔奖金。他退出了公司，离开深圳回到家乡。他的父亲因为是主动坦白，免于刑诉，但开除了公职，开除了党籍。那幢别墅是受贿而来，也上交给了政府。

一九九二年夏，黎光拿着那笔钱去买了一个价钱十分便宜的房子，一所市中心的小院落，三间白墙黛瓦的平房，一个一百多平米的小院子。房子和院子都有些残破，下雨时屋里会漏水。但是小院子里能种种花草和树木，他爸妈每天都与院子里的土打交道，这种状态也就像在家修行了。到了第二年，破旧的院子因为花草树木的繁盛，变得朴素而有生气，可以听雨打芭蕉，也可以踏雪寻梅，与莲听诵，或与竹同舞。

这时候，黎光收到严听听的一封信，上面写道：黎光你好！不要惊奇，你现在住的房子本是花亚的祖宅。花亚嫁了一个外国人，这房子她不要了，卖给了我。我为了感恩我哥我嫂的养育之恩，就用了我的侄儿的名字买了下来。准备以后给我的侄儿成家立业。后来我哥想卖掉换公寓房，正好你来问询这个房子，我就做主低价卖给你了。希望你和你的爸爸妈妈在里面过得幸福。

我跟铜老师去了他家，自从俞阿婆死后，我还没找到给我讲故事的人。现在他给我讲了，讲那些我妈、我哥、俞阿婆讲过的故事。他说他有一天一定会相信这些故事的。我们去了他家，等着我的是他的太太和两个儿子，还有一大堆亲戚，亲戚的亲戚。当然这都是没关系的，我们去了两天，他就和他的太太谈好条件离婚了。然后他带我坐上他买的飞机离开了那里去了巴黎。他说以后要与我同进同出，比翼双飞。我们要互相建立信任，在信任的基础上结婚生孩子。他带我去了中国一些最好玩的地方，最好吃的饭店。带我去了世界上一些最好玩的地方，最好吃的饭店。然后我们就去了一座岛上待着，这座岛是他的，岛上有山有湖有树林。等到我们从岛上出来时，才半年的工夫，他的施工人员就在繁华的大城市里给我们造了一座大别墅。别墅里有大宴会厅、大酒吧和几个藏酒窖。铜老师用了好几个国家的特色厨师，法国、英国、日本的。他在里面经常招待客人。来客要像汉朝人一样，进门就洗澡。他还有一个很大的洗澡房，水是从山上引来的温泉。

其实我写信最想说的不是以上这些内容，这种日子很像童话，但不是童话。那天在酒店里，你一露面我就看到你了，我还以为你会上前带着我离开，没想到是铜老师带着我离开了。你没有力量对抗命运，我也没有力量对抗命运。童话的本质就是如流水一样，而不是像火一样燃烧。铜老师就像一团永不熄灭的火，他不断地想要力量，可惜我无法给他。我若有力量,当时就不会跟他走。

让我们像流水一样平静地生活吧。我喜欢童话,但我知道童话从来不是给人力量的,童话只给人提供庇护心灵的小屋子。

我后来听我哥哥说,我跟铜老师走,惹得你哭了。童话里一定要有眼泪的。你给我眼泪,我也会还给你眼泪。

黎光把信在炉子上点着了。

他不想回信,如果他回信的话,他一定要问她:你和铜老师现在还讲童话吗? 可是我,还想给你写童话,因为你值得。

他想写童话了,写给严听听,也写给孩子们。他心里有了沧桑,想法就不一样了,故事的结尾也与以前不同。他很乐意让故事有个明亮的结尾。他把《桑树的故事》改了结尾:挖桑树的老爷爷想到了一个好主意,不再挖树了,回去告诉村里人,每人领养一棵桑树,桑树不够的话,大家再去种一些。至于领养的细则,让孩子们说了算。结果,这个村里的孩子们和大人不一样,他们互相谦让,一点纠纷也没有。《狐狸的悲伤》也改了结尾:狐狸妈妈咬了爷爷一口,爷爷又疼又恼,抓起三只小狐狸就要扔到水里去。这时候,爷爷的孙子说:"爷爷,狐狸妈妈不过咬了你一口,你不要淹死它的三个孩子,也咬它一口好了,这样才公平。"

严听听,我写的童话故事越来越像你喜欢的样子了。他想。

一九九四年十月十一日,黎光看到好几份国家级的大报纸上同时报道了一则消息:商界传奇人物赵一铜于昨天不幸病逝。一些小报上详尽描述了赵一铜逝世前的行踪。他和往常一样,一个人去外地度国庆节。在外地的某个宾馆里,他夜里心脏病突发而亡。死的时候他的亲人们都不知道他在哪里,是公安局根据他的身份证确认了他的身份。他没有遗嘱,也没有指定接班人。他还没火化,他的两个儿子、两个哥哥,众多的私生子女已经开始抢权夺利,互相告上法庭。他留下的庞大商业帝国即将分崩离析。

关于严听听,她的照片也出现在了报纸上,但她什么也没说。

牛草青对铜老师和严听听命运的预测不幸言中。她打电话给黎光说:"我成了半仙了。高兴吗?我不高兴。"

与此同时,黎光也想给自己的人生设置一个大团圆结局。他已经知道,严听听在铜老师猝死后生了大病,九死一生。他会赶到她的住地,把她接回家。他和他的屋子终于等来了女主人。他见到严听听的第一句话应该这么说:童话就是童话,里面没有悲剧也没有喜剧,只有流水一样的人生,心静了水就是清澈的。

他设置的这个人生结局俗不可耐,但对黎光是最好的结局了,对严听听来说也是。黎光爱她爱了若干年,一直迷失在她的天真和单纯里,现在才知道,天真和单纯里一定会有深深的创伤,但不会成为悲剧。那个在深夜里讲童话的人,是严听听,她眼睛里有黎明的光影。

对 岸

月夜的开始,是从月亮升起的时候算起。

祝风夜里一点钟醒来,写到第二天中午,简单地吃了几块饼干,然后一觉睡到月亮挂上半天空。她掀开窗帘看一眼,想,如果没有遍地的灯光,农历十六日的月亮光会铺满大地。

她拿起手机给一个叫作"爱与美"的微信群留了如下语音:姐妹们,每当满月,纯洁完美的月亮挂在天空上,我的心就好孤独。——彩云咖啡馆见。

她的月夜之始,是从内心的孤独算起。

很快,她的手机响起好几声短信提示声。她也不看短信内容,就穿好衣服,走出她的别墅。到处都是树,地上却没有影子。她的人也是,没有影子。空气里弥漫着花草树木的香气,这些没有影子的东西,黑郁郁地聚在一起,分不清楚,仿佛密谋着什么。

从去年开始,姐妹们的时间多了起来。首先,储角的美容院门可罗雀,武清河的珠宝店经常关门歇业,宋啸云有个上市的装修公司,去年,有关部门把她好一阵子查,没有查出多大的问题,她也从此想开了,放松了工作,三天两头地出来玩。阮红心在一家外资企业做高管,外资正准备撤资,她有大把的时间消费。祝风是个著名网络写手,她的时间自然可以由她自己支配。

她们能不时地聚会,得益于有共同的无害话题:婚姻的创伤、股票、时装、抗拒岁月的美容手段、吴郭城里流传的各种小故事。

今晚,和往常一样,她们每人开着一辆不同颜色的玛莎拉蒂,来到了彩云咖啡馆。以前,大家在汽车的品牌上较劲,后来约定买同一个品牌,既解决了争强好胜的不良后果,又拉近了彼此的距离,仿佛像共爱着一个男人似的。

她们没有喝咖啡,只是泡了一壶菊花茶,坐在湖边看月亮。从这个举动来看,她们对今晚没有什么期待和预谋,而是想喝了菊花茶回家休息。

湖里不远处有一些浅滩,上面的芦苇随风蠕动,芦苇中偶尔传出鸟类"咕"的一声低语。

储角说:"看到这些柔弱的随风而飘的芦苇,流淌不停的河水,我心里也好孤独。我以前会哭,会心酸,现在除了孤独,什么也感受不到。"

武清河、宋啸云、阮红心表达了相同的情绪。

那么现在就面临着一个问题:她们要做些什么,才能让今夜充实起来,不要带着孤独的情绪回去睡觉?

祝风提议道:"这样吧,我们讲出每个人心里最后的秘密,从来没有人知道过的秘密,好不好?"

她把"最后的秘密"说得又快又狠,大家听了以后一阵沉默。

储角打破沉默说:"祝风,你是提议人,那你先说你的最后的秘密吧。"

祝风说:"我有一个可怕的秘密,从来就没有告诉过谁。我从小就咒我爸死……就是这样。"她听到大家倒吸了一口冷气,没有人敢问为什么。

储角接着说:"我也有一个秘密,我从来就没爱过男人。"大家又是一声惊叹,她说了以后,谁也不敢问什么。储角,有过多少风流韵事的储角,九十年代初,她二十岁出头,就是吴郭城里著名的花心女。

武清河说:"我十年前就得了精神病,严重的焦虑症。每天都要服药。"她语速很快,蹦出来的字,两个一组地在舌头上打着架,舌头和牙齿也纠缠不清,离远一点就听不清楚她在说些什么。

这次没有人发出惊叹的声音,但大家张着嘴,嘴里喷出惊讶的一团一团冷气,这些冷气被微风吹到湖面上,凝结成浓雾,在湖面上飘散开来。

宋啸云和阮红心互相交换了一个眼神,低下头喝茶,表明她们不想再说可怕的秘密了。她俩的决定是明智的,因为大家已经心情沉重,再也装不下更多的可怕的秘密了。

咖啡馆的老板娘和她们很熟,她们不走,老板娘绝不会下逐客令。她们沉默着,不停地喝茶,这一夜好像会无休无止,藏着无尽的空虚,所有奋斗过的人生,是一样无头无尾的怪物。

祝风说:"我们不讲自己了。我们讲别人的故事好不好?每人讲一个。"

她的提议马上得到了大家的同意,讲别人的故事至少很安全。老板娘适时地靠过来,对她们说:"各位美女,今晚上咖啡馆里除了你们也没有什么人,我厨房里有半斤一只的湖蟹十只,还有下午从渔船上买来的四斤重的大白鱼。前几天蓝湖开捕了,总能买到好鱼好虾。不如温点黄酒,大家一边吃一边讲故事,好不好呀?"

老板娘的尾音拖得很长,显得温柔而时尚。穿着打扮最前卫的储角不由得多看了她一眼。

这回轮到宋啸云和阮红心先讲了。

宋啸云说："我们以前班上有一位个子很高的女生，坐在最后面，体育很好，但是很傻，功课很差，不知道你们还记得不记得？"

阮红心说："哎哟，怎么不记得？不怎么说话的，一说话嘴里就带出乡下腔，又硬又土。叫什么妹……柴云妹，好土的名字。哪像我们五个的名字，洋气，豪气，大气，不知道的话，人家还以为是男人的名字，这点要感谢爹娘。"接下来她说了一长串英文。没人理会她，她也不做解释。

祝风叹了一口气。

黄酒先温了，服务员端了上来。然后端来了水煮带壳花生、新鲜红菱角、蒸糖藕。

宋啸云说："听我老宋仔细说来。柴云妹高中一毕业，她爸就逼着她结婚了。她反抗也没用，听说她不愿意结婚，撞头，把头撞在桌子角上，就跟祥林嫂一样。不过她比祥林嫂更惨，祥林嫂撞的桌子是木头的，她撞的是金属包的桌子角。"

阮红心说："只有乡下人家才用金属包角吧？"

祝风问："我就不懂了，她为什么不肯结婚？"

宋啸云怼了她一句："为什么？她有她的理由的。就像你不肯再婚，不是也有你的理由？"

武清河听得焦虑起来，咳了一声，伸出戴了一只冰种翡翠手镯的玉腕，把一碗黄酒递到宋啸云嘴边。于是宋啸云抿了一口酒，说下去："她为什么不肯结婚呢？是因为她那个搞笑的爸。我只消说一件事你们就明白她爸是个什么人。那一年，他爸晚上搭了顺风车进城找工作，刚进城，就尿急。他就四处找厕所，结果没有找到。他心中大怒，赌着气，憋着尿，朝城外走了十五公里，找到一个加油站里的厕所，才把尿放了。"

听故事的四个女人爆出一阵大笑。

宋啸云自己也笑得合不上嘴，过了好一阵子才继续讲柴云妹的故事："有一回，一个小偷进了她家的院子，偷了她家晾在外面的一件女式羽绒衣，并且把它穿在身上。她爸追出去，追了五十多公里路，捉住了小偷。他没把小偷交给派出所，反而带回家来，让他给柴云妹当了倒插门的女婿。柴云妹的爸说，这小偷不是惯偷，长得身强力壮，拿他当一个劳动力使唤也好。她就这样嫁给了一个小偷。听说后来生了一个女儿。"

宋啸云说完，阮红心说："轮到我讲了。我刚才也想起一个故事，也是柴云妹的事。是谁讲给我听的，我忘记了，大约也是哪位同学聚会时讲的。说柴云妹高中毕业后，进了国营丝织厂立织车间当女工，三班倒。她工作上肯吃苦，是一员猛将。后来犯了一个错误，被丝织厂开除了，只好自己在外找事做。不过后来国营丝织厂也倒闭了——这是后话了。她当时还是市三八红旗手，出了事以后，市妇联给她发的光荣册都上交处理了。"

武清河催了一句："你倒是快快地朝下讲呀。"

阮红心说："立织车间都是女人，只有一位男人，就是机修工。女工们仗着人多势众，经常'调戏'这位机修工，给他讲黄段子，说'荤'话，摸他的脸、大腿、屁股。这位机修工还没有结婚，刚从别的行业调过来，很不适应女工们的行为，他认为这是女工们对他的欺压，他要求调到别的车间去。但是领导对他说，天下的丝织厂都是一样的，女人霸权，这个车间的玩笑还是有分寸的，从来不脱男人的裤子。"

储角想起自己的美容院，自从开辟了男士美容项目后，老有年轻貌美的美容师找她告状，说某某男士给她们讲黄段子，某某男士又对她们动手动脚……要是她们有丝织厂女工的胆量就好了。她浮想联翩，"咯咯"地笑出了声。

阮红心说："领导的话马上就传到了女工们的耳朵里。那位年轻的机修工没有任何心理准备返回立织车间时，女工们捉住他，把他扳翻在地，然后摁住他的手和脚，脱下了他的裤子。就是这样。"

听故事的四位女士面面相觑。

阮红心说："我闻到螃蟹蒸熟的香味了，我要赶快把这个故事讲完。因为吃东西的时候讲这个故事，让人倒胃口。女工们把机修工掀翻在地，脱下他的裤子。脱裤子，就是脱掉男士的长裤。里面的内裤，就像如来佛贴在五行山上的封印一样，没人敢去揭开。别的车间的女工，再疯也是到此为止，被脱裤子的男士，一般来说，从此把女工们奉为神明，唯唯诺诺。所以大家脱下年轻机修工的长裤，一个个就笑着住了手。没想到柴云妹不罢手，也许她继承了她爸莽撞固执的个性吧，或者说她就是疯魔了——反正不知道她是怎么想的，她又撕又扯，拼力扯下了机修工的短裤，跑到外面，把他的短裤扔到外面的栾树上。"

阮红心话音刚落，老板娘就端来了一大盆香喷喷的熟螃蟹，时间卡得正好。

祝风敏锐地问阮红心："这件事，是在柴云妹结婚以后还是在结婚以前？"

阮红心回答说："我不清楚。"

宋啸云、武清河、储角也是一脸空白。

这时候，老板娘忽然开口说道："是结婚以前的事。"

热腾腾的螃蟹渐渐地冷了。它们呆乎乎地伏在盘子里时，红着脸，完好无缺，看上去栩栩如生，还能思考的样子。边上就是无边的湖水，波光粼粼，散发出生机和梦想，对它们简直是个莫大的讽刺，也着实让看着它们的人感到尴尬。

老板娘拿起蟹，每人面前放了一个，温柔地说："吃吧吃吧。"

五个女人你看我一眼，我看你一眼，机械地开始吃起螃蟹。

老板娘说："祝风，到底是作家，思考的问题就是与众不同。"

祝风站起来，把放在地上备用的一瓶黄酒，喝了个底朝天。她酒量一般，这种喝法是她的极限了。喝完以后，她对老板娘说："柴云妹，这一瓶酒，我喝了，给你赔个不是，也是庆祝一下我们重逢。"

老板娘，现在应该叫她柴云妹了。柴云妹站起来，双手合十，给大家鞠了一躬。她礼数周到，仪态万千，一点也想不到她竟然扒过男人的裤子。

储角上下打量着柴云妹，满心不快地说："你也太会迷惑人了，变得连我都没看出来。"

武清河脱下手镯，拉住柴云妹的手腕，硬把这份贵重的礼物送了出去。

宋啸云拍着桌子说："柴云妹啊，我记得你以前个子很高，现在怎么变矮了？"

柴云妹说："宋姐姐，我以前是很高，但是我出了高中以后就不长了。你们五个人很奇怪，又长高了一点。我的脸以前是圆的，经历的挫折太多了，脸上的骨头都显了形。再加上化妆……还有，每次你们都是夜里才来。我是认识你们的，你们第一次来，我就认出来了。"

阮红心一直在边上没说话，此时她赶紧说："这么多年，你吃苦了。"

现在，是六个女人坐在湖边了。

柴云妹说："我也讲个故事给你们听，不是别人的，是我的。"

五个女人同时朝后一仰，好像散步到了悬崖边上，猝不及防。然后慢慢地回正身体，正襟危坐，摆出一副赔小心的样子。

柴云妹低眉顺眼，开始讲她自己的故事："有一天，我和几位女友约好到郊外的一个农家餐馆用餐。我后来搞股票，赚了一些钱，投资在房地产上面。这些女朋友就是我在商界认识的。我有意去得早了两个小时。你们都知道，我本来就是乡下妹进城，心里对土地总是亲的。这么多年忙忙碌碌，不大去乡下回味小时候的生活。我停下车，就去散步，看见一条陌生的河，就站在边上看。我站的时间可能太长了，来来回回的人就以为我在等什么人。一位当地的老爷爷对我说，前面有个人，也在一条河边站着，可能也在等什么人吧。老爷爷让我去前面看看那个人，我没有去。又站了一会儿，我突然发觉，自己好像是在等什么人，等一个喜欢的人出现。这种念头越来越强烈。我就想啊想啊。"

五个女人同时笑了起来，并且不约而同地把身体放松下来。从等一个人到等一个喜欢的人，这里面出现了一个很大的逻辑空洞，只有女人们才能听懂柴云妹的话，所以她们笑了起来。

柴云妹拿了一只蟹开始剥："我想啊想啊，想到了一个人。那个时候，离丝织厂那件事已经十多年了。被丝织厂开除以后，我跟我爸收留的男人结了婚，生了一个女儿。连他都看不起我了，才结婚一年，他就找个理由和我离了婚。平时他经常问我一个问题：一个没结婚的大姑娘，为什么敢去脱男人的裤子，冒犯一位无冤无仇的异性？这个问题也是我想搞明白的。离了婚以后，这个问题越发像一条毒蛇死盯着我，折磨得我日夜不得安生，我后来就像武清河那样得了严重的焦虑症，然后就像储角一样到处找男人。不知道的人，以为我们水性杨花。我们自己明白，就是心里没有自信，想从最亲密的人那里得到肯定。越是想得到，越是得不到……我像宋啸云、阮红心一样再婚两次，又离婚。每次都是只维持一年就离了，以后就一直没有结婚，就像祝风一样不思婚嫁。我有一个本事，就是一个人也能把住的地方住暖，不管这个地方有多大。一个人住着,就像有一大家子住着一样,温暖安详,处处显得有人气。反而是每一次有男人共同生活，就会把我住暖的地方搞得僵硬冷清，气息凌乱。这种情况一直到我看见一条陌生的河,想起一个人……"

阮红心插了一句话:"我也有这个本事。"

大家都暗自点了头,证明她们同样也有这个本事。

柴云妹说:"我们来喝一杯吧。"

大家把面前的酒一干而尽。

祝风在听柴云妹讲话时,脑子里尽在回忆关于柴云妹的事。她记起了一些事,隐约感觉到,柴云妹想起的那个人可能是高中时的班长方啸天。因为柴云妹有一次上体育课,突然提出要和方啸天掰手腕。方啸天拒绝了她,但还是受到了男生们的取笑。男生们笑话方啸天缺少男子气,所以被女生约战。柴云妹采取了她自己独特的方式,找到一位取笑方啸天的男生,把厚厚的《汉语成语词典》朝他的脸上狠狠地砸了过去。祝风记得当时方啸天也在场,他一脸惊愕,仿佛受到打击的是他。

柴云妹给大家的酒杯里满满地倒上酒。

月亮升到空中了,微风从远处过来,掠过水面,就带着凉了。

柴云妹说:"再喝一杯,暖胃祛寒。"

大家又一饮而尽。

柴云妹叹了一口气说:"就快讲到关键部分了,我心里慌得不行。我想起了一个人,这个人你们也认识的,就是高中时候的班长方啸天。"

除了祝风,另外几个女人发出惊叹。祝风给大家倒了酒,自己先喝了一大口。

柴云妹说:"我的女朋友们都来了,连我一起,也是六位。我们开始喝酒,闹。喝到管不住嘴的时候,我把我心里的秘密说了出来。有一个女友说,啊,那是你的初恋啊!还有一位女朋友说,她正好认识方啸天,两个人有生意上的往来。就有人提议把方啸天叫来,那位与方啸天有生意上往来的女朋友,趁着酒兴,把方啸天叫来了。后来发生的事情都是趁着酒兴了。方啸天是在一个饭局上过来的,来的时候已经喝了不少,到了这里他坚决地不喝了,盯着我看,说,没想到我现在变得这么漂亮,如果他要再喝下去,那就显得愚蠢了。我的女朋友们一看情形,马上起哄,说今晚她们要成全一位新郎和新娘。不由分说地,她们给一家五星级宾馆打电话定了六间房间,当时还没有酒驾犯法这个规定,她们一人开了一辆车,一共五辆,把我和方啸天塞在其中一辆,风驰电掣地开到那家五星级宾馆。我的女朋友们很贴心,给我和方啸天定的这家宾馆是在另一个城市。她们说,干这种事要离开家乡。这个城市不算远,开到那边也才一个多小时。她们七手八脚地把我和方啸天塞到套房里,自己也住下了,说要等着我明天出来,给我放炮仗庆贺,因为我从第三次婚姻出来后,五六年了,没有碰过男人。难得今天找到初恋之人,又对爱情感兴趣了。那间套房很大,很宽的一张大床,睡四五个人都可以。两个洗浴间,娱乐室,摆放着花草的大阳台,小吧台上放着红酒和咖啡之物……小储物箱里,一大堆包装好的各色零食中,还有两包男女用的避孕套。总之,气氛不错,我和方啸天两个人,趁着酒兴,什么都不用去想,只需把一件风花雪月的艳遇完成就行。

"但是……什么都不用去想,怎么能做得到?即使我现在脑子麻木,我也想起来问他一句:你有家庭吗?

"他毫不犹豫地回答:有。

"我倒是一愣。随即问了他又一个问题:你背叛妻子,不内疚吗?

"他也马上就回答了:内疚。

"我笑了:那你怎么想的?

"他说:没怎么细想,我和我老婆结婚十几年,从没有出过轨,不是不想,而是怕烦。但是看见你,我就不怕烦了。

"我理所当然地问他为什么?

"他说:我在高中时,就知道你的厉害。我想知道,一个敢扒男人裤子的女人,她究竟是个什么人。"

几个女人听到这里,浑身不由得都是一冷。

柴云妹望着远处。远处,天与水连成一条线的对岸,若隐若现地现出道路的轮廓。她看了一阵,回过脸对着大家说:"我好久不抽烟了。你们谁有烟吗?"

只有武清河有,她说她特别焦虑的时候,连吃药都不管用,就靠着抽烟度过一个个孤独的长夜。

大家每人都抽上一支烟,烟头猩红的亮点在夜色中此起彼伏。

柴云妹说:"我也告诉他,不管他出于什么目的,我不会后退。谁怕谁啊?于是我们各自去洗澡。我拉上浴帘,洗盆浴;他关上浴室的门,洗淋浴。那个洗澡盆特别舒服,放满了温水,又把盆边的干花、鲜花精油、泡澡的浴盐,一股脑儿放进水里,浸在香喷喷的水中,半沉半浮,肚皮老是想朝上翻起,很淫荡的样子,惹得我想笑。我听见方啸天很快就洗好了,并且把电视机开响了。可能受电视机里面的嘈杂声影响,一刹那,纷繁的生活迎面扑来,我心绪不宁了,开始莫名地慌乱、害怕。我是趁着酒兴来的,现在酒意还很浓,当人酒意浓重时,不会考虑到道德这种细腻的问题。我重复地说一遍:我没有考虑什么,我只是莫名其妙地慌乱和害怕。"

柴云妹为了描述当时的慌乱和害怕,说了许多话。所以,很多年过去,祝风还能很清晰地记得她当时的样子。除了慌乱害怕,她当时的行为隐约有种仪式感,仿佛是命运让她走进了一个祭坛,而不是一张床。

慌乱和害怕是什么样子的？是一片空白,是什么颜色都没有,是一个天大的空虚。不是世界消失了,而是她消失了。世界还好好地在那儿,坚不可摧,强悍到无形,并且每一天都在加固。她像是没有存在过,所以是没有价值的。她在世界之外,任何人无法命名她是一样什么。但有一点是可以肯定的,她和这个世界没有发生过任何联系,她的呼吸从来不曾与任何人的呼吸发生过接触,她吸进去的空气也与任何人不同……那么,她到底发生了什么?

她紧张地从浴缸里站起来,有一个念头快要接近事物的本质了,她小心地屏住呼吸,清扫大脑中多余的思想杂质,一个她从来没有过的念头发出呼喊:她恋爱了。

但是这个念头光告诉她的状况,还没有来得及输入一丁点恋爱的方法,就消失得无影无踪。她一下子瘫在浴缸里,呛了一大口水,惊得又一次站起来。就在站起来的当口,有一种莫名的力量瞬间拥抱了她的身心,使她感到前所未有的愉悦。

她现在好像不空虚了,拥有了一样最重要的东西,这样东西会让她的人生绽开理想的花朵,这就是爱情。可是她虽然结过三次婚,却从来不懂爱情。不懂爱情,也是她刚刚意识到的。浴缸对面有一面镜子,照出她纤细而柔润的身体。那么今晚只有这具身体能代替她谈恋爱了,也只有这具身体能掩饰她不懂爱情的灵魂。

就像要打击她的想法似的,她的身体突然一颤,紧接着,一缕细细的红线从双腿间流过,流到水里。她好像看到红线钻进水里的瞬间,有了生命,像蛇一样,打个水花,然后沉到水底不见了。

她明白了,她的身体用这种方法拒绝了她,身体不愿意单独上床赴会。她是个非常健康的女人,经期向来准时,今天离正常的时间还有十天。她说:你吓坏了吧?这句话,好像对自己说的,又好像是对腿间流下来的那缕红线说的。

她哭起来，哭得十分伤心。哭完，她浑身轻松，宛如重生。因为她刚刚谈完几分钟的恋爱，已经知道了爱情的可贵。

她擦干身体，处理完一切，裹上浴巾出来。她看见方啸天已经穿好衣服准备走了。

方啸天说："你在浴室磨蹭半天，我就知道今天不是一个好日子。我要走了，回家。让今晚这个小插曲到此为止吧。"

她说："是的，今天不是一个好日子。我吓得例假提前十天来了。很对不起你呀。"

方啸天做了一个鬼脸，说："你要原谅你自己。人是肉做的，不是钢铁做的。"

她忽然恍然大悟，花了十几年的时间，此刻才明白，当初脱掉一位异性的裤子，只是一个恶作剧而已，并没有特殊的含义。

她原谅了自己。她躺在床上想，我们其实都是孩子。我们没有那么强，要做的就是原谅自己。

这一夜她睡得十分安稳，没有焦虑，没有失眠。她已经多少年没有睡得如此之香了。

后来她没有再与方啸天见面，或者说，方啸天也没想与她见面，他知道她是个什么人了。

柴云妹说完了，这就是她的故事，听来惊心动魄。

咖啡馆外面响起几声规律的按喇叭声，柴云妹说："接我的人来了。"

武清河问她："你的焦虑症后来怎样了？"

柴云妹说："多少年不服药了，也不失眠了。"

一会儿,走来一位男士,远远地看着她们,柴云妹站起来跟着他走了,两个人走到僻静的地方就搂在一起了。

武清河先用手机找了一个代驾。一会儿,她的代驾来了,她先走了。看她脚步那么轻松的样子,也许她在今夜放下了许多莫名的焦虑,把自己当成一个孩子,原谅自己,也原谅别人,然后睡一场清清白白的好觉。

接着,宋啸云、阮红心、储角分别找了代驾,回去了。宋啸云临走时对祝风说:"柴云妹说得对,我们都是孩子。"

往常这个时候,祝风还在电脑前码字,回去也不会睡觉,所以她一时还不想走。今晚实在是让人拍案惊奇,她得想点什么,或者说,当她发现自己也是一个孩子时,她要有一点时间接受这个事实。

小女人

　　昨晚刮了一夜的急风,没有下雨。早晨开始起,风缓了,风里头飘着雨丝,雨丝比风更长。于是,昨夜里落在地上的树叶就沾满了雨水。此情此景,就如一个悲伤了一夜的妇人,到了早晨,身上还没来得及收拾,显出一片狼藉。凤毛推着自行车从家里出来,给一只蝴蝶撞着了脸。这是一只灰白的蝴蝶,翅膀被雨水打湿了,狼狈而慌乱,急着找一个地方晾干它的翅膀。它撞了凤毛一下,觉得大难临头,更加惊慌失措,于是它采取了一个危险的行动,开始快速地扇动翅膀,斜斜地战栗着上升。幸运的是,它没有撞到混凝土浇筑的墙体,而是撞到了一扇干净的玻璃窗。它看到了玻璃窗上的光亮,仿佛觉得它的归宿应该在玻璃窗里面。于是它拼命地用身体拍击玻璃,像一只小手一样,"咚"地一下,"咚"地又一下……玻璃上留下一片模糊的蝶粉,像哈出来的热气。

　　这是凤毛一大早从家里出来时看到的一幕。她不是个多愁善感的女人,但她也有女人的自恋。她看见这只蝴蝶,忽然联想到一样东西:嘴唇。

　　早上起身她照镜子,镜子里的嘴唇是没有涂上口红的嘴唇,是失血的焦虑的嘴唇。嘴唇会营养不良吗?当然会。蝴蝶的翅膀也会营养不良吗?当然会。嘴唇会颤抖着说不出话,就像此刻颤抖的蝴蝶翅膀。它们一样失血、焦虑和无法诉说。

凤毛放下自行车,走过去把蝴蝶从窗上摘下来,拢在手心里,放到楼梯下面干燥通风的地方,对着蝴蝶叹了一口气,显出自嘲的样子,说:"啊呀!你这么固执,这么无能,这么孤单,你肯定是个女的……"

她的语气是矫情的。很久没有机会这样放纵,所以她感到了愉快。

一年多来,凤毛感到生活中存在一个严重问题:她无法在生活中寻找到乐趣。她告诉自己等等看,也许下一秒钟就会有乐趣出现在面前。她的乐趣包括:到银行里去存一点钱;下馆子吃一盘土豆炒青椒;下厨做一顿清淡可口的晚餐;亮灯后到商场去给自己或女儿菲菲买一件衣服;和自己的男人头靠头睡到上午十点。

要是在其中选一个最重要的,那就是最后那一项。这关系到她的灵魂,她的心,她的身体,还有她的自尊心。

婚是她要离的。她在协议离婚书上是这么说的:夫妻生活不和谐。她的丈夫叫姜有根,姜有根有些怀疑地问她:"我们不和谐吗?"她理直气壮地反驳:"我们算得上和谐吗?"姜有根想了半天,老老实实地回答她的问题:"我不知道。"办理离婚手续的工作人员是个四十来岁的女人,一看这个理由,就深表同情地说:"唉,什么事都好商量,就是这个事没法商量。但凡拿这件事情来离婚,十对夫妻九对分。"姜有根说:"我不想离,是她把我闹得没办法我才来的。"

姜有根和凤毛是一个厂的,离了婚以后,姜有根边上的女同事们七嘴八舌地给他吹风,他的脑子突然拐过弯来,他想,和谐算个屁。大家都不大和谐,不是也过得好好的?凭什么凤毛不像大家一样过?他找到凤毛的立织车间,对着凤毛叫嚷:"凤毛,你到底想干什么?我不想打你不想骂你,只要你乖乖地给我一个答复,我马上滚蛋,再也不来烦你。"凤毛支起眼睛看了他片刻,才懒洋洋地说了一句:"你想干什么?你过来打我骂我呀。"

她当然能回答姜有根的问题,只是不想说。不说的部分原因是不容易表述。这世上的事并不是什么都能轻而易举地表述的,譬如你找得着的一条路,但你不知道这条路的名字。

离婚不到两个月,她就遇到下岗的事。她没有男人可以诉苦,更没有男人分担她日常的生活开销。一个小街小巷里的讲究女人,为把自己的生活过得舒缓而有节奏,这两样东西都是必不可少的。姜有根已从离婚的事情里缓过来了,在厂里碰到她时,话里有话地说:"唉,好强的女人命都苦啊!"凤毛简洁地说:"谁输谁赢走着瞧。"她斩钉截铁地护卫了内心的某种企求,那里是她自己的,虽然柔软而多情,但也阴暗,容易失控和崩塌,需要用强悍的语言来保护。

此刻,凤毛叹完蝴蝶的命运,急急忙忙地骑着自行车到一家新开张的超市去。朋友介绍她到那里去做营业员,一个月五百块人民币。五百块钱对于她来说不是小数目,除了可以支付她一个月的水费、电费、煤气费、电话费外,还可以支付她和菲菲大半个月的菜金。

她骑着车子经过一条小马路,那里有一条她熟悉的巷子,巷子里是她昔日的家,一个带着小院的两间平房。她和姜有根结婚后就住在这里,而后才搬去了公寓。离婚后,姜有根就搬到这里住了。她对这个地方算不上刻骨铭心,但绝对是了如指掌。看到它,往日的气息扑面而来,芜杂又慌乱,令人不快。气息蔓延之处,腐肉蚀骨。凤毛气都喘不匀了,她放慢了车速,以哀悼者的目光打量昔日的做法事的道场。这一打量,世间就出了问题。她看见姜有根和一个女人同撑着一把伞从巷子里出来了,他们睡眼惺忪,又掩不住地快活。这点小雨算什么?小雨里正好大大方方地搂在一起,做一些琐碎的但意义重大的事。

他们就在凤毛的车子前面抢先过了马路。他们不怕凤毛的自行车,他们知道这是一个女人。至于这个女人的外貌体型,他们甚至没有兴趣打量一眼。有一瞬间,他们的伞碰着了凤毛,凤毛看见他们的嘴巴在动。奇怪的是,她全神贯注地伸长了耳朵,却听不见他们嘴巴里发出一点声音。他们走了之后,被伞碰着的肩膀疼痛起来。

今天的日子不吉祥。凤毛找到超市的部门经理,那经理再把她带到总经理处。总经理告诉她,很抱歉,他们暂时不需要人了,等需要人手的时候再通知她。

这种事情她经历过很多,但今天她特别沮丧。因为下雨,因为看见前夫搂了一个女人。其实这两件事并不是不寻常的事件,因为在时间的序列中紧挨着发生,所以她特别沮丧。她穿着雨披,在超市边上的栏杆上坐下,失神地打量潮湿的地面,心中隐隐约约地又是伤心又是害怕。她坐了有五分钟的光景,站起来找她的自行车。她放自行车的地方已空了。她继续找,以放自行车的地方为轴心,向外一圈一圈地扩展着寻找,还是没找到。终于,她接受了一个事实:她的自行车被偷了。她只好安慰自己说,啊,还有比我更差的人,我至少没有穷到去偷盗。

其实,穷和偷盗之间并没有必然的联系。凤毛这么想,那是她已经往下堕到一个地方了。不经意地,她就从一个地方下堕到此处了。这个地方有一个显著特征:不必为区分是非去操心。许多事情的两个方面,没有是与非的关系,只是非与非的关系。在正常情况下,这也是生活延续的一种方式。

没有了自行车,凤毛只好坐公交车回去。下了雨,公交车猛然拥挤起来。她不是坐车族,不熟悉公交车上的种种手段。结果,下车的时候,她被人推了一下，一脚踏空，把腰扭伤了——这回是真痛。

到医院去是不行的，起码得花掉百把块钱吧？从公交车上下来，她强忍着疼痛上了一趟菜场，买好今晚和明后两天的菜。她吃得不多，女儿菲菲吃得也不多，她们的胃口都像鸟儿那么小。她买了一棵白菜，一斤鸡蛋，一斤豆腐，一斤咸菜，四块钱肉丝。就这点东西，十元钱左右，母女两个人能吃三四天。

她住在四楼。现在，她终于躺在床上了，腰部贴了膏药。只要轻轻一动，腰间的某个部位就狠狠地疼。她维持着一个姿势过了有半个小时左右，预感到腰会继续疼痛下去，就撑起身子给母亲家里打了个电话，让母亲到学校把菲菲接回去两天。她还告诉母亲，家里买了很多菜，明天她就送些菜过去。母亲说："你留着自己吃吧。"说完还不忘不忘加上两句："好好的日子不过，你就作吧。夫妻生活不和谐就要离婚，我现在成天被人拿来开玩笑，说我生了一个好笑的女儿。"凤毛本能地偏开话筒一些，她从来就没有习惯母亲说话的生硬口气。母亲是犟的，显山露水地犟。她也是犟的，不露声色地犟，这是她个性中的一样长项，许多事，就在不露声色里水到渠成了。

她对自己的未来还是有好的预感，只要坚持，就能证明她的离婚是对的。

窗外的天色渐渐黑下来，黑到某种成色，再也不朝下黑去了。夜空是青灰色的，雨在青灰色的夜里紧一阵慢一阵。这将是一个漫长的雨夜。凤毛睡了一觉，醒来后感到寂寞难耐，就给前夫挂了一个电话。电话没人接听，姜有根和那个女人还有那把伞在哪里呢？她放下电话，庆幸没人接听她的电话。腰又火辣辣地疼起来，寂寞和疼痛一起攻袭她，她咬住被子的一角抽噎起来。眼泪像熔浆一样烫，流过的地方很快干了。

现在的情况是：她很忙，心中很焦虑，她的生活充满了危机。即便是这样,只要一有空,她就开始寂寞。男人对她有很多意义,是她脆弱的生命中不可或缺的。但是现在,离婚一年来,还没有任何男人走进她的生活。她敞开大门,没有人走进来。这合理吗?

有人敲门。来的人是三楼的柴丽娟。

凤毛住四楼,柴丽娟住三楼。柴丽娟的男人是一个香港人,听说在香港也有一个老婆。按他的行为推断,他的正式婚姻有点问题。他做生意,在内地到处跑。也许在内地的什么地方还养着像柴丽娟这样的女人,他为她们买房子,然后把她们装进去。他颇像个养蜂人,只是他经常不在蜂巢边上。他到哪里去了?他做的是什么生意?诸如此类的问题,柴丽娟从来不去探索。甚至她是不是个被抛弃的女人,她也从不去设想。这不是个问题,问题在于,她每个月都收到他的一大笔赡养费。有了这一大笔赡养费,柴丽娟就有资格放空脑子,什么都不去操心,成天闲逛游玩。她从大门的猫眼里看见凤毛歪歪扭扭地走上楼去,晚上又没见她开灯,女人对待脆弱的同性,时不时地会有一些真切的关心,于是她就来关心她了。

凤毛恰好需要关心。她开了门,看见柴丽娟,心里就鄙夷地想:"香港人包的二奶。"她感到自己不再虚弱,因为相比而言,她的生活中存在着理直气壮的因素。柴丽娟从门外走进来,她显得比凤毛的生活还理直气壮。"哎哟。"她先叫唤了一声,笑嘻嘻的,是良家妇女的笑。"快到床上去躺着。没吃晚饭是不是?我来给你做。"于是凤毛转了一个位置想:二奶也是人,她过得比我好呢,她不用到处找工作受人白眼。

以前她看不起柴丽娟,她认为一个女人不靠自己的劳动而享受裕足是可耻的。今天晚上,就在刚才,她为原谅柴丽娟找到了理由。这种寂寞的雨天,加上疼痛,谁都会原谅些什么。

这两个从来不热络的女人在这个雨夜里格外亲热,说了很多话,互相理解到了对方最本质的地方。这种谈话对两个孤寂的女人是有益的。柴丽娟认为凤毛最缺的不是钱和工作,最缺的是可依靠的男人。有了可依靠的男人,就有了钱,工作就显得不是太重要了。她给凤毛提供了几个可供选择的男人,凤毛放下她的理想,选了一个:五十岁的中学语文教师,离异无子,住三室一厅。

柴丽娟说这人是她的一个远房亲戚,性情温顺,很懂礼貌,从不乱花钱,可惜是个秃头。凤毛犹豫了一下,随即抿着嘴笑了一声,说:"人家还要不要我呢?"

这件事情就在语言中交流成功,千难万难的事情,竟然就这么轻飘飘地谈成了。两个女人都很兴奋,接下来的事情看上去会顺利解决的。

凤毛今年刚三十岁,离婚一年多,在一年多当中她又失业了,她这种女人是无人问津的。不过她总是安慰自己说,面包会有的,男人会有的,一切都会有的。心诚则灵,她不信自己什么都得不到。

果然,柴丽娟给她介绍了一个教师。剩下的青灰色的夜她过得很踏实,做了一个关于选购宝石的梦。和谁在一起选购,选什么样的宝石,她忘记了。这不影响她满腔的踏实。其实说穿了她还什么都没有得到呢,这就是女人,捞着一根稻草也当成是凤冠霞帔。

早上起来,她觉得腰已经好了。她撩起睡衣,站在镜子面前打量自己的腰,那儿有些赘肉,但总的说来还是可看的。她慢慢地抬起一条腿放在椅子上,这腿也是匀称的,可看的。她慢慢地放下腿,对着镜子一笑,有点笑靥如花的意思,嘴唇上也有了血色。镜子里这个想找男人的女人还是说得过去的。

今天是星期六,女儿不在家,不必为女儿忙碌。她穿着睡衣,头发蓬乱,久久地站在西窗前眺望。这是个晴朗的日子,天空蔚蓝,棉絮似的白云在天空里不紧不慢地飘。阳光是一年中最纯正的金色，它重重地落在每一个地方，看上去它很光滑，光滑得像黄铜一样。桂花还在散发香味。太阳一出来，它的悠长的香味就变成了暖香，散漫而没有节制。西窗下面来来往往的人很多，各式各样的人走动着，不经意地流露出每一种细小的生活习惯。她看的不是这些人，她对来来往往的人没有兴趣，她看的是不远处的那座著名园林，这座园林名叫秀园。她想约会的时候应该去秀园，不知道有多长时间没去园林了。

秀园，像一个女人的名字。

傍晚六点，凤毛和胡老师在秀园门口见了面。胡老师手上拿了一把扇子，他果真是个秃头，但是凤毛觉得他器宇轩昂，没有头发反而给他增加了几分干练。他们互相看了一眼，然后又互相用力地看了第二眼，站在那儿不说话。柴丽娟见此情景，就去买了门票让两个人进园子。

园子里的一个地方，张灯结彩，穿着旗袍的演员坐在椅子上唱着曲子。已是深秋了，夜里的风有点凉。满天星斗，灯光也明亮，演员卖力地唱着，弹着弦子或琵琶，虫子到处乱撞，奇怪的是这一切并没有让园林热闹起来，反而让它显出秋末的悲凉。

凤毛跟在秃头教师后面，心里忽上忽下，有点浮萍般的漂泊。教师看台上的人，她看教师的背影。教师的头上一根头发也没有，却不戴假发，说明他是个自信的人。他的脖子和光脑袋连成一体，粗硕有力，具有某种威慑的力量。总而言之，他是凤毛愿意接受的男人。于是，她趁着台上换演员，对秃头教师说："胡老师，我们到那边坐吧。"她的态度很积极，也很坚决，秃头胡老师就跟着她到"那边"坐去了。

"那边"是一座紫藤架，两个人坐在紫藤下面的石凳上，保持一段距离，朝着同一个方向，隔了一条河听对面的舞台上唱曲子。听了片刻，胡老师从口袋里拿出一张一百元面额的钞票,对凤毛说:"凤小姐,刚才柴小姐替我们付了门票,你还给她吧。她生活得也不容易。"凤毛说:"我来还吧。"胡老师不吭声,把钱放在凤毛的膝盖上,然后打开手上的扇子。他放钱的时候略微在凤毛的膝盖上用了一点力气,好像是试验一下凤毛的膝盖有没有弹性。仅此而已,马上又把手收回了,专心致志地听戏。凤毛想,都说现在的教师有钱,教师真是有钱了。教师有钱是件好事,因为他们为人师表,有钱就有底气。她默默地把钱收起来。秃头教师开始跟着河对面的演员唱歌了,这是一首他熟悉的曲子,他唱得有板有眼,丝丝入扣。他一边小声唱着,一边收起扇子,用扇骨在凤毛的膝盖上敲了一下,站起来走了。凤毛跟着他出了园门,又鬼使神差地跟着他上了一辆出租车。在出租车上,他们没有任何亲昵的举动。出租车停下,秃头教师的曲子还没唱到底。他付了钱,走进一所门里,开始上楼梯,一边还唱着。爬到六楼,他的歌声还是一点不乱。他果然是个健壮的男人。然后他就开了自己的门,打开灯,去换拖鞋,任凭凤毛惊惶地打量着这个陌生的屋子。凤毛想起那只走不进屋子的蝴蝶,蝴蝶现在进入屋子了。

她看着秃头教师拉下窗帘,有情调地打开落地灯,在机器里面放了一张评弹唱片,调整到最合适的音量。然后,他就忙着去洗澡。他忙得热火朝天,完全不顾凤毛在干些什么。事实上凤毛什么也没干,她在沙发上坐下,双手环抱身体,打量屋子。她还没有适应四周的环境。她觉得这个单身男人挺卫生的,也很有情调,是个会安排生活的人,这种男人让女人放心。

一会儿,秃头教师出来了,他披着浴衣,撩起浴衣的一角擦着头发上的水,露出赤裸的腿和阴部。他这样随便,凤毛有些吃惊,就站起来了。他问:"想走了?"凤毛不知道自己想走还是不想走,她觉得走了可惜不走也可惜。正这样思索着,她的腿已经替她做出决定,在沙发上重新坐下了。她是被动的，也是情愿的。秃头教师挨着她坐下，说："好，好，你这样就好了。走了多可惜，我们还没有做事呢。你是喜欢听我说话还是喜欢我不说话？我姓胡，柴丽娟有没有跟你说我的名字？"凤毛点点头。胡老师自言自语地说："看来你不想说话，那我就不说话了。其实我也不想说话。"他掀起凤毛的裙子，脱掉凤毛的短裤，把凤毛的两条腿用力地推到凤毛的头上方。这时候，凤毛提出了要求："不行，你还没亲过我呢。"胡老师放下她的腿，一脸错愕。他拒绝道："我不喜欢女人的嘴。"他略作思考，又怀疑地说："你的嘴有什么特别吗？我看没有什么特别之处。你是个少见的女人，一般的女人在这时候不会提这种要求。"凤毛好奇地问："哪种女人不提这种要求？"胡老师随随便便地回答："就是那种女人。"凤毛很失望，没想到胡老师对女人一视同仁。

凤毛想起以往曾经有过的接吻：平等互爱的吻，缠绵细致的吻，渗入灵魂深处的感动，让她升腾到一个清灵世界，让她入迷地喜欢爱与被爱……她对胡老师说："女人和男人不一样的。"胡老师说："当然不一样，一样的话，我怎么会和你这样呢？"他看着凤毛的眼睛，希望凤毛做一个妥协，但凤毛避开了他的眼睛。是的，她从离婚以来，尽管生活很糟糕，但只要有可能，她就会做男欢女爱的梦，她的梦里有相当部分的接吻的内容，这部分内容对她来说很重要，因为它既隐秘又快乐，相当于一个女孩子躲在暗处觑觎老祖母晒在天井里的古董。

秃头胡老师拿下搭在沙发上的浴衣，穿起来，坐在凤毛的腿边调整呼吸。他意识到，这个女人会是一个麻烦的人。他厌恶大动感情地和一个女人接吻，这是一件无聊的事。绝大多数的男人，二十岁时还会接吻，三十岁开始反感，四十岁开始抗拒，五十岁就彻底不愿与女人接吻了。

胡老师考虑了一下，觉得凤毛还是个不错的女人，看上去很懂道理，在男人面前也愿意被动。于是他伸出手，虚虚地搁在凤毛的大腿上，看上去像要进行一番抚摸的样子,手慢慢地朝上游走,忽然之间,迅雷不及掩耳,他改变了主意,拉下凤毛的裙子,把她的大腿盖住了。这个动作快速得有点可笑,它表示出教师内心的恐慌和放弃的不情愿。凤毛暗自一笑,原谅了秃头胡老师。今天这件事到此为止是最好的。

胡老师像上完课一样问:"你对刚才的事怎么评价。"

凤毛说:"我们俩不大和谐。"

凤毛走了之后,胡老师来到电话边,几次伸手,最后还是决定给柴丽娟打个电话。他在电话里是这么说的:"她多大年纪了,还这么让人麻烦?"

凤毛回来的时候是夜里十一点钟。柴丽娟独自待在阳台上,手里拿着一把鹅毛扇驱赶飞来飞去的小虫。也许秋夜里没有那么多的小虫子,可她就是觉得小虫子很多。阳台上有几盆花,或许是这些花招来了小虫子。正有些烦恼,看见凤毛从新村大门走进来了。凤毛的走姿是紧张的,脸上也有一股暧昧之色。柴丽娟回到屋里去,打开楼梯上的指明灯,弓起身体,从猫眼里朝外瞄着,像一头可爱的猫咪。凤毛走到一楼时就注意到了三楼的灯光,她上到三楼,挨近门边,用指头不满意地戳戳猫眼。柴丽娟朝后一让,仿佛真的给凤毛戳中了眼睛。她打开门走出去,跟随凤毛到四楼的屋子,自作主张地说:"菲菲不在家吧?我今天睡你这里,我们好好说说心里话。"

而后,凤毛和柴丽娟一人一头地睡在了床铺上,开始了一场不愉快的谈话。

当然,首先是谈胡老师。柴丽娟问:"哎,怎么样?"凤毛翻了一个身,背对着柴丽娟,这并不是表示她不愿意畅所欲言,而是无言地告诉柴丽娟,出现问题了。柴丽娟欠起身,说:"人家刚才给我打电话,说你很麻烦。我不知道你们怎么了。"凤毛闭眼假寐片刻,才说:"刚才我到他家里去了。"柴丽娟坐起来拍拍凤毛的屁股,亲热地说:"你做得对,喜欢的人马上把他抓紧,一上了床他就逃不了啦,男人过不了女人这一关……快说结果。"凤毛停顿了一会儿,慢悠悠地说:"我不知道。"柴丽娟躺下去,惋惜地传达经验:"有时候,机会一过就不再来了。这个人虽然没头发,年龄也比你大多了,但他有钱有房,身体也健康,失去他很可惜。你要现实一点。"凤毛说:"我从小,我妈就说我是枇杷叶子,今天是这一面,明天是那一面,两面的样子不相同。"柴丽娟说:"那你为什么要这样?"凤毛说:"不知道。"这回,她是真的不知道。昨天她还很现实,今天又不现实了。不幸的是,她现在和昨天一样坚决。柴丽娟换了一个话题问凤毛:"你几岁了?""为什么问这个?""你是三十岁的女人了,三十岁的女人不能要求男人有多称心如意,三十岁的女人能抓到什么就是什么。"凤毛不置可否:"哦。"柴丽娟说:"你又想马儿跑得好又想马儿不吃草,什么地方有这样的好事?"凤毛还是不置可否:"哦。"两个人一时冷了场。柴丽娟掀起被子,说:"我走了。我睡回去了。"凤毛一把揪住柴丽娟的睡裤,说:"别走。我们说点别的吧。"柴丽娟微笑着,又躺下去。她本不想走,她有一肚皮的辉煌奋斗史要倾诉呢。

下面,是柴丽娟的奋斗史。

从前,有个女人,长着一张粉嫩的讨人喜欢的圆脸。二十五岁时,她嫁了一个老实的丈夫,住在四十多平米的小屋子里。三年后,她还是住在那屋子里。于是,她在小屋子里想,生活不能这么过的。她辞了工作,拿出所有的存款,跟着一个男人跑到俄罗斯倒腾货物。她刚强果敢。她有赚有赔。最困难的时候,把自己还卖了一回,当时她已经饿了两顿了。那是个外国人,圆胖的脸,两只手像熊掌。说实话,他对她很客气,先是

134

让她吃饱了,还制造了一点小情调,最后出了大价钱,并感谢她的配合。很划算的一件事,就是两个人不大和谐,过后她浑身都疼,疼得她哭了起来。

凤毛嘀咕道:"罪过,罪过。"

"我在家里也和丈夫上床睡觉,我们很和谐。他把我当女王一样疼爱。可他能给我什么?我感觉不到意义,一个女人,与其与丈夫毫无意义地睡觉,还不如让睡觉变得有用一些。"

柴丽娟说这番话时,显得十分坚决,她轻易地为曾经有过的堕落找到了意义。这意义代表了一种力量,却是不正当的力量。凤毛暗暗叫苦,但是后来她担心起来了,觉得自己会像柴丽娟一样,柴丽娟的话实在蛊惑人心。她想象了一下:两个三十来岁的女人,一头一个躺在床上,没有梦想,只有现实,还辛酸地谈着出卖自己的事。凤毛下了床,拿起柴丽娟放在梳妆台上的钥匙,把柴丽娟连人带衣服拽起来,推着搡着,要把她推出门。柴丽娟大叫:"你干什么?你有神经病吧?深更半夜的。"凤毛说:"是,我有神经病。"继续把她朝楼外推。推到门口,打开门,把柴丽娟搡出门去。"砰"的一声关上门。柴丽娟还在外面叫:"你发神经病吧?"凤毛不理她。

三十岁的凤毛,一朵花还在开放。这世上脑子正常的女人都知道,花容月貌要有好心情维持。她结婚前还认为女人好心情的条件是:拥有一个好男人,拥有一笔维持日常开销的存款。可是结婚以后,她不知不觉地变了,觉得男女在一起,最重要的是和谐,精神和身体一样都要和谐。为什么会这变化,她想过一回,认为是离开母亲后,心智长大了。她的母亲却说她的变化是吃饱了撑的。现在她早上起来照镜子的时候,总是忍不住地焦虑:本来手上还有一些生活的乐趣,譬如吃好晚饭后一家三口出去散步,拿工资的那天往卡上打进去一点钱。自从离婚以后,这一点点乐趣都没有了,而且看不出目前有什么改善的迹象。有时候,她暗暗地骂姜有根:"死东西,我叫你离你就离了?"她想妥协了,她不再想"和谐"二字。姜有根很怕她,她叫他做什么就做什么。

姜有根在厂里搞宣传工作,凤毛是车间里的技术能手。姜有根的头发总是梳得锃亮,皮鞋上一尘不染。凤毛即使在大冬天,也要穿着裙子上班。姜有根的西装全是凤毛给他买的,凤毛所有的裙子全是姜有根熨烫整齐的。他们看上去很般配,这么般配的夫妻也会离婚,让人大跌眼镜。

两个人的婚姻说散就散了,姜有根一时都不能适应。姜有根离了婚以后还常常来车间里找她,有时候没人时趁她不防搂一搂她,有时候啐她一口,说些风凉话。凤毛并不生气,姜有根不是个坏男人,他只是无能,脑子也不算好使。这种状况一直到凤毛被厂里"精简"掉才结束,这个消息是姜有根最先告诉她的,他倒是一本正经的样子,不像幸灾乐祸,可说出的话却很难听。

他说:"唉,精简精简,从字面上可以这么理解:去芜存精,去粗存细。一筐含金的细沙,必须要筛去沙子。一块猪肉,要剔出的是肥肉。谁扮演沙子和肥肉呢?当然是沙子和肥肉。"

凤毛记得那时是梅雨季节,外面下着绵绵细雨,空气里湿答答的,到处都有滴水声。各式各样的花在阴暗的梅雨季节里鳞次而开,长长短短的香味在雨中悄然弥漫。忽然就在什么地方,一朵什么花儿浸透了雨水,不堪沉重,"笃"地掉落在地。此情此景,说不出的忧愁。为"精简"这事,凤毛早就惶惑和忧愁了。姜有根告诉她这件事,让她有了一种特别的想法,觉得一定要抓住一点什么,她快被这强悍的忧愁埋葬掉了。她向姜有根张开湿润的睫毛,睁大眼睛,她的瞳孔收缩得异常小,小而有神,十分迷人。

姜有根不太镇静地问她:"你想干什么？"

她说:"今天晚上你来吧。菲菲想你呢。"

姜有根犹豫着:"好吧……你还没找到男人吗？"

过一会儿,他又说:"不,不行,这样像在开玩笑。我们才离了两个多月。我搞不懂你,你怎么变来变去的。"

凤毛说:"我也想不变,可是你看,我不变行吗？"

姜有根说:"算了,从此以后我也不来撩拨你。我走我的路。希望你也坚持你自己的想法,实现你的人生目标。"

凤毛的长相是说得过去的,她生着小小的骨骼,肌肉略丰,但因为骨骼是小小的,所以这丰满在她那儿就是骨肉匀停。她的行动和说话都是不紧不慢的,稳妥而有味,衬映得这个人像玉一样温润。与之配套,她生着一张小小的白果脸,眉眼干干净净,一张清水白果脸。她自认为不是大美女,但在任何美女面前也不会自惭。这种心理让她心气高了一些,有时行动便不免娇纵,口气偶尔也会尖刻。她给自己指定的生活是中等偏上的生活。中等偏上的生活就是一套一百平米左右的房子,稳定的家庭生活,有一辆或两辆摩托车,夫妻两个人的月平均实际收入是二千块左右,女儿在好一点的学校里读书,一家三口有能力上上小馆子,可存一点钱,可买一点漂亮的有品位的衣服。具备了以上种种,生活就有了乐趣。

这是凤毛结婚前的打算。后来这些条件都实现了,她却看淡了。

她感到内心的信念所存不多了，这种信念的慢慢消逝与容貌渐损一样让她害怕。是的,有很长时间了,她站在镜子前,就感到害怕。镜子里的她和镜子外的她都让她害怕,她发现自己的脆弱越来越不可消除。

这一天早晨,她又站在镜子面前了。"这一天",就是她到园林里相亲的第二天,也就是星期天。镜子一向是女人最亲密无间的朋友和死敌。女人与镜子结下了不解之缘,她们对待同性的态度也如对待镜子。凤毛站在镜子面前打量自己那张清水白果脸,感觉它黄了,皱了,脱水了。她重重地叹了一口气,声音很响,屋里有回声,回声撞到镜子上,镜子上又吐出来"嗡嗡"的回声。她看看镜子,一错眼,镜子就在那时候突然皱了一下,她吓了一跳,捂住脸不敢动弹。

稍后,她梳妆打扮,假装将要做一些很重要的事。她在屋子里游荡着,无所事事。她想不出要干些什么,这让她恐慌。她还年轻,竟然没有事情干。忽然想起一个人,姜有根,她马上打过去一个电话。她问:"你在干什么?"这其实不是一句问话。姜有根在那头气息可见,暧昧不清地问:"你是谁?"凤毛眼前出现一张睡眼惺忪的脸,她有些急迫地说:"我是凤毛。前天早上我在路上看到你了。"姜有根说:"你有毛病吧?你离了婚的日子不是很好过吗?还来找我干什么?"不容分说地挂上了电话。凤毛看着"嘟嘟"空响的话筒干笑了一声,心中急速地虚构了一下前夫床上的风景,心里涌上复杂的滋味。姜有根至少过得还是不错的,比她的境况好多了,他没有下岗,还有了女人,他们这时候还赖在床上。他再也不可能想和她睡觉了。

一受到刺激,她想起今天要干的事还不少:

一、向柴丽娟讨胡老师的电话。

二、给胡老师打电话,看看两个人之间除了上床,还能不能干些别的事。就是说,能不能先像朋友一样相处,然后再涉及男女之事。

三、要到母亲家里去一趟。菲菲从星期五下午就在母亲家里,她必定要去听一听母亲的唠叨。

下到三楼,柴丽娟开了屋门,又回床上去了。屋子里是黑暗的,窗帘紧闭。凤毛先去拉开所有的窗帘,然后坐到柴丽娟的床边,把胡老师还的一百块钱放在她的床头柜上。

"什么时候了?"柴丽娟从被窝里探出睡得毛毛的头,说:"咦,你打扮得这样干什么?还涂了口红。"凤毛垂着眼睛说:"你把胡老师家里的电话号码告诉我,我还是想和他联系一下。我想去他家里给他收拾收拾屋子,我昨天看他家里很乱,也不干净。"柴丽娟赶快从被窝里坐起来,夸奖凤毛:"你真像我,不屈不挠的。"凤毛转过头去不看她:"还不屈不挠呢,自己怎么当了香港人的二奶?"柴丽娟眼睛一亮:"你想听?晚上早点回来,我讲给你听。"凤毛说:"不想。我不想听你的堕落史。"柴丽娟叹了一口气,拎起电话,嘴里嘀咕:"算了。还是我给你打吧……你别去丢这个人。"

柴丽娟开始打电话:"喂,大学问家。你在干什么?你在做家务。做什么?告诉我嘛……择菜?你怎么干这个?凤毛等一会儿过来,你都交给她干好了……别客气,我们也不想求你什么,反正她有空。她是我派去帮你忙的,谁让我是你的姨表妹呢?好了好了,你不接受我的帮助,我要生气的。就这么定了。"说完她就挂了电话。凤毛在她的脸上亲了一下,低低地说:"好厚的脸皮!"柴丽娟说:"你要多多磨炼自己,让脸皮越来越厚。喂,你要走了?今天晚上别让菲菲回来,我讲爱情故事给你听,好浪漫的。你知道吧?现代浪漫的爱情纯粹就是体力问题。体力好情绪才好,情绪好才能感受到浪漫的情调。"这一次,凤毛顺势赞美她:"你懂得真多,与你比起来,我就是一个傻子。"

离开柴丽娟家,凤毛去了母亲家里。父亲已逝去,就母亲一个人。她坐在厨房的小桌子边帮母亲包馄饨。母亲头上梳了一个髻,髻上插一朵金黄的小野菊,端坐在凳子上,脸上没有表情,两只手稳当地配合着包馄饨。但凤毛还是能感觉到母亲内心的烦躁和一触即发的怒气。母亲年轻时是个娴静的女人,不知不觉地变成一个又蠢又爱唠叨的女人,近年来,更是进了一步,学会了羞辱自己和咒骂别人。自尊心很强的样子,却又不断地毁灭别人的自尊心。

果然,母亲开始发牢骚:"隔壁弄堂里的小王夫妻两个,离了婚。小王搬走,小王老婆带着儿子住在这里。小王的情况我不清楚,可是小王老婆的情况我是知道的,她找了一个又一个的男人,带回家来睡觉,男人都补贴她生活费,还给她做家务——她跟做鸡的有什么区别?最奇怪的是小王,外面转了一圈又回来了。两个人也没办复婚手续,就这样住着。小王看见我们说,他也是没有办法。小王老婆看见我们也说,她也是没办法。你说这是什么样的世道人心?滑稽不滑稽?以前的人没有这样的,再穷再苦也是要体面的。就说你妈我,你妈我不是一个软柿子。我从来不屈服。妈四十二岁那年的冬天,早上五点,失去了你爸……我也一个人硬挺着过来了。不接受男人的施舍,少享点福罢了。要说现在的人,真是与我们那时候不同,以前的人,到人家家里去喝茶,走之前要把茶杯朝桌子中间推一推。以前的人听评弹的时候,从来不敢大声说话,吃宴席的时候,也不能大声喧哗的……你怎么不说话?"

凤毛说:"我只听你说小王小王,耳朵里灌满了小王。"

"那你说点啥。"

"我不说,我喉咙有点哑。"

"你感冒了?吃点药。"

"没有感冒。我不过是夜里和三楼的柴丽娟多说了话,早上起来喉咙口就疼。"

"柴丽娟?就是那个香港人包的二奶?她是个精神空虚的女人,又无聊又俗气。你知道吧,这种女人就是鸡。"

"她给我介绍了一个对象。"

"她介绍出来的没有好货,你别上当。"

"我这种条件,只要有人介绍,就要去看。不然的话,也只能去当鸡——当鸡也卖不出价。"

母亲提高了声音,说:"毛毛,你要坚强一点。"

凤毛扔掉手里的一只馄饨,几乎叫喊起来:"我已经不想坚强了。"她拿了自己的手提包,感觉到手在颤抖,她放低了声音说:"我坚强不了……我走了。"

母亲站起来担心地问她:"你到哪里去?"

"我到柴丽娟介绍的那个人家里去。我有事和他商量。"

"你不要去看……好吧,你实在想去就去吧。"

"那人比我大一岁,一头浓发,身高马大,一个月的收入有四千块,还肯养我和菲菲。有一大群女人争着嫁他,有女老板、电影演员、大家闺秀,我是最差的一个。"凤毛说完就走。

母亲在她身后叫喊起来:"你和我怄气有什么意思?你总是和我怄气。好好的日子要离婚,既然离了那就活出个人样来。"

凤毛说:"活出个人样最不容易了。"

凤毛神魂未定地到了胡老师的家里,坐在那只沙发上,喝了一杯又一杯的水。她眼神发亮,面色潮红,有点让胡老师想入非非。胡老师仅仅是想入非非,并没有付诸行动,想起昨晚的一幕,他有点怕凤毛。

凤毛也在怕胡老师。凤毛一看胡老师的神色心里就有数了,这一次,她心里咬定主意不妥协,这是能不能产生感情的关键。没有感情的男女在一起是不幸福的,这就像一加一等于二那样清楚。她喝到第三杯水,抬起眼一瞧,胡老师已经拿着一根牙签在剔牙了。她站起来说:"我反正也没事,给你拖地板吧。你屋里有些灰了。"胡老师也站起来,半开玩笑地说:"柴丽娟打电话说,让你来帮忙收拾屋子,原来是真的。那好。我付你劳务费。一次三十块。"凤毛笑着说:"太多了吧? 人家劳动一次是十块或者十五块。"胡老师说:"不多不多。你这样的身份付得再多也不多。"凤毛的鼻子略略酸了一下。然后,她愉快地去找抹布、拖把、"碧丽珠"、"洁厕精"等。胡老师已经吃过饭了,她不好意思提吃饭的事。她饿着肚皮足足做了整个下午,才把胡老师的三室一厅收拾干净。这其间,胡老师听着评弹,一边听一边在沙发上小憩。五点过后他就去热中午吃剩下的菜,然后他招呼凤毛一起来吃。他吃着饭,若有所思地一个字一个字地说:"明、天、要、上、班、了。"说完他拿眼睛瞄准了凤毛。

凤毛想:他如果还想要我的话,我依顺吗? 那就眼一闭别管那么多了。刚这样想,心里又出来了另一个声音:不行不行,难道我就这么马马虎虎了。

胡老师先吃好饭,他到里屋去忙一番,出来时面目一新:白T恤,米色长裤,一双白球鞋。他的心情显得好极了,走到凤毛的背后,两只手轻轻地搂着凤毛的两肩,拿着架势说:"凤小姐,请你陪我到秀园去听评弹好吗?"凤毛回过头,脆生生地答应:"好啊!"声音如此之脆,把她自己都吓了一跳。胡老师接下来的举动令她十分失望,胡老师从裤兜里挖出钱包,从里面掏出三张十元面额的人民币,说:"这是你今天的工钱,以后你每个星期六或者星期天到我这里来打扫卫生。你拿着吧,没有什么不好意思的,这是劳动所得,干净钱。"凤毛想,如果她执意不要的话,胡老师会有想法的,会认为她别有所图而中止和她往来。

她接过三十块钱,道了谢。洗了碗,和胡老师双双走出门,来到大街上。旁边有个男人,她感觉良好。风清爽可爱,所有的人也清爽可爱。感觉良好的事还有:胡老师把她拉到的士后座上一起坐下,还对她说:"凤小姐,我喜欢评弹。你喜欢吗?"凤毛说:"不是太喜欢。"胡老师闭上眼睛,把头靠在后座上,说:"我喜欢评弹,喜欢干净,喜欢漂亮小姐,还喜欢吃红烧肉……我不喜欢白居易的诗,不喜欢外来民工,外来民工把这个城市的整体文化修养降低了……凤小姐,我也不喜欢柴丽娟,这一点我不得不告诉你,因为我还想和你继续结交下去。"凤毛听了他那么多的不喜欢,慌得赶忙表态:"我也是刚刚和她当朋友交往,我也不是和她关系太好。"她心里一动,暗想:我真是个不要脸的女人啊!

　　秀园,明朝后期建筑,据说是一位富商为其表妹所造。表妹叫"秀"。秀表妹住进园里仅一天,就在园子中间的莲花塘里溺死了。她溺死的这天,富商正派人将婚庆大典用的礼单送给她过目。秀死后,事情的真相才渐渐显露出来:她有意中人,是个穷秀才。这件事除了她的丫鬟,几乎没人知道。秀不说,因为她知道不可能。就在她住进园子里的当天晚上,秀才从墙上爬了过来。丫鬟说,他们两个人藏在秀的闺房里,一直说着话,不知说了些什么。后来,房门开了,秀挽着秀才的手,把他大大方方地从正门送了出去。秀死后的某一天,秀才的尸体也从荷花塘里浮出来了。门房一个劲地对天发誓,说他看门很严的,哪怕是苍蝇,他也从来放不进去。那秀才一定是翻墙头进去寻死的。

　　秀的寡母盼星星盼月亮,盼着女儿过上好日子,她想不通那秀才凭什么拆散一件好事,她也想不通女儿怎么会喜欢那个秀才。秀才性情古怪,说话尖刻,全世界都像欠着他的。她想不通的事情大家也想不通,后来,文人把这件事编成曲目在秀园里唱,富商和秀的寡母成了面目可憎的杀人犯。

　　秀园里死了一对鸳鸯,怨气就重。关于秀园有许多传说。凤毛和胡老师到了园子里,戏台搭好,演员还没到。两个人坐在河边的紫藤架下,面前的河就是昔日的莲花塘,河水依旧,莲花不再。夕阳已下,落霞还在西边的天空上徘徊。"落霞落霞"——这是从太阳那里掉落下来的云霞。落霞转瞬就燃烧完毕,剩下满天空的黄昏。黄昏就是昏黄,昏黄的光线柔和地垂在黑夜的额前。黑夜快降临了,风里有点凉丝丝的,是从黑夜紧闭的大门里放出来的。

凤毛和胡老师这一次挨得很近,胡老师还是拿着他那把扇子,一下一下地轻摇慢晃,给他自己扇脖子里的汗。凤毛从小就住在这一带,以前住的是平房,大杂院。后来大杂院拆除了,造了高楼,作为老居民她又回迁了。她开始对胡老师讲她从小听来的关于秀园的故事:秀园的夜里,经常会有奇怪的事情发生,红灯笼自己在空中走动,鸭子会突然从荷花塘的水底下冒出来……有人看见,一头癞蛤蟆被一根细红线牵着满地跳……

胡老师沉静地说:"我是个无神论者。"

凤毛便低下头,不好意思再说下去。在胡老师面前,她连抱怨都不敢,她害怕胡老师不讲理由便弃她而去。这和她对待姜有根很不一样。

胡老师等着戏开场,凤毛再一次陷入无所事事的境地。她回过头去想刚才自己说的那些传说,心里不觉哀怨起来,这哀怨轻而细,像风一样抓不住。她转头去理会园子里的花花草草。秋末的花草,全都疯长,看似旺盛,却没有春天的鲜润,遍身笼罩着灰败的气息。可以预测到一场秋雨来临后,它们会呈现怎样的狼藉。她放弃了花草,又去看别处:这些屋子,这些花径,在夜深人静的时候,会不会响起轻轻的脚步声?凤毛的眼睛随着心恍惚了一下,她看见石榴在秋天里熟了,垂得很低,像爱情中的人,沉思而谦虚,恍惚而敏感。石榴树下有一丛金黄色的小菊花,开在绿草中间,明亮得像一种假象。那边还有一株丹桂,开着熟鱼子一样的花,在这座清雅的园子里显得格外地"荤"。

凤毛的心里霎时充满了忧愁一样的渴望。

荷花塘对面,戏子在舞台上开始唱。凤毛把手朝胡老师那边探过去,坚决得绝望。她的脑子里有片刻是真空状态,她不知道把手伸到胡老师的什么地方了。但她知道胡老师把她的手捏住了。胡老师捏着她的手在犹豫,终于他拉起凤毛的手,说:"你家近。我们到你家去吧。"

凤毛尽量让自己显得有经验,他们是走回去的。凤毛一路上用手安抚着胡老师,让他感觉到这一次的男女之欢是舒服的。他们悄悄上了四楼,进了门,不打二话,胡老师就把凤毛推倒在沙发上。这只沙发比胡老师家里的小,但也足够一对男女使用了。然后他慢悠悠地收起纸扇子,放在桌子上。做好这件事后,他才开始脱自己的裤子。程序和第一次一点不差:胡老师掀起凤毛的裙子,脱掉凤毛的底裤,把凤毛的两条腿用力地压向头前方。凤毛的心里喊叫着:"亲我!亲我!"她闭上眼睛,准备什么也不想。正在这时,电话铃刺耳地响起来。电话就在沙发边的小茶几上,凤毛赶紧拎起电话。

"喂,谁呀?"她惊惶地问。

"凤毛啊!"是柴丽娟,"你回家了?我打了你好几个电话没人接。我上来吧。""不,不。不要。"凤毛赶紧拒绝。这时候,胡老师放下了凤毛的腿,直起了身体,眼睛看着他搭在沙发上的裤子。

柴丽娟还在那头说:"你怎么了?不舒服?我有一件事要告诉你。不过,你先告诉我,你和胡老师下午相处得怎么样了?有没有进展?"

凤毛期期艾艾地说:"还可以……马马虎虎吧。"

"你听好了。我有一个同学,就在我们地段派出所里,姓董,也许你见过他。他今天给我打个电话,说派出所旁边,有家卖烟酒杂货的小店,店主生了重病,想把小店租给别人开。小董问我要不要租下来,我一想就想到了你,就替你答应了。租金很便宜的,离家也近,就在秀园的西边。你从东向西走,过秀园,看见第一家烟杂小店,就是它了。"

胡老师的眼睛从自己的裤子上转过来,俯身观赏凤毛的大腿。凤毛放心了一些,她不想放弃胡老师,也不想放弃柴丽娟说的那家小店。

"好姐姐,你长话短说吧。"她不耐烦地催促柴丽娟。

"我都替你想好了。你要租小店,必定要一笔启动资金,不多,最多一万吧。你不是说搞定了老胡吗?我知道他有钱,你去问他借,他不会拒绝你的。"

"好的。我知道了。"

凤毛放下电话。胡老师欣赏了凤毛洁净的大腿,突然变得兴致勃勃,他把凤毛的腿再次压向正前方,还关心地问:"谁给你打电话啊?"此时,凤毛的脑子里完全被那家小店占据了,她利令智昏地对胡老师说:"胡老师,我想跟你借一万块钱。我会很快还你的。"

胡老师的反应非常之快,他放下凤毛的腿,就去拿自己的裤子。他把自己穿戴好,打开扇子,坐在凤毛的腿边给自己的脖子扇风。他对凤毛说:"在这种时候,你向我提出借钱是不道德的。"

凤毛在沙发上穿上裤头,拉下裙子,光着脚在地上四处找鞋子。她觉得胡老师说得对,她完全像个不道德的女人。她的眼泪掉在地上,清晰地"吧嗒"一声。

凤毛把胡老师送出新村的大门。在大门口,她向胡老师道歉:"胡老师,真对不起。今天借钱的事你就忘了吧。"胡老师说:"没关系,你也别放在心上。你别送了,我还要到秀园去,那里要唱到十点钟呢。凤小姐,再见。谢谢你今天陪我看戏。"

凤毛看着他的背影,有一件事她百思不得其解:她为什么不痛痛快快地叫胡老师滚开?为什么还要像个颇有学问颇有肚量的人一样,送他到楼下,客气地道再见?

夜里,凤毛做了一个梦:

一个洁净的下雪的日子,凤毛躺在床上,满心里喜欢,因为她的身后躺着胡老师。胡老师的手规规矩矩地搂着她的腰,嘴里呼出温暖而湿濡的气息,像玻璃上迷蒙的水汽。凤毛感觉到胡老师的气息喷在她的后背上,后背一阵一阵地温暖。窗帘没有关上,窗户就像一张豪华的屏幕,两个人在屏幕上观赏外面的雪景。此情此景,一派安详纯洁。男女之情,在这时候不多也不少,是女人需要的。

只是雪下得有点奇怪。雪下得很谨慎,一团一团,沉重的分量,在空中连绵着朝下坠落。它在窗户的一半处,分成两种动态:上面一半,雪缓慢地飘落,漫天的大雪花缠绵温存地充塞了空间,像有什么喜事快要到来了;窗户下面一半,雪急速地向下坠落,快得令人心悸,它的速度让人感觉到下面是一个无穷无尽的深渊——一个充满危险的深渊。

凤毛看着这两种景象,一会儿喜一会儿愁,心里忙得不可开交。她喜欢窗户上半部分的喜景,虽说是虚妄的,但能让她感到目前的生活是安全的,有保障的。

凤毛醒了过来,雪景不见了,她对着空荡荡的窗户发出一声假假的笑声。这是一个巧妙掩盖了需求真相的梦,它的完美之处在于:性和金钱被好运气不露痕迹地撮合了。可惜这是假的。

今天是星期一,这两天凤毛忙坏了:星期五,她到超市去找工作;星期六她去相亲;星期天她到胡老师家里去干活并赚了三十块钱。菲菲还在母亲家里,她不放心,她要在菲菲上幼儿园之前去看看她。

她先给柴丽娟打了一个电话。柴丽娟在电话里说:"你烦死了,这两天我每天一大早就被你吵醒。"凤毛说:"姐姐,我是有重要的事找你商量。那家店我想承包下来,钱你先替我垫着,利息照算。你不要拒绝我,我是个没本事的女人。"柴丽娟叹了一口气,说:"好吧。我知道你这么早找我绝没有好事。不过,亲兄弟明算账,利息照银行的算,你一分钱不能少我。"凤毛心中略感轻松,到头来还是依靠了柴丽娟。

到了母亲家,母亲看见她,说:"你怎么又来了? 菲菲已经上幼儿园了。你和胡老师怎么样了? "

"我们黄了。"

"为什么? "

"不和谐。"

确实不和谐,他们两次准备行男女之事,都没有做成。

她知道母亲上菜场的时候就把菲菲送走了,她一声不埋怨,连忙又朝幼儿园赶去。时间太早,整个幼儿园里静悄悄的,凤毛的乖乖女孩儿一个人坐在小小班的教室里玩积木,她决定不进去打扰了。

凤毛走出幼儿园,看见一个刚刚发育的女孩子,手里拎了一只食品塑料袋,塑料袋里装着生煎馒头。这女孩子穿一件布睡裙,洗得又旧又软,像质地很沉的丝绸。她疾步而走,睡裙里面的两只小乳房还无法戴胸罩,硬挺挺地凸现在睡裙上。凤毛心里一酸:她的菲菲需要她花多少心血才能到这个时候?

她一瞬间差点崩溃。

接下来,她按照柴丽娟说的方向,去找那家烟杂店。她从西边的大马路上走进巷子里去,先是看见派出所,再看见烟杂店。小店关了门,门板上方歪歪扭扭地用红漆写着:勤奋烟杂店。红漆已褪色,更显得这家小店冷冷落落的。烟杂店过去不远处就是秀园。秀园的门前大院里,一东一西,相对开着两个过路的圆形边门。东边的门套着西边的门,像一模一样的两个月亮。穿过两个边门，再向东边的巷子里走，走不远，穿过巷子，就是凤毛住的新村。

凤毛在派出所、小店和秀园之间来回走了几趟。以后，这条路就是她每天的必经之路。她不能走别的路，走别的途径，要绕很远的路。

她这样来回地走了好几趟，以便确定这路上没有危害她的东西。当她再次走过派出所门口时，引起了一个民警的注意。这民警骑着他的摩托，刚到单位。他把摩托车推进院子里，回过来，职业性地从头到脚打量凤毛，不客气地问她："你找人吗？"凤毛突然想起柴丽娟讲过，她的同学在这家派出所里，姓董。她问这个对她好奇的民警，派出所里是不是有一个姓董的警察。那人说，所里只有他一个人姓董，他就是，董长根。董长根说完又进院子里去了，他看到他的摩托车在漏油。

凤毛看见董长根就忘了胡老师，所以胡老师将从我们这里销声匿迹。董长根和姜有根，两个人的名字里面都有一个"根"字，此根不是彼根，人家是什么人？趾高气扬，说着行话，腰里藏着小手枪，虽说不知道里面有没有子弹。他身上的气息是汽油混合着油墨那种。

她隔着院子的栅栏和董长根唠家常："柴丽娟说你是她的同学。"董长根蹲在地上头都不抬："哦，是的。这么说来，你是想承包烟杂店了？这里生意还是有得做的，首先我抽的香烟全在这家小店里买。"

董长根举起两只脏手走出院子，走到凤毛身边说："裤子左边口袋里。"凤毛伸手到他左边的裤袋里掏出一串钥匙。董长根命令她："跟我来。"到烟杂店门口，又命令她："开门。"门打开，是一个短而窄的过道，仅容一人侧身通过。过道底侧着一个小口子，从那小口子里面进去，是一间十平米大小的房间，用货柜一隔为二，后面放着一只小桌子，小桌子上摆着碗筷之类的东西，角落里放着一只痰盂，还有一个水龙头和水池子。前面就是做生意的门面。

董长根在水池里洗了手,领着凤毛到店面上去察看。

这董长根是派出所的副所长,店主发病的那天晚上,正好是他值夜班。店主是个老单身汉,巧了,就姓单。单身汉老单家里只有一个七十岁的妈和一只老猫。董长根把老单送到医院里,挂号、拿药、拍片、送急诊病房,大大忙碌了一阵。他与老单原本不熟,因为买烟,成了老熟人。生了重病需要休养的老单把店铺的钥匙交给他,说不靠爹不靠娘,就靠董长根想办法给他找一个店铺承包人。

董长根说完了必要的交代,就专注地看着凤毛。这个女人干净、谦虚、坦然,一看就是规矩人家出来的。这个城市有许多像她这样的女人,生活困难,规矩,心里有一些打算。他朝凤毛笑一笑,凤毛不知道他为什么笑,也向他笑了一笑。和气生财,她是懂的。

董长根问:"你中午吃什么?"

"炒素、青菜和蛤蜊汤。"凤毛说。

"那我到你这里来吃吧。"董长根说。又说:"不行,被别人看见了,以为我和你勾搭上了。"

听了这句话,凤毛就不说话了,她不是个粗放的女人。

"你前夫和你还有往来吗?"董长根问。不是好奇,只是随便。

"没有往来。"

"真可惜。你多会烧菜啊。我那位只会做炒鸡蛋。"

以上一席对话是在凤毛和董长根之间进行的,他们刚认识了两天,已经熟悉到能这样说话了,可见他们是投缘的。星期一,凤毛去看了店铺,星期三早上八点钟,她就去做买卖了。下岗后,她给人家看守过五金商店,对买卖这一行并不陌生。交接手续办得很快,押金、半年的房租、库存商品的盘点、进货渠道的安排,有董长根在里面斡旋,凤毛觉得少了不少麻烦。

但麻烦还是有的。星期三,也就是凤毛工作的第一天,晚上八点刚过,天上飘着雨丝,凤毛看看巷子里渐无人迹,就落下门板准备回去。菲菲在柴丽娟那里玩,她要早点回去把她领回来。

她在店里略略收拾一下,拎起手袋,关上店门就走了。巷子里从东到西亮着几盏昏黄的灯,灯光里纷乱地飞着小虫一样的雨丝,雨丝带着闪烁的光芒,像另一种狂乱的灯光。她一出门,就看见秀园那两扇笔直的开在路中间的门洞。从东边的门看到西边的门,两扇门之间就是秀园的大院子,里面黑黝黝静悄悄的,让人想入非非。

现在起风了,风刮过巷子两边的墙头,把粉墙里面的树摇得呼啸不止。小雨中的风有些凉,隐隐约约让人感到冬天的气味。凤毛慢慢走近秀园边,她从两扇门洞望出去,看到对面的巷子里杳无人迹,一盏路灯亮在第二扇门外,黄着脸不怀好意地引诱她走过院子,这院子在夜里就变成了诡谲的深渊,深渊里头有着历代的孤魂,秀和她的秀才就浮在众孤魂之上。

凤毛回过头看看,身后的巷子里也杳无人迹。只有一株不知名的植物长在粉墙的砖缝里,开着黄花,在风里活了似的拼命摇摆。她一咬牙,走进门里面,刚想继续前进,她的心莫名地狂跳,脚也不听指挥地连连后退。她退出门外,定定神,再一咬牙,冲了进去。她勉强让自己睁开眼睛看看四周,其实这园子里的景物都是她熟悉的:南边的四棵花树,北边的铆钉大门。大门外守着两头石狮子,一雌一雄。雌的手里抱着一头小狮子,雄的手里玩一只圆球。这里丝毫没有怪异的东西,丝毫没有威胁她的东西,她还是万分害怕,忍不住"啊"的一声惊叫,回身就跑。向西跑出小巷子,走到灯火辉煌的大马路上,她的心情才渐渐平复下来。

这天她走了一段很长的路才到家,到家里快十点了。柴丽娟不满意地对她说:"你做的是白天生意,一过吃晚饭的时候就不会有什么生意了,你以后还是早点回来吧。我是你用的保姆吗?"凤毛一手抱了菲菲,一手摸摸柴丽娟的脸蛋,感觉到她的脸上火烫一样,就说:"你吃了火药啦?"柴丽娟"哼"了一声,说:"今天我给他打电话,我叫他来,他不肯。难道说我靠电话就能过日子吗?我迟早要找个姘头。"凤毛安慰她说:"算了,你怎么想不开了?你还有个男人呢。我还没有呢。"柴丽娟气呼呼地说:"我是二奶。"凤毛说:"管他是二奶还是三奶,我还想找个人把我包掉呢……"柴丽娟说:"你开玩笑吗?这条路不好走。我这样本事的女人还过得有气无力的,你就更不用谈了。"凤毛说:"你告诉我哪条路好走?你看我吧,不会有什么好下场。"柴丽娟吃惊地朝凤毛瞪大眼睛:"你怎么这样说话?不怕老天爷遣雷打你?凤毛,人受到打击时要挺起腰杆,我这样,看……"

凤毛抱着菲菲上楼,淡淡地扔下一句话:"我挺不起腰杆。"

柴丽娟"哧哧"地笑起来。

这是凤毛碰到的第一个麻烦。她不是个胆小的女人,想不通自己为什么对秀园的大院子感到莫名的害怕。这是一个无法对人言说的麻烦。

夜里,情绪紧张的凤毛又做开了梦:

她在秀园里,站在绣楼上。陈旧不堪的绣楼,是秀曾经梳妆过的地方——不会超过三次。夜里住进去时一次,第二天早上一次,投水前一次。投水前她肯定会做一次,这就是长发的麻烦。屈原屈大夫也是长发,他投水前不会梳理头发,他满腔悲愤化作惊心动魄的吟哦。绣楼上的窗子挂着薄如蝉翼的竹帘——这是个象征,因为从这竹帘里望出去是一览无遗的,却比什么都不挂更含有某种意味。从绣楼上看下去,大门外是青石板的巷子,大门是关着的。她听见大门外有人呼唤她的名字:"凤毛,凤毛。"一个陌生的声音。

她去开门。开门的时候,她走过一段非常复杂的路。走过的路计有:青石板路、鹅卵石路、土路、碎石子路;她走过的桥计有:拱桥、曲桥、直板桥、廊桥;她看见的屋子计有:正厅、轿厅、卧室、闺房、偏房、书屋、饭厅、米仓;她看见的花草树木数不胜数:柳树、桂树、银杏、石榴、桃树、蜡梅、芍药、紫藤、竹、兰花、书带草……都是一些具有妖娆姿态的树木花草,是可入诗入画的。

　　她终于走到大门边,门开了,她首先看见一个静悄悄的略略透光的夜,昏黄的路灯亮在那儿,不怀好意地觑着脸。她把目光移到呼唤她的那个人脸上,她看见了谁? 她看见了另一个凤毛。

　　她大吃一惊,赶快往回跑。董长根坐在她曾经坐过的那架紫藤架下面,呆乎乎地看着面前的河塘。她看见了救星,忙不迭地喊着董长根说:"救命。外面我在找我。"董长根站起来说:"我去把她赶走。"

　　凤毛做完这个梦就醒了,浑身吓得汗淋淋的。她不知道董长根要把谁"赶走",也就是说,那个将被赶走的"她"到底是谁? 她想起小时候,有一个邻居阿姨会详梦。她也是个特别奇怪的人,她只给女人详梦,人家说她给男人详梦就不准。譬如说有一个男人和一个女人做了同一个梦:在什么地方大便或者小便。她对那个男人和女人都这样说:"不出三天,你要破一点小财。"三天中间,女人必定失财,男人却好好的。这个会详梦的女人很不幸,她的儿子溺水而亡,丈夫怪她克死儿子的命,无论如何跟她离婚了。她到晚年时,经常到小菜场去捡菜皮吃,一边捡一边对自己说:"世界上的菜,最好吃的是菜皮。"这里,谁家女人埋怨丈夫让自己受穷,别人就对她说:"世上的菜,最好吃的是菜皮。"意思是叫她知足。

　　凤毛试着给自己释梦。在这个过程中,她有些厌烦自己,没有足够的理由,就是厌烦自己。

那为什么梦见董长根呢？她再三拷问灵魂，她对董长根有没有什么非分之想？拷问结束，回答：有。

星期四，凤毛上班的第二天。一大早，董长根不知从什么地方冒了出来，戴着一副墨镜，倚在柜台上，眼睛在墨镜后面打量凤毛。凤毛说："我昨天下午没看见你。"他说："我带人执行任务去了——区局里的任务。你昨天晚上什么时候打烊的？""八点半吧。""有没有坏人跟踪？""谁来跟踪我？我这种人，一没钱二没色。""谁说的？你是个漂亮女人。漂亮女人就是最大的资本。""我不相信你说的话……你不要和我说话了。""不行，我一定要缠着你。"

这是凤毛认识董长根的第四天。他们认识两天就肆无忌惮地说一些话了。董长根说话有点油，不像一本正经的警察，像工厂里的那些男工。后来凤毛一问，他果然是从工厂里被招进派出所的，以前和厂里的女工也是打打闹闹惯的。他比凤毛小两岁，结婚了，与妻子关系很好。

有一点凤毛是清楚的：董长根对她很照顾，为此她感到高兴。同时她又很奇怪，董长根喜欢对她说一些意味深长的话，除了那些话之外，他又显得非常谨慎。看来，他更愿意用语言引逗凤毛。

董长根和胡老师不同，他不是容易被女人惊吓的男人，他对女人有一种指挥权，这种指挥权来自他身上淡淡的烟草味，来自他身上隐约的汽油味，还来自职业所形成的肃杀之气。他做事和说话都是不急不躁的，仿佛一切都成竹在胸，对这个世界的真理已经掌握了许多。

凤毛对他持观望态度，她认为自己还是个具有"道德"的女人，虽然胡老师曾经在这方面否定过她。如果董长根直截了当地勾引她，那她会毫不犹豫地对他说："我不是那种女人。"但接下来怎么办呢？董长根会知难而退吗？接下来一切听天由命吧！如果董长根穷追到底，她决不想当一个意志坚决的女人。

董长根并不想考验凤毛的意志。凤毛不知道,他对待女人的态度从来如此,不逾规,只是调笑。如果你不情愿,他就马上正儿八经地对你,也不会记恨你。凤毛更不知道,这一阶层的男人大都采用了这种态度,他们基本上是功成名就,家庭事业双丰收。但他们心中有一块地方是焦虑和空虚的,经常性地需要用柔软的东西抚慰一下,调情或调笑是一剂最有效的强心针。这剂强心针还有一个好处:绝不会带来危险,就如抚摸一下猫的毛皮。

董长根还在问:"你有一个女儿叫菲菲吧?你回去这么晚,放在谁家里?"凤毛说:"放在柴丽娟家里。"董长根说:"给我拿一包烟……柴丽娟这个人心地是不坏的,但你最好不要和她搞在一起。"凤毛想,为什么男人们对柴丽娟表面上都是客客气气的,背地里却不允许他们的女人和她往来。凤毛说:"我知道了。"董长根再一次意味深长地看看凤毛,对凤毛的顺从表示高兴。他抽出一根香烟,叼在嘴角上,这个无意中的姿势突然深深打动了凤毛,于是凤毛讲:"我昨夜里做梦梦见你了。"董长根已经朝所里走去了,他们说了许多话了,调情该结束了。所以他头都不回地说:"梦里头我没对你干什么吧?"凤毛听出来这并不是一句问话,不需要回答。她定下神来仔细回想董长根的言行举止,觉得他有点不可捉摸起来——男人和女人一样也有不可捉摸的地方。

她明白他们两个人之间有着显而易见的不和谐。

但在董长根那一边,事情就是这样的,凤毛与别的女人没有什么不同。他一本正经地抽着烟回到所里,这个地段是一个太平的地段,除了居民的自行车经常被外来民工偷窃外,一年到头,地段上不大有恶性事件发生。只是最近,区里搞大规模的拆迁,工地上常有外地民工打架斗殴、小偷小摸的事发生。当然他也有忙的时候,那是区局常有任务派下来。区局的一把手常说："董长根呢？叫董长根过来。这家伙！"每次任务他总是完成得很好，从不拖泥带水。他坐下来，眼睛落在玻璃板下面，他的老婆和儿子正互相搂着头颈冲着他笑哩。他有他的工作和家庭，凤毛不过是一个渴望受他保护的小女人，在他的生活中，他不止一次地碰到过这样的女人，她们都是些好女人，他和她们之间从来就没有发生过不可收拾的事情，一男一女调调情是无伤大雅的。

到了中午，董长根走出派出所的院子。这时候，他又想起凤毛了。他站在大门口朝凤毛的小店望去，看见一个身材矮小的男人两只手撑在柜台上，不停地要凤毛把柜子里的东西拿给他选择。柜台是低低的，空间又小，凤毛每次拿东西的时候总要弯着身体，头偏向一方，这是个委屈的受难的姿势，让她显得紧张而局促。她的清水白果脸再也不干净了，脸上面红一块白一块，额头上水汽氤氲，像被酷夏的太阳晒了半天。

那个矮小的男人嘴里说着话，两只手撑着柜台，两只脚也不闲着，不停地在地上动来动去，很激动的样子。董长根看在眼里，不动声色地走过去，一把揪住那个男人的领子，那男人回过头，一看是个警察，二话不说，挣脱董长根的手就向秀园方向跑走了。

"是个外地民工，也许是个'踩点'的小偷，这两天你要当心一点。"董长根关照她，很真心。

凤毛说："我不怕他，他比我矮呢，看上去一米六还不到。胳膊也没有我粗。"

董长根说："这种体型犯罪的不在少数。"

"你也不喜欢外地人？"凤毛想起胡老师曾经对她说过，他不喜欢柴丽娟，不喜欢白居易的诗，不喜欢外来民工。

"不能一概而论。"董长根回答。这个回答很称凤毛的心，因为凤毛总是认为自己比外来民工好不了多少，基本上也是属于劳苦大众一类人。她喜欢董长根的宽宏大量。女人喜欢男人宽宏大量。

她问："你午饭吃好了没有？"

董长根已经低头钻进屋子里了，他把桌子上的菜一样一样放到鼻子边上嗅，嘴里说："啊，好香！好香！"却一直站着，并没有打算坐下来。

凤毛敦促他："你坐下来吃了再走。"

董长根说："不行，这是违反纪律的。"他说着就朝外面走，凤毛跟在他后面，想不出挽留他的法子。两个人在窄小的过道里一前一后地走，靠得很近，引得凤毛起了贪婪之心，她目不转睛地打量前面那个高大敦实的肉体，突然涌起一个冲动：这个男人是属于她的，他会给她提供所有的一切。所以，为了这个，她一定要亲近他，一定要让两个人之间产生和谐。

她从后面伸出手，拦腰抱住了董长根。

董长根愣在原地不动，嘴里说："哎呀，你这个人胆子好大哟！"他用手轻轻地拍打凤毛的手背，客气地，理性地，所以，凤毛的手只好落了下去。

凤毛有些着急，说："你到底对我怎么样嘛？"

董长根不说话，留了长长的一段空白给自己和凤毛，然后他感觉良好地说："凤毛，我要你怎样就怎样。"

凤毛问："怎样？"

董长根说："我要你不要怎样，和以前一样。你想想，我们能怎样？"他说得绕口，可谁都听得懂他的意思。

凤毛想，董长根的话是对的，也是错的。从他的家庭讲，他这么做是对的。从她这里讲，他这么拒绝是错的。她现在只能认为他是对的。她把董长根送出门外。昨天夜里下了雨，今天的空气里一股湿润的气息。凤毛眯起眼睛，目送董长根朝巷子西面的大马路上走去，她看看空空的天和空空的巷子,心就像在某些夜里一样,寂寞得无以言说。

　　她回到小店里,饭菜原封未动地摆在那里,她斜着眼睛瞥了它们一眼,一点食欲也没有,坐在那里,不知道心里该想些什么。所幸的是,秀园里来了一支旅行团,一些游客向她的小店奔过来,买烟或饮料。她顿时手忙脚乱,把刚才的事抛到了脑后。

　　下午,凤毛看到柴丽娟从派出所的大门里走出来,董长根送着她,两个人说说笑笑,一起朝凤毛的小店走过来,看上去一副郎才女貌的样子,凤毛心里又是一荡:最令人心疼的就是这类男人,和每一个漂亮女人都能郎才女貌。董长根来到小店,拿了一包烟就走了,对凤毛笑着说:"刚才忘记拿香烟了。我心情一激动,就会丢三落四。"凤毛知道他在影射什么,脸红了。

　　柴丽娟看看董长根的背影,再看看凤毛的脸色,开玩笑地把脸凑近凤毛的脸,仔细地观察凤毛的眼睫毛,她还用手去碰碰凤毛的眼睫毛,说:"从来没见过你的眼睫毛这么漂亮,又油又亮。一个女人,身上什么地方突然漂亮起来,肯定身边有情况了。我那时候爱上人,首先漂亮起来的是嘴唇,红得像化过了妆——其实没化妆。"

　　凤毛讥讽她说:"你那时候……什么时候?碰到香港人的时候?"她不理会柴丽娟,从柜台里取出一面鸭蛋镜,照照自己的脸,又放下了。这两天她手上忙着,心里也忙着,脸上灰灰的,嘴唇是淡红的,清水洗过一样。她不禁叹一口气。

　　"我是个骚女人,这么忙,还在惦念男人。"她凑近柴丽娟的耳朵告诉她,用的也是开玩笑的口气,但她说的是真话。

　　柴丽娟安慰她:"这很正常。"然后,她退后一点,以便观察凤毛的神情,她说:"董长根家里有老婆有儿子,夫妻关系很好,他老婆也是我的同学。有一次,一个女人告诉他老婆,说董长根老在外面调戏女人。他老婆说,我家董长根,工作忙,神经紧张,不过是借此放松放松。我不原谅他谁原谅他?"

凤毛避重就轻地回答:"我不过是寂寞,并没打算怎么样。"

柴丽娟说:"真是这样倒好了。你今天这样想,明天又那样想了。今天要物质,明天又要精神了。凤毛,你这个人很难弄的,你比我复杂多了。我的生活很简单,我厌烦自己去辛苦赚钱,就靠一个男人养着。我对男人要的不多,就是钱。"

凤毛说:"女人对男人,要钱的时候痛苦,还是要精神的时候痛苦?"

柴丽娟说:"当然是要钱的时候痛苦。女人得到男人的钱时,同时也得到了精神。所以在男人那儿,钱等于精神,精神不等于钱。男人乐于给精神,不乐于给钱。但也有例外,譬如我,什么都有了,就是缺少床上的温暖。"

凤毛说:"你真是恬不知耻。"

柴丽娟捶了凤毛几下,不服地叫嚷道:"你骂了我多少回了?以后不许这样骂我,听见没有?"

凤毛说:"好了,以后不骂你了。下午你给我去接一下菲菲……明天就不用你去了。明天是星期五,我叫我妈去接她回家。"

柴丽娟临走时,真心诚意地对凤毛说:"凤毛,其实我很佩服你的。你下岗的工资是多少?二百四。扣掉养老保险才多少?你这样还在不停地梦想。女人都爱做梦,你这样坚定的不多。"

凤毛说:"你不如骂我吧!"

柴丽娟走了之后,凤毛接到一个电话,是胡老师打来的,她很吃惊,不知道胡老师为什么给她打电话。胡老师说没别的事,只是想请她后天星期六的晚上一起到秀园听评弹。他听柴丽娟说,凤毛就在秀园边上开小店。凤毛不解地说:"我以为你再不想和我往来了。"当然这也是一句问话,胡老师说:"凤小姐,我怎么会那样想? 你身上有一种特质吸引了我,那就是你的独立和坚强。我崇敬这一点,我希望你不要嫌弃我,答应我。"凤毛说:"我靠小店养家活口。"胡老师慌忙说:"不要马上拒绝我! 我们可以晚点去,我等你打烊。好不好? 你考虑考虑再回答我好不好?"凤毛说:"好的,我考虑考虑再回答你。胡老师,谢谢你,还想着我。"胡老师说:"不客气,不必客气嘛。但愿你不要认为我很无聊。我这个人寂寞是有点的,无聊是没有的……我真的很寂寞,凤小姐。"

凤毛挂上电话,长长地叹了一口气,这一口气叹完了她觉得心中很舒畅。然后她乐观地想:不管怎么说,这是个好兆头。从今以后,生活也许会好起来。怎么个好法? 不知道。不知道的事太多了,可以不必计较不知道。

现在是星期四。上星期五晚上,柴丽娟给凤毛介绍了胡老师,这事情一晃快过去了一个星期。这一个星期中,凤毛生活的重心是小店的营运,董长根也算是她的生活重心。她一开始并不敢存奢望,只是胡乱想想,胡乱做做春梦而已,拿董长根做梦总比拿胡老师做梦好。

今天,与往日不同。胡老师来过电话后,把她的心又撩拨得不安静了。凤毛突然想起今天晚上董长根值夜班,这是他对她说的,也许含有深意,也许只是顺口言道。这都没有关系,重要的是凤毛已经感到内心有一种力量升起来了,坚决、强悍、疯狂,就像她的离婚阶段,中了魔似的,只剩下一点点理智与外界脆弱地联系着,联系着的也就是日常生活中不可删除的那点皮毛。现在她又进入了这种状态。今晚董长根值夜班,她在盘算着,晚到什么时候打烊才好? 太早不行,派出所里有闲人。太晚了也不行,太显山露水,毕竟董长根对她只是嘴巴上调调情。那么,秋天的夜晚,什么时候会安静到就如两个人的世界?

很快到了晚上,下午五点,秀园关门了。秀园一关门,巷子里萧条起来,小店就少有人光顾。今天没下雨,到了傍晚,天开始阴沉下来,满天的灰云,把星星全遮掩了。凤毛记得今天是农历一十六日,月亮最圆的日子。如果天上没有灰云,那会有怎样一轮明月?明月之夜,该会有怎样的浪漫心情?凤毛又想,就是没有明月,女人的心情也该是浪漫的。就是没有好容貌好条件,女人也该是浪漫的。女人只要能吃饱穿暖,心情就该浪漫起来。

凤毛这么想着,关了店门。这时候是晚上九点钟,她听见小店后面的一间屋子里传出老式报时钟的"当当"声。她知道是九点,不用数,不用看。

这时候去最好。早了有尘土之气,晚了有诡谲之气。秋夜的九点,清洁、神秘,一切刚好。

她朝巷子的西面走,她想,如果回家也向西边走多好,她就不用过秀园了,还能路过派出所。可惜的是,她必须向东走。

就到派出所了,看见栅栏里面的灯光,凤毛的心没有来由地一疼,这一停顿让她的思维略为清晰了一些,她手扶栅栏,苦思片刻,终于做出决定,不进去了。

她坚决地走向巷子的东边,走近秀园。这一次她比昨天更害怕靠近秀园,她充满恐惧,一步也不能跨进门里。她在边门边徘徊,眼睛里的黑暗一层层加厚,让她的理智彻底崩塌。她对着空荡荡的黑暗差点大叫起来。

她回转身,本能地深一脚浅一脚地奔向派出所,奔向她的董长根。

今晚董长根值夜班。所有的夜班都是寂寞的,董长根也不例外,打上几个电话后,他就有一搭没一搭地翻看一本卷宗。屋子是他熟悉得不能再熟悉的屋子,屋子里每一种细微的气息他都熟悉,每一样摆设都经年不变。屋子就像他的老婆,与他息息相关,熟悉得让人有些厌倦,却让人无比依赖。

凤毛来敲门。她神情里有些粗野,与往常不太一样。董长根忽略了这一点,凤毛突然出现在他面前,他很高兴。他拿出藏起来的好茶叶,给凤毛沏了一小杯茶,放在她的面前。茶香弥漫了一屋子,这是凤毛的感觉。她端起杯子,眼睛在杯子上面炯炯有神地盯着董长根。从出现到现在,她还是一副粗野的神情。她告诉董长根,她非常害怕在夜里走过秀亭前面的大院子。董长根不能理解她的害怕,他不确定地低低地笑了一声,说凤毛可能小时候听多了鬼故事,或者她是患上了广场恐惧症,最好的办法是喝一点酒压压惊。

于是董长根又从文件柜的最下层掏出半瓶黄酒,给两只玻璃杯平均倒上,一杯给自己,一杯给凤毛。他是想发生点什么吗?不,他不想发生点什么。他如此大胆,只是自信能控制住凤毛。他碰着了凤毛的手,凤毛的手冰凉,这让董长根多情起来,他差一点就要去捏捏那冰凉的手。不过他及时地咳嗽了一声,抑制住自己的欲望。

凤毛心绪不宁,迟迟不碰那杯黄酒。今天夜里,这个时候,因为有走投无路的感觉,所以她的欲念被激发了,她十分地渴望着。

看她迟迟不说话, 董长根主动对她说:"真的害怕啊?那我送送你吧。"其实他不想送的,他怕一送就送个没完没了。但他又想把凤毛送走,她不说话,不喝酒,让人不快。

凤毛抬起眼睛,她抬起眼睛的时候让别人感到她的睫毛是非常沉重的:"我就是想来看看你。"她说。她内心无法掩饰的紧张,使他也紧张起来。他决定和她说一些严肃的话。"你是个值得尊敬的人,坚强,勇敢,吃苦耐劳。我说得对不对?"他说。

凤毛睁大眼睛说:"不对。"

董长根笑了一笑,凤毛跟着也笑了一笑,这使气氛更紧张了。这紧张的气氛像一把尖刀一样,逼迫着凤毛走到语言的悬崖边上。于是凤毛说了以下这些话:

"不对,我一点也不勇敢。我告诉你一件事,我离婚以后,厂技术科科长想勾搭我,他总是打电话打到我车间里来,他工作是清闲的,所以每天给我打一个。他在电话里给我说什么呢? 他总是在说,我想你,我想你。你的身体把我迷住了,我一定要把你搞到手,我们上床睡觉吧,你不知道我床上功夫多好……你看,我硬起来了,不信的话,你过来看看……"

董长根一时没控制住,热血冲到脸上,他开玩笑地问:"那你一定很害怕是不是?"凤毛说:"是,我只是一个小女人,我害怕的东西很多。"董长根说:"从此以后你不要害怕了,有我呢。"凤毛说:"从来没有男人对我有过许诺,你是第一个。"董长根听了这句话,马上愣了。在本质上他是个好人,他不想让这场游戏进行下去了,他负不起如此重的责任,他有家庭。他叹了一口气,喝光自己杯子里的黄酒,问凤毛:"你喝不喝?"凤毛摇摇头,董长根一口又把凤毛杯子里的黄酒喝完了。然后他站起来,他一站起来,凤毛就知道接下来的夜晚不是他俩共同的夜晚了,而是互不相干的。就是说,今夜已经结束了。

凤毛心里哭喊着,她的声音没人听得到。人生最大的悲剧发生于床第之间。你的床第或他的床第,上了床的或没上床的。

他们从办公室里走出来,默然地走在小巷子里。董长根伸手摸摸脖子说:"好像飘雨丝了。"凤毛说:"啊,是在飘雨丝了。那你不要送了。"董长根站下来,说:"好吧,我就站在这里看着你过去。你不要害怕。"

凤毛问他:"我们俩是不是很和谐? "

董长根想都不想地回答:"是啊,我们很和谐。"

他拍拍凤毛的肩,让凤毛走过去。于是凤毛在董长根的注视下走过了秀园,走到秀园那边的巷子里去了。她转过身朝董长根挥挥手,董长根也朝她挥挥手。董长根放下手,想:一个生活很糟糕的女人,但她很勇敢。他想了想,还是不喜欢和生活很糟糕的女人多打交道,这种女人一旦出现在他的生活里,将带给他无穷无尽的负担。他的能量要最大限度地保存着,贡献给他的家庭。

再说凤毛,她一走到董长根看不见的地方就倚到了墙上,大病初愈一样浑身乏力。现在她清醒了一些。今晚她是失望的,但办公室里显而易见的暧昧气息让她还存着一点希望,使她鼓起勇气不去否定刚才的行为。她想:滚他妈的道德。干了就干了。

其实她也没干什么。

一阵风带着雨丝猛刮过来,路灯好像晃荡了一下。她抬眼四下里一瞥,打了一个冷战。路上一个人都没有,秀园在西北方向伫立着。凤毛抓紧她的包,小跑起来。

凤毛凌乱的脚步声引起了一个男人的注意。

这个男人最近一阶段总在这里晃悠,就是那个到凤毛小店里寻衅又被董长根赶跑的男人。他从很远的一个地方来到这里,在离秀园不远的一个工地上干些杂活。他是个被人欺负的可怜虫,究其原因,一是因为他不善讲话,二是因为他身高不满一米六。工地上常有老工和新工打赌,赌他到底有没有一米六,赌五块钱或一个巴掌。每逢这种时候,他总是嘴里嘀咕着:"我怎么没有一米六?回去问你妈,我到底多长她知道。"一头说,一头就跑。别人把他抓兔子一样抓起来,摁在地上,用皮尺从头到脚地测量,没有一回量到一米六的高度。但是他总不服,赌咒发誓地说他有一米六,这世上所有的皮尺都不准。

他的外号几乎是信手拈来的———一米六。大家都这么叫他，一米六。

一米六的脆弱是工地上的笑柄，没有一个男人会这样脆弱：他不敢做梦，因为他从小到大只做一个梦，就是坐在河边被一个陌生人暴打。如果有一夜做了梦的话，他早晨起来必定磨刀。刀总放在他的枕头底下，做一次梦磨一回，做两次梦磨两回……你想想看这把刀有多快？有一次，工头从他的枕头底下抽出这把刀，对他说："一米六，你要这把快刀干什么用？你也配用这么快的刀？我看你不如揪根树枝磨磨。你这样的人，不是我看不起你，给你配个好女人你也玩不起来。"

工地上干活的人都是一米六的家乡人。这个城市里有许多一米六的家乡人，他们或在工地上干活，或在饭馆里、工厂里、菜市场干活。女人都老实，男人们都不怎么安分。一离开土地，女人们就管不住男人啦。男人们嫖妓、滥赌、偷盗。这三样中，尤以偷窃最盛。他们偷自行车、摩托车、阴沟的盖子，有时还会进入人家的屋子里偷东西。如果被别人发现，他们就大模大样地说："哎呀，走错门了。"他们对受害者没有人身威胁。他们不是专业扒手，不在公交车上或商场里挖人家的口袋，他们也不像个别新疆人，在大街上抢女人的包。他们偷东西有点业余爱好的意思，有点调剂生活的意思，更有一层意思是：这是勇气的证明。偷一辆自行车，大致等同于部落里的勇士割下敌人的一只手指，偷一辆摩托车约等于割下敌人的脑袋。反正就这个意思。

一米六从来没有偷过任何东西，他所有的家乡人都知道：一米六不是不想偷，他是不敢偷。一个连做梦都害怕的男人，他敢偷东西？

一米六知道家乡人对他的鄙视，他决定先偷一辆自行车再说。那天他在一家超市门口打开一辆自行车锁，骑到马路对面时回头一望，看见一个年轻的女人站在失去自行车的地方发呆，他觉得事情变得有趣起来。他把自行车放到一条小弄堂里，然后他就坐在超市门口看那个女人来来回回地找寻，他很欣赏这个女人脸上受伤害的表情。人在遗失东西的时候是脆弱的，这个女人也是这样，她脸上的脆弱打动了一米六，他第一次觉得有人比他更弱。他坐在那儿一直到那个女人离开，他才站起来，大摇大摆地走到马路对面的小巷子里去拿自行车，这件事给一米六一个经验，那就是，只要想做一件事，就会轻而易举地做成。

一米六高高兴兴地把自行车骑回工地，他碰见的第一个工人问他："一米六，车子哪来的？"他回答："借的。"所有偷来的自行车都是"借"的。那个工人就走近来打量一米六的自行车，最后下结论："这种自行车也值得借？"另外一个工人说："算了，他能借什么样的车？"

一米六在偷这辆自行车的前面，曾花了一些时间察看地形，还花了一些时间观察骑车人的表情，他发现所有人都不是好惹的，直到那个被他偷了自行车的年轻女人出现。应该说，这个女人看上去也是不好惹的。问题是，一米六与她冥冥之中有着千丝万缕的联系，他看得见这个女人的脆弱。这个女人长着一张清水样的白果脸，五官都是清清爽爽干干净净的。她走进超市的时候，一米六就看见她有点心神不宁，她站在人行道上，把手放在胸口上，大大地喘了几口气才走进去。等到她出来，一发现自行车没有了，那张白脸立刻灰了，连嘴唇都灰了。然后她就拼命地来回找，一只手捂住嘴，好像无法接受事实的样子。这时候，一米六已经从马路对面过来，坐在超市的门旁，贪婪地欣赏这个女人的一举一动。他头一次尝到猎人的滋味，虽然是一个小小的胜利，但他已经极大地满足了。这一天，下着淅淅沥沥的小雨，一米六的家乡没有这种淅淅沥沥的绵长的小雨，他从来没有在这种小雨中思考过，观察过。腻人的小雨并没有妨碍一米六的嗅觉，他嗅到这个女人有一刻内心十分沮丧，沮丧到几乎丧失了信心。一米六回来以后一直回味那个女人到达极致的沮丧，他信心十足地想："哼，女人啊，这就是女人。女人就是这种样子。"

一米六偷自行车的壮举很快便被他的家乡人忘得一干二净,他又是原先那个被人嘲弄的一米六了,于是一米六又开始游荡在大街小巷。有一天,他走过秀园,看见了那个"勤奋"烟杂店,同时他也认出了那个女人。一米六欣喜若狂,他终于找到一件有价值的事做了。

这个城市真小,要不就是凤毛活该倒霉。

不管怎么说,凤毛这时候紧张地在小巷子里小跑起来。这一带的小巷有个特点,巷子里几乎没有一扇门,全是高高的围墙,围墙之间狭窄得仅容两个人通过。凤毛一路跑,一路耳听四周的动静。突然她听见背后响起脚步声,轻而快,就像是她鞋子的回声。她不敢回头张望,生怕一回头就看见一张狰狞的脸。她心慌着,所幸脚是快的,飞快地出了小巷地带,看见新村的万家灯火,感动得眼泪都掉下来了。她朝后面抗议地一回头,看见一个矮小的身影站在老房子的阴影下面。她觉得有点认识这个人。

这个人正是一米六,他在夜里又游荡出来了。他是这个城市里真正的孤魂野鬼。正要路过秀园的时候,他看见一个女人在前面慌慌张张地跑。他喜欢看见别人的恐惧,他想知道这个女人害怕什么。于是他也跟随着女人跑起来了,他惊喜地看到女人更害怕了。他一路用脚步声吓唬着女人,出了巷子他就不追了。那女人回过头,他认出是开小店的女人,也是被他偷走自行车的女人。一米六站在巷口不动了。后来,他慢慢地蹲下来,看着凤毛消失的地方,他感到身体像腾云驾雾一样。

再说凤毛,她气喘吁吁地跑到三楼,敲敲柴丽娟的门。门开了,菲菲和柴丽娟同时出现在门边。凤毛一把抱起菲菲,心有余悸地说:"吓死我了,有人跟踪我。"柴丽娟马上躲到门后说:"谁?在哪里?"看见柴丽娟这么紧张,凤毛反而安定了。她说:"没事的……甩掉了。你看你,还到俄罗斯跑单帮呢,就这个样子?"菲菲面对面地抱住凤毛的脖子,娇声娇气地耍赖:"我要住在这里。"凤毛说:"不许。"菲菲扭动两条腿想挣脱凤毛的手,凤毛恼了,腾出一只手在菲菲的屁股搂了两下,菲菲梗着细脖子,瞪起眼睛,满脸愤怒。凤毛又在她的屁股上搂了一下,说:"小小年纪,就这么犟?长大了看你跟谁犟去?"柴丽娟上来扶住凤毛的两肩,对凤毛说:"你今天不大对劲,我不放你走了。你们两个人今天都住在我这里。来,快进来吧。"

菲菲进了梦乡。凤毛搂着女儿,看她的脸上升起了两团粉红的云,嘴唇也在酣睡中变得艳红。她目不转睛地看着,看得入了迷,这样可爱的色彩只能在菲菲睡眠时才看得到。她对食物不太吸收,有点营养不良。醒来后,满面的红润会慢慢地消退掉,嘴唇也会恢复到原有的淡红。

柴丽娟在床的那头幽幽地咕哝:"你有个孩子呢,我还没有呢。"凤毛没好气地顶了她一句:"谁让你不生的?"柴丽娟沉默了,然后说:"你今晚火气好大哦!告诉我,谁让你生这么大的火?"凤毛叹了一口气说:"唉,天气不好,心情不好,生意不好……"柴丽娟把声音放低一点说:"你这个人不安分。一个女人,该做人家老婆的就做老婆,该做人家二奶的就做二奶,要求不要高,踏踏实实地过日子。"凤毛说:"你真是这样想的吗?我看你未必这样想得通。"柴丽娟摇摇手,说:"我认定了一件事就不变了。你是个白骨精,会变来变去。"凤毛说:"我还算年轻。女人到了四十岁就走下坡路了。我还有十年的时间,就是不安分,也只有十年。"柴丽娟说:"行了!你是什么人?我也不安分过,现在不是安分了?"凤毛说:"其实,我要求并不高,算不上不安分。"柴丽娟说:"菲菲的爸爸有什么不好?上菜市场买小菜,拿了钱全交给你,还给你搓洗短裤。我看你不如复婚吧。"凤毛说:"菲菲爸爸有对象了……挺漂亮的一个人。那天我在路上看到他们了，下着小雨，两个人撑着一把伞，搂得紧紧的。"

柴丽娟想起当初被她扔掉的丈夫，淌起了眼泪。她淌眼泪的原因是她前夫到现在还是一个人，她私下找到前婆婆，托前婆婆把钱捎给他。她还想找他睡觉，他自尊心很强的样子，说，我不认识你。

想起前夫，柴丽娟红着眼睛，动静很大地下床，到卫生间去处理脸面。再回到床上的时候，她出其不意地说："董长根今天找你了吗？"凤毛不说话，她就自言自语地说："看来我没猜错。"

轮到凤毛下床了，她也上卫生间。她把卫生间的门轻轻关上，手抚梳妆台的大理石台面，在镜子前面垂下头来。她的心一个劲地抽搐，带来一阵又一阵的酸楚。她以为这抽搐永远不会停止了。

过了一会儿，她从卫生间里出来，对柴丽娟说："晚上打烊过后，我到董长根办公室里去了。他值班。"上了床，她继续说下去："我说了一些不该说的疯话……"柴丽娟打断她，说："你不要总是责怪自己。你只是没有经验，多玩儿回就成熟手了。"凤毛躺下来，说："他会怎么想我？"柴丽娟说："他会想吗？他一到家里就把你忘干净了。男女的事，谁先忘了，谁就得胜。你也别太在乎，你是一副福相呢，有后福。你看你的脸，颧骨一点点，简直看不出来，这就是福相。你看我，颧骨这么高，注定要守空房。"

说完这句话后，两个女人再也不想说话了，今天的谈话空落落的，世界真大，什么样的豪言壮语都会失踪，何况两个女人的感叹？她们一声连一声地无聊地叹气，不知什么时候都睡着了。夜晚，关了灯以后，屋子里并不会完全安静下来，墙壁上还有白天和灯光留下来的残余的荧光，各式各样的家具也会释放出白天接收的响声。总而言之，女人不安静，世界不安静。这两个女人在鬼魅的轻响里睡着，睡在枕头上，自己更像一只大枕头，笨拙而性感。

翌日清晨,凤毛带着菲菲先起来梳洗。她一边给菲菲扎小辫一边哄话:"给我们菲菲扎好漂亮的小辫子。菲菲好漂亮哦!菲菲长成一个大美人。菲菲嫁给一个百万富翁……"她从镜子里看见对面墙上挂的日历还是昨天的,一回手,就把日历撕了。今天是星期五。

柴丽娟躺在床上叫:"凤毛,夜里回来当心点。包里不要放钞票。你应该买辆自行车了,走路的女人容易出事。"

凤毛把菲菲送到幼儿园,给母亲打了个电话,让她下午到幼儿园去接菲菲。母亲照例要在电话里埋怨两句:"现在的女人真是不知道怎么做女人,我那时候一个人就拖大了你们几个……也不显得如何慌忙。"

她现在这么啰唆,倒是显得很慌忙。她一辈子自以为好强,其实也是个小女人。是个怨气冲冲的小女人。她让世界听到的音量总是最高的。

凤毛把店铺门打开。老天爷阴沉着脸,灰暗的云层里头透不出一点让人欣喜的光辉。凤毛仰头看看天,想:明天会是好天吧。我和天打个赌,明天若是出太阳的话,我的日子就会一天比一天好过。若不会出太阳,我的日子就不会好过起来——反正也不怎么好过。

正这样胡思乱想着,一辆摩托车咆哮而来,在小店门口戛然而止。这么气派,正是董长根。他从车子上下来,再从口袋里掏出墨镜戴上,很夸张地,这是他一向的做派。凤毛拿了一块抹布擦柜台,头也不抬地问他:"还是要那种烟吗?"她忽然觉得疲惫,想打哈欠,就掩住嘴巴打了一个哈欠。董长根不说话,从小边门里钻了进来,站在凤毛身后,关切地问:"要不要进货了?"凤毛回答:"不需要,生意不怎么好。"董长根迟疑了一下,说:"你总是这样不行的。这样吧,我让老单退还你两个月的租金,你到别处去做。"凤毛不说话。董长根一眼不眨地看看她,显得多情地说:"你这个人,该说的不说……你是不是想说,找不到工作。唉,谁让我碰上你这么个人,我来替你找找看吧。"董长根的语气中带着故作的欣快,他是想让凤毛高兴起来。凤毛心情淡淡的,低了头说:"谢谢你,我总是麻烦你。我不想到别处去找工作了,到处都是一样的。"董长根有些失望,在凤毛身后转啊转的,转了一阵,向凤毛要了两包烟,走到外面,回过身,对凤毛说:"再给我拿两包。今晚我替小刘值班,这小子一大早打电话请假,他老婆给他生了个儿子……今晚我值班。"

凤毛看着董长根,董长根也看着凤毛。凤毛想:他告诉我这个消息干什么呢? 他到底想干什么? 董长根也在想:我告诉她这个消息干什么呢? 我又不想和她干什么。

两个人同时把眼睛看了别处,愣了一会儿,时间若有深意地"咣咣"而过,响得令人发聩。一时混浊,一时又清明起来,两个人再次相看一眼,风平浪静的,好像什么又都没有了。

董长根开着摩托车走了,凤毛伤感起来,有理由又没理由地伤感。只是伤感。无可遏制的伤感,无边无际的伤感,小到针尖一样的伤感,微痛的伤感,肢解的伤感,伤感到不能呼吸……凤毛无可奈何地苦笑了一声,她有理由苦笑:人,都是寂寞的! 寂寞时候的脆弱多数不可理喻。

凤毛打起精神,把注意力放到小店里。她得微笑,对顾客要真诚地满足现状地微笑,顾客喜欢看到这样的微笑。

明天和后天是休假的日子。休假的时候,凤毛的小店会忙碌起来,胡老师的约会还在。

一天很快就过去了,今天一整天凤毛都是忙碌的。晚上九点半,她把店门关了。走到巷子里,前面是秀园,后面是董长根值班的派出所。秀园黑黝黝的像个无底深渊,派出所里有明静温暖的灯光。秀园让她害怕,派出所里的灯光更让她害怕。两者之间,她更愿意选择秀园。就是说,她想回家,她的灵魂深处选择回家。

她无比勇敢,轻快地向秀园的边门里跨出脚步。她跨进去了,即使在黑暗里,她还能分辨出里面的东西:南边的四棵花树,北边的铆钉大门。门边守着两头石狮子,一头雌一头雄。雄的玩圆球,雌的抱一头小狮子。她记得花树中有一棵是柿树,阳历五月份会开绿色的花,花瓣是绿的,花蕊是白的,像一个清清白白的大姑娘。还有一棵是石榴,也是五月份开花,橘红的石榴花形态如女人的裙子,风一吹,千百条石榴裙迎风舞动,要把男人一网打尽的模样,与柿子花恰成对比。她小的时候,还经常看见院墙上站着野鸽子,小小的头,走动的时候头颈柔媚地一伸一缩,脆弱,阔绰,娇气。

凤毛做梦一样走出秀园。且慢,她很快又要回来了。

她刚走到秀园东边的小巷子,背后就顶上了一把刀,她手脚一阵冰凉,脊背上一阵刺痛。她碰上打劫了。穷人碰到打劫是浪漫的,打劫让你恍惚觉得有许多钱。但穷女人是个例外,从古至今,女人某些时候可以是个物品。

凤毛知道打劫她的人一定是昨天跟踪她的那个矮个男人。

一米六为了今夜打劫凤毛精心准备了一番:洗了一个澡,在身上拍了一点痱子粉,穿上干净衣服,带上那把他放在枕头底下壮胆的快刀。最后,他穿上了一双增高跑鞋。这双跑鞋里面足足垫高了五厘米,他第一次穿上这双鞋子出来的时候,遭到大家一阵猛笑,吓得他从此不敢穿上脚。所以,这双鞋子是他第二次穿在脚上,还是崭新的。昨天夜里他跟踪凤毛回来,就决定要穿这双增高鞋。为什么呢?因为他聪明地发现,他只要穿上这双鞋子,两个人就基本上一样高了。他认为自己在气势上已经压倒了凤毛,那么在身高上也不能输给她。他在夜色的掩护下走出工地,感觉良好,温文尔雅,像个旧时代的绅士,而且,他的内心活动从未有过的丰富。他看见两个骑车的孩子在一条四岔路口告别,他们说:"再见,小鸟!"一米六认为这句话太好了,他不停地大着舌头念叨这句话:

"再见,小鸟。"

他慢悠悠地在夜色里逛到秀园附近,找个地方半藏着,脸上带着等人的神情。他一点也没去想今晚的打劫会不会失败,甚至没想过应该提防些什么人。

勇气高涨的一米六在秀园旁边的小巷子里劫持了凤毛,他成功了,他没遭到女人的抵抗。因为他有刀子。他把刀子更用力地抵住女人的背,命令她回到秀园前面的大院子里去,那里面一盏灯也没有,是附近最黑暗的地方。

他们来到铆钉的大门前,在狮子后面站下来,靠得很近,像一对需要交流的恋人。一米六问:"钱呢?"凤毛把包递给他。一米六拉开拉链,手伸进去摸摸,说:"才这么点?你店里有没有了?"凤毛说:"全在这里了。今天的钱全在这里了。"一米六想了一想说:"你带我去店里看看。"凤毛说:"那边有派出所。"一米六回答:"我不怕。我跑得快。"一米六说了这句老实话以后,不由自主地低头看看脚。他上过小学,在小学里是长跑冠军,每次比赛他总是光着脚丫子,怕把鞋子跑坏了。但是今天他穿着这么厚的鞋子,肯定跑不快。如果想跑得快,必定要把鞋子脱下来拿在手上,那样的话是很不方便的。

所以一米六打消了到小店去的念头,那里离派出所太近了,一旦发生情况,他穿着厚底鞋没法跑得快。

他拿了包,刀子还抵在凤毛的身上——是抵在凤毛的肚子上,凤毛倚靠在狮子背后,奴隶一样,几乎是仰面朝着一米六。一米六突然发现今天穿了厚底鞋是多么英明,穿了厚底鞋以后,他比凤毛还略高一点。

用目前这个姿势性交的话,是最恰到好处的。

他朝凤毛挪了挪,试探地靠近她。凤毛叫了一声,他做了个反常的举动:把包放到凤毛身上。凤毛没去接,皮包从凤毛的身上"扑"的一声掉到地上,声音来得突然,两个人同时被吓了一跳。黑暗里经常会发生这种情况:两个人躲在暗地里想干些什么,突然掉下来什么东西,把两个人同时吓了一跳。

皮包掉下来的声音还引起了一个中年男人的注意。他路过这个阴森森的地方,原本就想快点走过,突然听见石狮子后面一声鬼响,忍不住停下自行车,把头颈伸长了朝石狮子这里凝望。他只是尽力地伸长头颈想远远地看出一点什么,满足一点好奇心,并不想朝发出响声的地方挪动一步。片刻之后,他觉得已经对隐藏着的危险没有兴趣了,飞快地骑上自行车跑了。

凤毛清清楚楚地听见自行车来了又去了,她喉咙发干,一只手求救似的紧紧攀住石狮子。一米六撩起凤毛的薄毛短裙,短裙到了腰里又掉下来。这么一个小小的来回,凤毛的白短裤像一道光似的在一米六的眼前一晃。一米六停住手不动了,凤毛的白短裤似乎对他构成了某种威胁。他有限地思考过后,觉得应该对白短裤和善一些,于是他把手伸进凤毛的短裙里,放在凤毛的胯部,犹豫地抚摸着质地柔软的棉布短裤。

凤毛浑身打战。从这件事一开始,她就丧失了反抗能力。她被人带进了一个与世隔绝的黑暗之地,这里的时间似乎特别漫长,漫长到令人倦怠,令人可以无视外在的恐惧。一米六战战兢兢地抚摸她的胯部,他的手温透过短裤传达到她的肌肤,并蔓延到她的心中。在这里,他与她一起共有这方黑暗和恐惧,也似乎一同享受着抵御黑暗的快感。凤毛慢慢地睁大眼睛,打量面前这个劫持她的男人,她的心中出现一个奇特的感受:温情——类似于爱情的温情脉脉。一米六的刀子还抵在她的肚子上,但是她知道一米六此刻是脆弱的,似乎有某种空间存在,使得凤毛转而控制一米六,凌驾于他之上——类似于爱情中的控制和被控制。这时候她昏了头,感到某种和谐正在急急忙忙赶到她身边。

凤毛抓住一米六放在她胯部的手,把它移到耻骨处。对她来说,类似于用污淖来了解污淖。她闭上眼睛,不想看见什么。但这个举动是多余的,一米六的脸影影绰绰,根本看不清楚。你把他想成胡老师也好,想成董长根也好,想成心目中的英雄心目中的王子,都可以。

一念之差,凤毛马上就后悔了,那只手一到了她的耻骨处就狂乱了,它开始撕扯她的短裤。短裤扯下来以后,他又粗暴地按住她的胸,把她死死地按在石狮子背上。不等凤毛完全感受到后背的疼痛,那只手又移到了她的头颈里,卡住了她的喉咙。凤毛用尽全力弓起一条腿准备踢人,没想到被对方先踢了两脚,这两脚够狠的,使她一时不能动弹。她感到男人热乎乎的身体死死地靠过来,想要进攻她、侵占她。她快窒息了。她想喊,喊什么呢?胡老师、董长根……不,她喊不出他们的名字,他们不能给她增加力量。她的手绝望地摸到了一样东西,是什么?是一头小狮子。原来,她是仰躺在那头母狮子背上。她摸到了小狮子圆滚滚的身体,想起了菲菲圆滚滚的身体,拼力一声大喊:

"啊……"

啊!她成功地喊出来了。凤毛震天一声喊,一米六方寸大乱,落荒而逃。

这园子又恢复了平静。凤毛仰靠在母狮子背上,对它充满感激之心。她手脚麻木,不停地喘粗气,无法平静下来。风一阵一阵地刮,抑扬顿挫地,浓浓淡淡地,似乎要刮到时间的尽头。头顶上面,是秀园的屋檐,屋檐上面,是暗灰色的天空,天空板结得就如一块无法开掘的土地。

刚才那一声喊，没有惊动任何人。董长根就在不远处值班，这一声喊也没有惊动他。

凤毛想起刚才，对自己说："你想干什么啊？"

凤毛开始整理自己，衣服、包、脱落的一只皮鞋。她摸摸头颈里的一条黄金的细链不见了，就蹲下来到处摸索。她现在已经不害怕什么了，秀园和它夜晚的黑暗不会给她增加危险。她的手在地上摸索，眼睛好奇地到处张望。她发现这里的黑暗是浅浅的，像黑色乔其纱，是半透明的。

她终于摸到了项链，项链脱了扣襻，有两处地方扭坏了。至此，凤毛才想到刚才的一幕多么惊心动魄，她浑身的伤忽然痛了，到处都痛，她委屈得想哭出来。

她把项链放进包里，离开了秀园。她走得很慢，没有回头看一眼。

这件事就这样结束了。

到了家，凤毛把自己泡在浴缸里。浴缸里的水一直浸到她的喉咙口，她的身体变成一个小小的球，在水里漂啊漂啊。她把头仰靠在浴缸边上，睡着了。她又做梦了，她梦见她在浴缸里洗澡，一只硕大的灰白色的蝴蝶张开翅膀贴在天花板上，她的头顶上方。蝴蝶的翅膀是湿的，它努力着，不让翅膀垂下来。风在屋外吹着，把浴室里的玻璃吹得变了形，似乎马上它就要破窗而入。一只蝴蝶和一个女人，焦灼的无助的这一刻……

凤毛醒了，蝴蝶和风都不见了。她轻轻地擦干净身体，她的身体在灯光下闪烁着细碎的丝绸一样的光泽，它是无辜的。

若干年前，凤毛在公交车上被人从后面掀起了裙子。有一次她被人偷看了洗澡，还有一次她坐在电影院的座椅上，邻座的邻座那儿伸出来一只毛茸茸的手，放到她的屁股底下。清少纳言的《枕草子》第一二八章"羞愧的事"，一开首就说：

羞愧的是：

男人的灵魂深处……

灵魂深处都有值得羞愧的事，不过是男人对于这个世界更具有侵占欲望，所以羞愧的事就多了。这是我们好心的推测。再朝深刻的地方想去，也许男人并没有那么多的侵占欲望，侵占的实质是虚张声势，抵不过就是一米六的那双增高鞋。

凤毛洗完澡出来，坐在那儿。这下她觉得不再头轻脚重了，她从头到脚都均衡着，散发着不正常的活力。她的身体呐喊着，要为她的精神申冤。

她打了一个电话给柴丽娟，电话响了很长时间，说明柴丽娟是被她从睡梦里叫醒的。柴丽娟显得不情愿。"这么晚了还要出去？你太过分了吧？"她抗议，"你要到哪里去？好莱坞？巴黎？你一个人去好了。我非得去？"她从凤毛的口气中感觉到不安，"好的，我马上起来。"她想，老天，又发生了什么？

凤毛不过是特别想看看菲菲，一个人走在路上有点害怕，所以让柴丽娟陪着。柴丽娟说："我建议你不要去打扰她们。我们可以找个地方喝点酒。"凤毛说："我想看她。"

结果也没有看成，凤毛在窗户外边哭了几声，拉着柴丽娟走了。她歇斯底里的样子，让柴丽娟害怕。柴丽娟想回去，凤毛不肯，凤毛想喝酒。柴丽娟就把凤毛带到一家熟悉的小饭店，叫开门，半掩胸怀的老板娘身上还带着床铺的味道。老板娘去睡了，凤毛自己拿了两只酒杯倒上黄酒，看了柴丽娟一眼，说："今天晚上不会出事的。"

这句话的潜台词就是：今天晚上会出事的。凤毛的情绪左冲右突，只是她自己不太知道。她只知道现在睡不成，需要用什么东西消磨时间。这种状态下，她刚喝了一茶杯的黄酒就醉了。

接下来的事就这样了：凤毛大嚷着要找胡老师，一定要找，谁都别想拦住。那么凤毛看见胡老师以后做了些什么呢？她愣了好一会儿，伸手向胡老师要一万块钱。不，不要讨，是借。她听见胡老师说，什么钱不钱的，黄汤灌多了。她劈脸唾了胡老师一口，痛斥他是个小人，小人是没有性别的。所以胡老师简直不是个男人，当然他也不是个女人。他个太监。

见过了胡老师，凤毛叫嚷着要见董长根。她还记着他今天是值班。柴丽娟跟在她后面，一个劲地央求："凤毛，凤毛，不要去找男人。我借钱给你。"凤毛不听，熟门熟路地摸到派出所门口，捶门，把董长根叫出来了。还没来得及说话，凤毛一口唾到他脸上，说："我看清了，我跟你从来就没有和谐过。"然后她大哭。凤毛今天真是豪情满怀。

柴丽娟架着她朝家里走。柴丽娟夸奖她："好样的。你这样做就简单了。我不喜欢那么复杂，我喜欢你这么简单。一简单，人就舒服了。管它和谐不和谐。"

第二天，凤毛一觉醒过来，发现是躺在柴丽娟的床上。她浑身松懈，脑袋麻木，心中一片虚无。柴丽娟在厨房里弄出做饭的声音，隔壁人家传过来贝多芬的《命运交响曲》，传到虚弱的凤毛这儿，倒像是背景音乐了。

柴丽娟出现在房门口。

凤毛有气无力地问："昨天我怎么了？"

柴丽娟说："昨天你好可爱呵！"

需要说明的是，昨天晚上，董长根确实是被凤毛唾了一口。董长根脸色铁青,虽说他喜欢和漂亮女人打情骂俏,可他是有底线的。这样看来,两个人再也不会继续把友情发展下去了。但胡老师的脸还是好好的。凤毛把一口唾沫唾到一个陌生人脸上时,胡老师正在被窝里张着嘴巴打呼噜。

所以我们现在还很难猜测,凤毛和胡老师今后会怎样。只要凤毛想安定,胡老师会给她提供安定的机会。床笫间会不会再次发生悲剧,我们不清楚,就看凤毛会不会适时满足,会不会简单一些。她对"和谐"这个词会不会放低要求,我们不得而知。

胡老师的约会还在那儿,就在今晚,秀园。

启蒙者的餐桌

我爸年轻时爱慕一位女士，那个时候他和我妈已经结婚八年了，有了我这个儿子。他的婚外情，乐果巷的众人们都知道。他除了要承担大家的道德指责，还得忍受我妈的哭闹。直到有一天，我家来了一位叔叔，带了一篮子鸡蛋。

我妈正在大院门口生炉子，准备烧午饭。叔叔悄没声地站在了我家门口，脸带微笑，准确把握着某种节奏，不紧不慢地跨进院子，手上提着的一只小篮子，稳稳地放在我家桌子上，对我爸轻轻地说："你不要碰鸡蛋。我马上回来。"

这位叔叔有着神奇的行动节奏，他走过之处仿佛能从此安定下来。这是上天赐予他的本领吗？为什么我爸成天这么浮皮潦草？

小篮子里装的是鸡蛋。很精致的竹编元宝篮，篮子已老熟，透出岁月的老气和光泽，看着让人莫名的心安。

我那时候七岁，看得懂我爸脸上的惊讶，惊讶里还带着无法控制的惊慌。现在是上午十点钟，我爸刚起床刷了牙。他张着嘴，嘴里喷出中华牙膏夹着隔夜酒的味道。我觉得，那位叔叔应该是我家的亲朋好友，趁我不在家的时候来过多次，所以对我家熟门熟路，对我爸也是不用客套。可是我爸为什么这么惊讶又惊慌呢？

很快,我听见外面响起邻居们的各种声响,几乎整条巷子的女人都站在门外看那位叔叔在替我妈生煤炉。一会儿叔叔替我妈拎着煤炉进了院门。我们的院子里住了五家人家,每家人家的炉子都放在廊檐下,烧饭时颇为热闹。我妈对我说:"曹叔叔是友谊宾馆的干部,今天是第一次上门,快叫曹叔叔。"

我妈的声音悦耳动听,笑得很是妩媚。这是我人生第一次为一件事难为情,没有一个正常的女人会笑得这么热乎乎,黏糊糊的。她还吊起凤眼,眼梢缓缓地然后用力地朝我父亲扫了一下。我懂,每当她觉得真理在握,或表达示威,就用这个方式。

我爸缓缓地坐在椅子上。

门口站满了前来看热闹的女人和小孩,我家很长时间没有这么多人来看热闹了。上次还是两年前政府部门来为我父亲落实政策,给我死去的爷爷奶奶平反,退还房子和存款,补发了许多工资。打那以后,我父亲就从中学语文老师的岗位上辞职了,或者说他从中学语文老师的岗位上消失了。他在银行存着大笔的钱,还不许我妈染指。他说当他跟着资本家父母亲受罪时,我妈正享受着出身于工人阶级家庭的优待。他现在什么也不干,整天在外面游逛,呼朋唤友,吃喝玩乐。上山打猎,下水捕鱼。他说要好好享受生活,把以前吃的苦,遭的罪都补回来。为了延长寿命,让他这个身体多一点人世间的享受,他还听了人家的话,去打过小公鸡的血……

我爸一声不吭。忽然他站起来,气急败坏地对我妈说:"我不认识这个人。我也不想看见他。你们忙,我还有事出去。"

他低着脑袋慌乱地走了,脚步错乱,深一脚浅一脚,好像做错事的是他。他从前在家里大声说出喜欢那位女士时,也没见他有过一丝的慌乱。看来世上很多的第一次,今天都在我家碰头了。

曹叔叔对我父亲的背影说:"你回来吃晚饭吗? 我蒸的鸡蛋是友谊宾馆一绝。国家领导人到宾馆来,都点名要吃的。"

曹叔叔说到这儿,我们都知道他大致的工作了。他看上去有四十岁,不胖不瘦,腰板挺直,说话不急不忙,态度不卑不亢。他穿着藏青色的中山装,每一粒扣子都扣得恰到好处,不紧不松,端端正正。不像我的老爹,穿着见风就飘的阔版衣,还嫌衣服上的扣子限制了他的自由,统统剪了。最可笑的是,他异想天开,居然把长裤上的裤裆扣也剪了,坐下的时候,露出里面的短裤。他说这就是自由自在的样子。

曹叔叔脱下中山装,露出里面的白色长袖 T 恤,上面别着一枚什么章,看着很高级的样子。我妈从碗橱里拿出一只大碗,曹叔叔挽起袖子,把篮子里的鸡蛋统统打到大碗里。我在边上数着,他打了十只鸡蛋。然后他从篮子底部拿出一个小油纸包,打开。油纸里包着一团剁得细细的猪肉糜。我好奇地看着他把这团猪肉糜放到一只小浅碗里,撒上一撮盐,与猪肉拌匀,放在木砧板上,小浅碗与鸡蛋碗并排而立。曹叔叔说,这叫"静蛋",它们成为另一种凝固的状态前,需要静一静,想一想,做好准备,这样才能把它们最好的鲜味调动出来。这也是厨师对它们的尊重。受到尊重的东西自然会全力配合厨师的意图。

我听不懂曹叔叔的话,但是我很喜欢听他的话。听完这些话,这一大一小的两只碗在我心里仿佛有了生命。它们静静地站在那里,沉默的,然而是坚韧的。坚韧的,又是令人愉悦的。它们境界如此之高,把家里所有的东西都比下去了。它们又好像要变什么戏法,要把我看得见的生活一下子变得里外通透,让我不由得满怀期待。一个男孩子的期待是有形状的,我妈和我说过,男孩子的"气"充足又纯净,虽然软,但是有形状。你看不见,但它确实存在。听说有些气功大师看得见小男孩身上的纯阳之"气",说这种气是椭圆形的,笼罩着小男孩的身体。我现在的期待就像笼罩在我身体周围的气。

我早就厌烦了我爸那一套。从中学辞职下来,他变得咋咋呼呼。三十岁的人,就像一个十七八岁年轻小混混一样,浑身带着发条,随时随地穿着无扣外套一闪而过,不知蹦到什么地方去了。半夜回家,喝醉了就在巷子里乱吼乱唱,邻居开了窗责怪他:"吴有光,你老是这么闹下去,我们真的是暗无天日,没有光啦。"他就回敬人家说:"怎么? 我托了国家的福,过上了好日子,你们就眼红了。"每每想到他的好日子,他总是无比兴奋。即使我睡得迷迷糊糊的,他也不管,从被窝里把我拖出来,一个劲地亲我的嘴。他嘴里的酒气混着菜油和各种菜的味道,强横地直朝我肚里灌,直至我临近窒息……

这个曹叔叔安静稳妥,与我和妈妈很配。我喜欢他。他要是挤走我爸来当我的爸,我会接受他。

我就依在他身边,东摸西摸,假装对碗筷感兴趣,想听他说些什么。他也很善解人意,或者说,他也想讨好我,就把他和我妈认识的经过告诉了我。他是友谊宾馆的厨师,我妈去友谊宾馆财务室办事的时候认识了他。他对我妈一见之下,产生了爱慕之情。他以暗恋者的身份,与我妈保持着不远不近的某种友情。这种友情是复杂多层次的生活催化出来的,不同于任何一种感情方式。昨天下午,就在我爸一觉醒来又出去的时候,我妈决然地去了友谊宾馆找到曹叔叔,把她对我爸的不满和盘托出。以一个女人的直觉,我妈知道这个人会改变她的生活,至于改变成什么样,她不知道。曹叔叔一声不吭地听我妈说完后,陷入沉思。一个厨师的沉思是不寻常的,可能隐藏着看不见的刀光剑影。一个厨师的沉思也是细密的,要不然我们就吃不到经过他们仔细调理的美味佳肴。他沉思后对我妈说:"明天是星期天,你在家里等着我,我上午十点钟前来看看你。"

曹叔叔相信我妈的话。他也相信我妈需要他拯救。最重要的是,他相信自己的能力,相信自己踏进一个陌生的家庭后不会受到伤害。

我妈的工作是吴郭市自行车厂的总账会计,其实是一个很谨慎的人,但长期和我爸这种人生活在一起,她也变成了一个泼辣率性的女人。当下她二话不说,一口就答应了。于是就有了上面那些事情,这些事情让我们的乐果巷像过节一样热闹。

我妈妈适时地朝外面喊:"你们都看够了吧,我家又没有午饭吃,(你们)还在这里干什么?"

院子里的看客们一下子潮水一样退去了。

突然,他们又像潮水一样回涌了过来,浪头上挟着我父亲。我父亲回来了,昂着头,脸上一副成竹在胸的模样。

我妈吃惊得张开了嘴,摸不清我父亲的意图。一位邻居大妈凑到我妈的耳边,神情诡异地说:"哼,他刚才去了小红楼。"

提到小红楼,一般是代指庞女士,她一个人住在对面巷子的小红楼里。她就是我爸公开爱慕的那位女士。我爸早就不与他以前的同事朋友来往了,现在他的周围聚集着算命大师、气功大师、落魄诗人、街头下棋者……我去过他们的聚会,香烟、酒、诵诗、哭泣、大笑、残羹剩饭……每个人都在自说自话,企图压倒别人的声音。我爸身边,只有庞女士是他的正经朋友。说到"正经"两个字,指庞女士是个真正有社会地位、受人尊敬的人。

庞女士住在乐果巷对面的巷子里,那条巷子里有一个小池塘,庞女士就住在小池塘边上,一幢西式小红楼里。过年过节时,从市政府到区政府都会派人到小红楼里进行节日慰问。我爸对这幢小红楼很熟悉,对小池塘也很了解。因为这幢小红楼是我家的祖业,国家落实知识分子政策以后退还给我爸了。我妈很想住到小红楼里去,体验一下资产阶级的生活。但是我爸不声不响地就把小红楼卖掉了,买主就是庞女士。他们就是这样认识的。

我爸每回说去看小池塘的水波,回忆童年时代短暂的小红楼时光,其实就是溜到她家看她去了,坐在她家绿草茵茵的小院子里。遮阳伞下面,一动不动地坐着庞女士,她总是在看书。我爸只有在她身边是安静的,坐在她身边,陪她看书,给她倒茶、削水果。

她四十不到,没结婚,一个人住着这幢小洋房,用着一个五十多岁的阿姨烧饭和搞卫生,她称这位阿姨为"菊妈妈"。这位菊妈妈不是她的妈妈,她的爸妈十几年前就死了,听说是双双上吊自杀。也许就是这个伤感的事情导致她至今不肯结婚成家。她的身边只有这位又烧饭又搞卫生的菊妈妈,兄弟姐妹们全在美国或英国,都是搞科研的专家学者。至于她为什么不出国,为什么不结婚,为什么神秘地独往独来,没人知道确切原因。街坊邻居只知道她特别喜欢穿裙子。吴郭城的气候属于亚热带季风性气候,四季分明,夏天很热,冬天也时不时地下雪。下雪时她还穿着裙子,样子像在温泉里泡澡一样舒坦,丝毫也看不出她冷的样子。凭这一点就让人肃然起敬。她画眉描眼,戴着珍珠项链,还喷香水。怎么看,她都是个有故事的人。经常有孩子傻傻地跟在她后面,眼巴巴地望着她的脖子,希望那里掉下几粒珍珠来。大人们说,她的珍珠项链每一粒都值一辆自行车的钱。

她家里到处是书橱,楼梯边上的墙掏空了做成一个个放书的格子间。连走廊里都放着一排排别致的藤书架,书橱里放满了书。她坐到院子里的遮阳伞下看书,我爸就坐在她边上。别人告诉我妈,庞女士叫我爸吴弟弟,还把手搭在我爸肩膀上。我妈听了冷笑,呸了一声。

我爸刚一进来,我妈就问他:"喂,你到小红楼里干什么? 找你的狗头军师出主意了吧？”

我爸说："别瞎讲。我是讨教人家去了。我的庞姐姐做蒸蛋也是一绝了，她说自己第二，没人敢在她面前称第一。"

我妈说："你是个四体不勤、五谷不分的人，也想来打擂台吗？"

我爸说："我是一家之主。你是属于我的，有人想用小恩小惠把你勾引走，我当然不答应。"

我妈朝着门外招着手喊："各位乡邻，你们听到没有？这个人说我是他的，也不撒泡尿照照。我是属于我自己的。"

我妈最后那句话说得比较深刻。女人们要么属于丈夫，要么属于儿子，或者既属于丈夫又属于儿子。总之是属于家庭，没有哪个女人真正意识到是属于自己的。时间长了，"自己"这个词在她们那里早就生锈。今天被我妈一提起，女人们一个劲地点头。一位没牙的老太太一边点头一边哭了起来。

但是我爸反驳说："你是自己的，我也是自己的。凭什么我心里有个她，你就不停地哭闹？"

他的话赢得男人们一致赞叹。

我妈说："你不真诚，爱要真诚。要么她，要么我，你要有选择，不能两个都要。"

我爸说："你不要搞得你死我活的好吧？没到那个地步。你不是心里也有一个人了吗？这个人还厚着脸皮跑到我家来了。"

这时，曹叔叔说了一句话，他声调不高，大家可听得真真切切的："哈，我看见有人送物资来了。"

他这句平凡的话打破了僵局，大家都哈哈地笑了，松弛了脸面，不再沉浸在紧张高昂的情绪里。菊妈妈从人群里挤过来，接着曹叔叔的话风趣地对我爸说："吴有光，你的军需官来了，给你送物资。今天你要和别人打擂台,只准赢不准输哦。"她右手捧着一个金边蓝色玻璃盘,里面放满鸡蛋。那些鸡蛋一看就让人垂涎欲滴,个头不大不小,红棕色的蛋壳,仿佛在海边晒过日光浴,被海风吹过,结实而健康。曹叔叔的鸡蛋壳都扔在畚箕里,它们的个头都比菊妈妈的鸡蛋大,颜色是粉红中带着惨白,仿佛在澡堂里工作的女服务员,夜里出来被冷风一吹的样子。两种鸡蛋一比,孰优孰劣,一看而知。

菊妈妈的左手,也捧着一个玻璃物件,很小,白色的,像一个半开放的花苞形。里面放着一捧什么东西。一个女人在菊妈妈走过她身边时,伸出脖子嗅了一下说:"这是发好的干贝。我从来没看见过颜色这么好这么鲜香的干贝。……吴有光,你肯定赢了,板上钉钉的事。"

我是长大以后才知道菊妈妈那天拿来的干贝是车螯肉柱,又叫红蜜丁。其鲜无比。它们是庞女士做蒸蛋的独家法宝。具体的步骤也不难:把鸡蛋打在碗里,搅匀。车螯肉柱用清水泡十分钟洗净,加上葱段、黄酒和少许清水,大火蒸二十分钟。取出肉柱凉透后,剁成末,滴上一些鲜牛奶,撒上小葱末,放入搅匀的鸡蛋一起上蒸锅蒸二十分钟左右。

菊妈妈拿来的干贝都是庞女士在家里泡发好的,只要我爸把它放在鸡蛋里一起蒸熟就行了。对于我爸来说,主要问题只有一个,就是鸡蛋里该放多少盐。但他显然无比烦躁,打鸡蛋时就出了问题。他打的鸡蛋壳支离破碎,搅鸡蛋时又把鸡蛋晃出了碗外,用布擦碗没擦干净,弄得整个碗外面黄白相间,黏黏糊糊。他也不管,呼隆一下子就把碎干贝倒进蛋碗里,然后用手进去抓了几把,看上去就是手指头洗了洗澡。

我急忙指指曹叔叔的两只碗,提醒他:"爸爸,要静蛋,静蛋。"

我爸看看曹叔叔放在砧板上的两只碗,马上明白我说的意思,说:"沸腾的时代,让两只死样怪气的碗滚开。我这种碗才是真正的碗,浑身上下挂满蛋糊。这就叫有福同享。"他把他的美食作品丢进蒸锅里。

他的话还没落,大伙就等不及地笑。我妈说:"大家看归看啊,要文明地看。"

我家只有一只炉子,有一位邻居拎来了他家的旺火炉子,曹叔叔上前谢了他,接过炉子放在我家炉子边上。他开始了,把猪肉糜倒进蛋碗里,一双筷子在他的手上调弄得让人眼花缭乱。筷子在碗中间旋转,顺时针旋几下,逆时针旋几下。他动作幅度不大,但筷子上很有力道。肉糜和蛋汁的混合品像一幅布一样裹着他的筷子,每一个分子都体面地经过上升和降落的集体运动,汁水一滴也没有溅到碗外面。

菊妈妈悄悄地走了。她总是悄悄地来去,是个特别安静的女人。

这个时候,大家都看出来这场比赛不太公平了。曹叔叔是友谊宾馆大厨,做菜功力深厚。我爸最多在家里偶尔洗个碗,或者偶尔炒个番茄炒蛋。但是仔细地客观地想一想,这种不公平的差距就缩小了。蒸蛋是家常菜,大厨做不好家常菜,也是常见的。街巷里弄的大爷大妈阿姨叔叔们,能做一手绝妙家常菜的人不在少数。

过了十几分钟,两只炉子上的蒸锅都散发出扑鼻香味。

曹叔叔这时候把炉门关了起来。眼看着煤球的火越来越小,快要没有了。他突然又打开炉门,加上几块煤球,拿起蒲扇一顿猛扇。那煤炉里的火配合着扇子,一下子蹿了上来。蒸锅里的水又开始"咕咚咕咚"地欢响起来。我爸袖着手站得老远,他根本不懂得需要做什么。庞女士和他讲了,蒸二十分钟,他只需要看着手表就行。

二十分钟到了。我爸走上前去端下蒸锅,放在砧板上,捏起拳头,朝大家比了一个胜利的手势,赢得一阵鼓掌声。

我妈妈去屋里搬出我家吃饭的桌子,朝大院子里一放,放稳以后,从口袋里掏出一把大大小小的勺子,撒在饭桌上。只见曹叔叔快速地从炉火上端起蒸锅,用抹布在碗口轻轻一捏,他的蒸蛋就被他提到桌子上了。我妈紧接着把一块巴掌大的草垫子垫在蒸蛋碗下面,曹叔叔的蒸蛋碗好似被人扶了一把,挺起了腰,站在领奖台上睥睨众生。我家只有一块垫碗用的草垫子,我爸干瞪着眼,他是真生气了……但他没说话,也没有任何粗蛮举动。

我妈专注地看着我爸,不知道她在想什么。

我爸一生气,穿着连衣裙的庞女士就来了,两个人好像有心灵感应似的。要说这位庞女士,也真是宠爱我爸,从来不到我家里来,这次为了助阵我爸,第一次上门来了。她自是不把我妈放在眼里,眼珠子都没朝我妈转一下。我妈本是个气焰嚣张的女人,不知道为什么,见了她,头颈沉沉地,忍不住地低了几分。没人敢对庞女士说什么,我想我应该说几句。我就问她:"你是我爸的相好吗?"这句话代表了大多数人的好奇。

庞女士笑起来,她笑的声音不响也不低,就如诉说着一个悦耳的故事。我喜欢这种自然悦耳的笑声,我妈她们一帮女人,要么不笑,一笑就是耳朵的一场灾难。我想,如果庞女士挤走我妈当我的妈,我也是能接受的。

可惜庞女士明确地说道:"不是,我不是你爸的相好。我庞爱兰与吴有光永远是好朋友。"

周围的人们发出惋惜的声音。本来大家是想看一场惊心动魄的撕扯大战,被她轻轻一句话就消解了危机。那她来干什么呢?

她是来给这场比赛放下一个关键的砝码,当然是放在我爸这边。

今天太阳很好。五月的太阳里装着许多友善的内容。我家门口聚拢的人更多了,不少人吃过了午饭,都跑来看热闹。庞女士从口袋里掏出一样东西,这东西像镜子一样拖出一道弧光,光芒所到之处,大家都唯恐避之不及,以为是什么危险的东西。等到庞女士把这样东西朝桌子上

189

一放,大家围过去一看,看清楚是一个圆形的金黄色的扁平玩意儿。有识货的行家说,这是缅甸老黄金樟木隔热垫,垫子边上围的那一圈是真正的黄金,黄金圈上镶的那几颗绿石头也是什么宝石。

这样就必须要说说我家这张饭桌了。我家的这张桌子,是我妈从娘家硬抢过来的。那时候我家很穷,连一张吃饭的桌子都没有。有一天,我妈不知道去哪里借了一辆黄鱼车,她自己骑着。她回来时车上多了一张桌子。她的弟弟和哥哥都曾经过来想把这张桌子接回去,但我妈不让。她的理由也很充分:她与我爸结婚时,家里什么陪嫁物什都没有。拿一张破桌子化解心结,便宜娘家人了。她弟弟和哥哥说了许多话,只有一句话是一样的:谁让你嫁了一个成分不好的人。

后来我家落实政策以后,我妈买了两张老榆木桌子,一张送去了她弟弟家里,一张送去了她哥哥家里。她还让运送的人在兄弟家门口各放了一串一百响的鞭炮。至于那张她从娘家抢来的旧桌子,不过是杂树剖板拼接起来的,然后打磨、上油漆。我爸识树,说这张桌子板,大部分是杉木,中间最大的那一块是柳木,四条边是榆木。上面有着各种划痕、油渍,有为数众多的大大小小缺口、蚀伤……这张桌子,我妈和我爸意见一致地留了下来,作为家庭的一员,继续见证岁月的移动。

庞女士把她那个金光闪闪的垫子放在桌上,她的视线停留了片刻,没人知道她对这张陈旧的桌子有什么想法。我爸急忙就从砧板上端起他的那碗蒸蛋朝垫子上一放。他是个不讲究的人,从不掌握好行动的节奏。他那么粗糙地一端一放,那碗蒸蛋差点跌倒在黄金垫子上,亏得争气,晃了一下,稳住了脚跟。

人群突然一静。

我爸刚想喝声彩,马上忍住了。

我妈嘀咕了一句:"要文明啊……"她总是话里有话,但这句话如果是在警示我爸的话,那是白搭了。一来她的声音太低,二来我爸正看着桌子上的两碗蒸蛋,脸涨得通红。

人群继续静。静这个东西外柔内刚,轻盈如水,却有着墙一样的坚固,一时半会打不破它。

谁都看见了,这两碗蒸蛋放在桌上差距有多么大。两者一比,高下立分。我爸这碗蒸蛋,碗外的蛋汁也熟了,东一道西一道,像个舞台上的大花脸。而且它看上去气息奄奄,三观不正,站在桌上真是丢人现眼,无法让人尊重它。造成这种状况,也许是没有"静蛋"的缘故,也许是我爸不够尊重它们。或者,纯粹就是隔夜酒在我爸的肚子里闹得慌。相比之下,曹叔叔的蒸蛋保持着足够的尊严,不以物喜,不以己悲。它是这么的无可挑剔,气场饱满,刚才像站在领奖台上,现在有我爸的那只碗做陪衬,它更神气了,简直是个打胜仗的大将军,对前来投降的敌手不屑一顾。

再说那只华丽的金光闪闪的垫子吧。它不来还好,一来,更衬出了我爸那只蒸蛋碗的寒碜和渺小。非但寒碜和渺小,越看越滑稽,简直是我爸可怜现状的翻版。

谁笑了第一声,结果大家全都笑起来了。连庞女士和我妈都在笑。只有两个人没笑,一个是我,一个是我爸。我没笑的原因是看见我爸走进屋里去了,我很害怕他走进去拿出菜刀什么的乱砍人,我看见他的眼睛里有泪水,愤怒的泪水。

他确实走进屋里去拿了菜刀。他拿了菜刀走进他和我妈的卧室,提出一只祖传的中式黄花梨老花架。除了那幢小红楼,政府落实政策时,这是返给我爸最值钱的东西,别的东西都流散不知去向。

他把老花架放到饭桌边上,朝花架面上砍了一刀,再把自己的那碗惹人嘲笑的蒸蛋放在上面。这是他的桌子,他的蒸蛋专门用的高级桌子。此举等于无赖讹人，朝自己头上拍一砖，搞点血出来抹到自己脸上。这一砍吓得没人敢笑了，也没人敢尝这两碗蒸蛋究竟哪碗好吃。

轰轰烈烈的一场比赛，一场复杂的较劲，莫名其妙地结束了。

曹叔叔先走。他走过去拍拍我爸的肩膀，表示心有歉意，并且对我说："我也不是你妈的相好。我曹元青和你妈妈永远是好朋友。"

我目送曹叔叔的背影消失在院门外，他的背影和他正面一样显得端庄大方。他什么都是恰到好处，从外形到内心。但是他太正派了，正派得让人心慌。所以我不再想他替代我爸的事。

曹叔叔走后，庞女士也走了。她临走时对我爸说："吴弟弟呀，我没想到垫子会出了这个效果。我是太草率了呀。"

我感到了她内心的沉重，非常沉重。这种沉重与两碗蒸蛋没多大关系。这么沉重的内心，难怪她不肯结婚。她摸摸我的头说："我告诉你一句话，你爸是个难得的大好人。你以后就知道了。"

我爸穿着无扣上衣坐在地上，满心委屈，十足是个弱者的样子。他今天表现得一无是处，说实话，他不像个大好人的样子。大家都对他投去不屑的眼光，他是个不折不扣的失败者。

又过了十几年，我谈了女朋友，她家父母不同意我们交往，说我是单亲家庭长大，没有父亲的陪伴，心理会不健康。我就当着她家所有人的面，讲了我爸我妈分手前的那场蒸蛋比赛。一直讲到庞女士临走时，她摸着我的头说："我告诉你一句话，你爸是大好人。"

我当时不懂她为什么这么说。不过这句温暖的话一直回荡在我的心里。随着我爸妈的离婚、分家，各种琐事尘埃落定。我妈有一天对我说："你爸是个好人。可惜我跟他缘分尽了。"

我就问我妈："庞阿姨也这么说。你们都说我爸是个好人。他好在哪里呢？"

我妈说："你爸悄悄拜师学过气功的。别人不知道。他师傅已经不收徒弟了，经不住他再三求。师傅就让他不要讲出去，悄悄地学。你爸的内功，可以近身打退三个大汉。但是那天，他就是忍住了没有出手，宁愿当一只缩头乌龟。姓庞的女人肯定知道，你爸只有和她才无话不说。所以她说你爸是个好人。"

我还是不明白，问："我爸为什么忍住了当个缩头乌龟？他怕他师傅知道了骂他？"

我妈说："不是。师傅知道了不会骂他。他当缩头乌龟师傅才会骂他。他是看在我的面上才没对曹叔叔动手。为了我，他宁愿伤自己，也不愿伤别人。"

我终于明白了，说："你的面子好大呀。"

我妈的脸上涌出幸福的辉光，有一瞬间我怀疑她和我爸是不是有私下的往来。但愿他们俩都忘了当年那场荒唐的比赛，忘掉庞女士和曹叔叔吧。

所以我七八岁就知晓爱的模样，在爱的引导下，我从没有过迷失和彷徨。我爸是个失败者，但是对我，他是个启蒙者，爱的启蒙者。

香炉山

　　自从搬到白菊湾的花码头镇,我陆续结交了一些朋友:大道观的看门人老邬,花亚,旅行家江吉米,张小虎和他的母亲,乌兰、她的父亲老乌,罗汉芳……

　　近半年来,我没有再交朋友。原因是,花码头镇出了杀人案。一位性格孤僻的女士,在夜里被她的同居男友杀害。而且镇上的人都说她活该。没有结婚就同居,还引狼入室,这不是活该是什么? 我虽说体格健壮,胆大妄为。但自从这件事后,我就谨言慎行,不太敢在夜里独行,也不太敢去结交他人,以免被人骂上一句活该。

　　今天下了一天的小雨,到了傍晚,雨停了。站在屋子西边的丝瓜架子边,朝北边望去,看到雨后的香炉山上,到处冒出白色亮丽的烟岚,轻如白纱。天空中拖曳着细沙一样的白云,白云之后,淡淡的蓝正在变紫。

　　今夜的月亮也是特别的:粉桃色的一弯上弦月,清丽淡雅。它淋了一天的雨,化去了媚态和火躁,呈现出蕙心兰质的模样。

　　舍不得这个月亮。因我从未见过这样的月亮。花码头的人,对极美的事物是形容"俊",不说美丽,也不说漂亮,只称"俊"。

　　香炉山上看这样的"俊"月,应该是绝好的一件事。我穿上舒服的拖鞋和灯笼裙,拿了吃剩下的半袋原味葵花子,一面走,一面吃,仰面看着天上的月亮。我走的这条大路叫会稻路,还没有安装路灯。白天人来人往,通着 600 路公交车。乡下人没有夜生活,一到夜里,路上就杳无人迹,白蒙蒙宽阔平整的一条空路,闭上眼睛也可以走路的。

一条路,一个人,一轮月亮。路两边是稻田,还没显亮的萤火虫在稻田里飞来飞去,却不落脚。一望无际的稻田里,有几处聚拢着蛙们,精力充足地大喊大嚷。大自然的声音,你不会觉得烦呢。

惬意地走着,我还是看到了危险的东西:潮湿的路边,横躺着一只土黄色蝴蝶翅膀,有着咖啡色和淡黑色的波浪纹,比麻雀的翅膀略小一些。我心头一惊,朝前走了几步,又吓了一跳,路上又有躺着的蝴蝶翅膀,这回是一对,看来是从同一只蝴蝶身上扯下的。不知道为什么我想起镇上那个被杀的女人,杀害她的同居人说,并没有杀害她的念头,只是那天他心里不高兴,嫌她话多,掐着她的喉咙,直到她没有气息。她死了,杀人者先是痛快,过了一阵才感到害怕。……至于伤心,他也是有的,但那是再以后的事。

撕下蝴蝶翅膀的人,怕也是这种心理:并没打算杀死蝴蝶,只为了一时的痛快。

什么样的人寻求这种痛快?

但愿不是孩子!

我捧起这对蝴蝶翅膀,走回去把前面那只蝴蝶翅膀也捡起来。为了不再让路上人践踏,我用树枝在路坡上掘了一个小坑,把它们葬了。

身后忽然有一个人说:"旁边不是有一棵橘子树吗?怎么不埋在橘子树下?"

我抬头一看,边上真的有一棵结了累累小果子的橘子树,刚才又是恐惧又是难过,竟然没有看到它。再朝身后一看,见到那个说话的人了,一位年轻男子,穿着白衬衫和牛仔裤,身材笔直高挑,浑身上下都是强健的线条。令人看了,不由得眼睛一亮。天已经有些凉了,但他的手里还捏着一把蒲扇,显得闲云野鹤似的。这是有意的吧? 我喜欢这种有意为之的劲头。

眼睛一亮过后,我放弃对他的欣赏重新想,这种年轻人花码头镇上多得很,他们很聪明,一眼就能大致掂量出别人的身份家境。他们只对家境富裕的女性感兴趣,愿意与她们交往,成为干姐弟或干母子。那位被杀的女人,就是在路上认识了今后杀她的人,认了这个人做干弟弟,后来又同居了,然后被杀。

这个世上,蝴蝶要当心自己的翅膀,女人要当心自己的喉咙。我的神情里一定流露出戒心,于是他立刻现出了局促不安,也不告别,掉头走下一个坡,朝北边的村庄去了。

我定了定神,决定继续我的行程。我心里虽说有些不安全的阴影,但我并不想示弱。

他去的路正是我要去的,香炉山就在会稻路的北面。我不想跟在他的后面,以免被他看到了又回头来搭腔。我碰到过这种事,不止一次。陌生的男人对你感兴趣,会千方百计地找机会搭腔,一副要找艳遇的样子。我决定朝西一直走,然后再找通向北边香炉山的小路。

我一直走到了蓝湖边。

发育良好的蓝湖,还保留着远古的些许风韵。虽然说没有了史书上所记载的珍禽异兽和香草奇花,更没有传说中围湖一圈的美妙水石。但是作为现代人,我早已学会珍惜眼前的东西,因为蓝湖正在缩小,我担心再过若干年,也许连湖水也看不到了。

担心和焦虑正在成为我生活的一部分。在此种情况下,我眼下具有的风花雪月精神是积极的态度,弥足珍贵。我会让我努力找到的愉快成为未来最美好的回忆。

我在蓝湖边找到了一条通往东面的小草路。我早已走过了香炉山，现在我要向回走，走过这条草路，再找到一条向北的路，才能到达香炉山。

天穹中的蓝变成紫，紫变了灰黑，不久都隐去。天黑了下来，上弦月明亮得就像宝石一样，但它太细了，它的光还照不到路上。不过我可以看着它走，把它当作夜行时的伙伴。现在是晚上七点半钟，它要消失掉起码还有三个多小时。我有的是时间，并不着急赶路。

这些村子我从没有进来过。每次从会稻路上隐隐约约地看到它们，总觉得它们的构成很简单。一模一样的屋子，种着菜蔬和稻子的田地，大大小小的树，无非是杨柳、香樟、白果、玉兰……今晚进来之后，才知道我小看了它们。它们是错综复杂的迷宫。村与村转承口，路与路的交接处，没有任何文明世界常见的文字标志。但它们是有标志的，它们的标志隐藏在树木草丛和田地中，这种标志只有村里人才知道，大家心照不宣。谁家的白果树那边拐弯可以到达大路，又要转过谁家的那堵废土墙才能找到那个独木桥，从什么样的竹林里穿过才会走进另一个村庄……它们就像一个万花筒，不经意地一碰，就换了一个样式。又像魔方，拼错了一个环节，就错了整个方向。你也千万不要小看了那个独木桥，一根又粗又短的大柳木，横放在小河两头，它在老金家的屋前，另一头连着老王家的屋后。从老金家这头，走到老王家那头，才能从南边的村子转到北边的村子，然后才能找到上香炉山的小路。

我很快就在村子里迷了路，这是我没有想到的事。有些屋子我看到了好几遍，有些僻静的路陌生得让人害怕。走来走去，我发现我一直在几个村子里面转悠，总也出不去。这其间，我敲开过六家村民的门，但是他们指出的路径都是一样的复杂。顺着他们指出的路，我走着走着又迷了路。村民们对突然而至的陌生人都很冷淡,疑心重重的样子,哪怕对方是个女人。当我敲开他们的大门时,他们都会朝我身后看一眼,确定我的身后没有可疑人物时,才搭理我的问话。

到后来,我没有了办法,对一位开门的中年妇女说:"我就住在花码头镇上,你带我到香炉山去,回头我付你一百块带路费。"中年妇女慢慢伸出手说:"行。那你把钱拿出来。"我摸摸灯笼裙的大口袋,里面只有瓜子和家门钥匙,别的什么都没有。中年妇女说:"没钱也行,你把手机押在我这边。"我只有苦笑。我是个喜欢风花雪月的人,在我享受美景的时候,身边从来不带手机。我怕手机分散了好心情。这个中年妇女并不像精明冷漠的人,她胖胖的,长着憨厚的脸,说话的声音小而胆怯,向我伸出的那只手不自然地微微颤抖,像害着羞似的。但她最后对我说的话却那么斩钉截铁:"什么都没有,那谁会相信你? 你去找别人试试看,没有一个人相信你的。"

她不贪心,信任的基础仅仅是一只手机或一百块钱,但我拿不出来。

于是她就关了门。她一脸遗憾,我也同样遗憾。

现在的问题是,我找不着到香炉山的路,更找不着回家的必经之路会稻路。我在迷宫一样的村落里惶惑不已:不是说白菊湾的村民们是很热情纯朴吗? 谁说过这句话的? 我想起来了,我奶奶说过,我妈也说过。她们曾经在这里生活过一段时间。现在我碰到这种情况,我该怎样说?

如果不是迷路的话,今夜会是一个很好的赏夜机会。我心里焦急,所见到的美景看在眼里,却不放心上。但是到了现在,时过境迁后,我可以从容地向你描绘一下了。确实都是美丽的小村庄,每一个村子都被树木掩藏,路上铺着干净清凉的石块。村子里河道纵横,河水从每一户人家的屋前或者屋后流过。水里有鱼在夜里唼喋有声。野菊花到处开着，它们散发出的药香随风飘得很远，就像老友迎接你到来。竹林摇曳在田地边，所有的庄稼地都被辛勤的农民收掇得秩序井然，棱是棱，角是角。不用看，我也知道田地里绝不会有杂草，就如干净女人的床上不会有头发丝一样。

我抬头看看偏西方向的月亮，从它现在的位置判断，应该有十点钟了。我迷路两个多小时了。

我的耳朵忽然听到歌声。有一个男子的声音在唱歌，并且这个人向着我走来了。我掏出一粒瓜子，迅速地和自己打了一个赌：瓜子掉到头上，今夜的好运气来到。瓜子掉到地上，好运还没有来。我把瓜子朝头顶上方一抛，瓜子不偏不倚正好落在了我的头顶。哈哈，好运来了！我头顶瓜子，站在那里，微笑着迎接这个唱歌的人。虽说这个人看不到我的微笑，可是微笑能让我放松一些。

唱着歌的男子走近来了，他停下步子。很显然，他看得出我不是村里人，有些明白我的处境。他等着我开口。我说："请问……"刚说了两个字，我就不说话了，我认出来了，这个人就是我刚才在会稻路上看到的，一个我拒绝与他搭腔的年轻人。我现在更不信任他了，因为他的手里还是拿着那把蒲扇。有什么人会在夜里拿着一把蒲扇东游西逛呢？

这时候，他也认出了我，站在那儿不吱声。

两个人面对着面，样子难堪。

还是他打破了沉默。

"你这么晚了还在外面干什么？"他的语气里没有一点生硬的成分，看来他并没有为会稻路上的事感到不快。

"那你这么晚了还在外面干什么？"我问他。

他说："我就是个夜猫子，喜欢夜里瞎逛。"

我的心里生出了警惕。但他也许是我今夜唯一的指路人。我轻松地说:"今晚天气实在好,我出来玩,迷路了。"他笑了,声音轻而得体,自信地说:"请你放心,碰到我就不一样了。我认识这里所有的路。"

我喜欢这种自信的口气,但是自信并不说明什么。

我决定不回家,而是继续我的既定目标。我对他说:"我还是要到香炉山上去。"

他说:"那太好了。我也要到香炉山上去。"

上香炉山有些冒险,这位突然冒出来的带路人更是一个危险因素。我跟在他的后面,问他尊姓大名,他云里雾里地回答我:"苏家庄人,姓苏。"

他没有问我的姓名。我有些奇怪。

为了预防危险,我做了一件事:在暗地里捡了一小块砖头,对他说,我要给丈夫打一个电话。于是就转身避开他的视线,大声地对砖头说:"你先睡吧。我还是要到香炉山上去看月亮……没关系,小苏陪着我,他年轻力壮。……他是苏家庄人。"

把砖头放进口袋里,我转身对苏说:"今天真悲惨。我碰了无数钉子,没有谁肯像你这样带路的,有的要钱,有的冷若冰霜,拒人于千里之外。"他淡淡地说:"那你今晚运气不好。你要是碰到我燕姐姐和我老干娘的话,早就到了香炉山了。"

我跟着他穿行在一个又一个的小村庄里。苏轻松地向我介绍每一个村子里的秘密:"这棵广玉兰树是老叶家的,有一百年了。夏初开花,半树白花,半树紫花。不是嫁接的,天生就这样。我们都叫它夫妻树。"

我心里一动:他这么说,是有什么意图吧?

他又介绍道:"你看到这家人家门口的葫芦了吧?他家的葫芦上了菜市场,比别人家的贵一倍还不止,还供不应求,因为他家的葫芦每一只都是并蒂葫芦。真是少有。"

我的心里又是一惊:并蒂葫芦? 这是在暗示我吗?

苏在一户砖木结构的屋子后停下来,用扇子柄指指它,神秘地悄声问道:"你胆子大不大? 说实话,大不大?"

我把这句问话放在心里迅速地盘算一下,便回答:"我胆子很大,我练过跆拳道,空手跟一到两个男人打架不会输。"

他好像有些失望,一下子兴味索然。

我要的就是这种效果。

我马上来了精神,说:"你怎么不说了啊? 你继续说下去啊。"

他叹口气,一边走一边头也不回地叙说道:"这家人家的爷爷,十八岁的时候结了第一次婚。新娘子是镇上的大户人家闺女,很漂亮,——就像你这样漂亮。结婚的那天夜里,男的起身上厕所,看见新娘在月光下梳头,新娘子头发很长,从梳妆桌上一直拖到地上。原来她把头拿下来了,放在桌子上梳头发。她是个狐狸精,狐狸精变的美女。"

这一次,我怀疑他是在调戏我。我还从来没有被男人说成是一个漂亮的狐狸精,没有男人敢这么说我。

我对他的故事不做评价,催着他快点走。我不怕他使坏,我给我的"丈夫"打过"电话"了,他会有所忌惮的。

从迷宫一样的村落里转出来,走到一条向着香炉山的直路。路的两旁边只有成片矮矮的野菊花,视野开阔。我这才轻松了一些,问他:"你还有干娘啊? 你刚才说的燕姐姐是谁?"

其实我并不需要他回答我,我马上就要让他离开我。从这里到香炉山的路,我熟悉。这条开满野菊花的路,北头连着香炉山,南边连着会稻路。我有礼貌地等着他回答这个问题,回答完了就和他告别。

他的话出乎我意料,他没有回答我的话,而是说:"我陪你到了这

201

里。礼尚往来，你要陪我到前面那个村子里去一趟。顺路去看我的老干娘。"

他指着前面的那个村子，村子就在香炉山脚下，我必经的地方。村里的一座屋子里，隐隐地亮着灯。

我对他说："不行。我到香炉山就是去看月亮的。你看，月亮马上就要落到天底下去了。"

他说："是啊。月亮马上就要落下去了。你还没爬到半山腰的观云台，就看不到了，还不如陪我一下。"

我承认这一点。折腾了三个多小时，面临着打道回府，我心有不甘。也许他看出了我的心思，但是这与他是没有关系的，也不存在这样的礼尚往来。我绷紧了脸问他："那个村子里有什么有趣的东西吗？并蒂葫芦还是双色玉兰花？"我居高临下的口气没有打消他的执念，他几乎是急切地说："跟着我，没错的。有很好玩的东西。走。"他走了几步，看我还在原地不动，挥一下扇子，跺一下脚，催我："快走啊！你没听说过香炉山上今夜会出现神灯啊？我们去问问干娘，她知道神灯出现的时辰。"

原来如此，这才是他今夜在外面的原因。

有许多时候，我的好奇心会超过理性，就像猫一样。我真的跟着他走了。神灯？香炉山上有神灯？我从来没有听说过这回事啊。如果真的存在这件事的话，为什么我从来没有听说过？也许是现在的人们有意地忽略这种事，只对杀人之类的事感兴趣；或者这种玄妙的事纯粹就是乡村的秘密——只在乡里私底下传来传去。

这些看似平淡的乡村还藏着多少的秘密？乡村的路是不是在夜里都会化成迷魂之路？

苏的干娘叫夏婆婆。村口那座亮着灯的土房子是乡村的小教堂，将近十一点,这个时间在乡里是躺在床上做梦的时间,但还是有许多人在里面虔诚地做着祈祷。

苏带着我走进小教堂,正好大家都跪着,他也跪下了。我站着不动,他扯我,把我扯得跪下了。我有些恼火。我对他说我不信教。他说他也不信教,不信教的人难道就不能表达一下对神明的敬畏吗?我没有理由相信他这句话,跪了几秒钟就跑到门外去了,苏刚才扯我的动作太亲密,我想让他知道我们之间的距离。

一会儿,苏和夏婆婆从小教堂里出来了,站在我边上说些家长里短的话。

"今天是走来的?燕姐姐好些了吗?"满面皱纹的夏婆婆问苏。她的脸像一片脱了水的风干树叶,她的眼睛在皱纹里亮晶晶的,吉祥温顺。

"好些了。刚才我去看了她。我一个星期没去看她,她就担心我变心了,急得头晕了。我去和她说说话,她也就好起来了。"苏回答。

"那你想不想变心呢?"

"想啊。"苏笑着说,听得出他是开玩笑。他瞄了我一眼,让我又气恼起来。

"她那群金腰燕好不好?"

"一个个活得很开心呢。比她开心多了。"

"那你妈怎样呢?"夏婆婆换了一个问题。

"妈比去年的秋天好多了。她就是惦记增寿。今天晚上,原本是她差我来看你老人家的,顺便问问增寿的情况。我看时间还早,就先去看了燕姐姐,她要我多陪陪她。所以我就来晚了。"

"增寿好着呢。"夏婆婆说,"每天早上老早就起来了,到处玩。脾气坏,火性大。胃口大,什么都吃。啊哟喂,真的。上次把我的小花瓶打碎了,被我追着打了几下,倒乖巧了几个时辰。没想到这东西也有记性。"

夏婆婆笑起来。苏也跟着笑。他们这样愉快,我感受不到同样的愉快。我猜到那个"燕姐姐"定是苏的未婚妻,他有了未婚妻,刚才还用那种眼光看我。

现在是夜里十一点钟了,我心里的恐慌还在,现在又增加了对苏的不快。我考虑着回家的事。

我咳嗽了一声。

苏马上问夏婆婆:"干娘。我听说今天夜里香炉山上看得见神灯呢,你会占卦,知道神灯什么时候出来。"

夏婆婆极为聪明地扫我一眼,犹豫地说:"年纪大了,算不准。……多少年没算准,没人信我了。我昨天算出神灯是今天夜里十二点一刻出来,……但是谁知道呢?谁知道它出不出来?我知道了,现在天象气候都变了,它也就不准时了。"

这夏婆婆,她把失算推在天象气候的变化上。

这两个人极为严肃地讨论神灯的问题,不像是一个陷阱。我下决心上香炉山一探究竟。夏婆婆给了苏一把手电筒。

"燕姐姐是你的未婚妻吗?"在路上,我问苏。

"是的。她大我两岁,但我们还没拿结婚证书。她就心里不安定。"苏说。

"男人就应对女人负责,不管有没有正式结婚。"我一本正经地说。这句话在我的耳边"嗡嗡"作响。为这句话,我一时倒怔住了:我什么时候变得这样无趣,也学会说这样的话了?

他却认真地说:"你说得很对。我本想着再玩个两年结婚,今晚我考虑要尽快地结婚了。结了婚后,除了她,我不会再陪着什么人赏花赏月赏风景,所以今晚上我陪你,是最后一次。"

对感情之事他说得这么郑重，让我完全放下了戒心。

"增寿是谁？"我又问。

他忍不住大笑起来。他笑得酣畅淋漓，像个孩子一样，他真是一个快乐的人。我对他的笑声有些入迷。

"增寿是一只母鸡。"他说。

而后，我明白了一件事：增寿确实是一只母鸡，养着它是为了给苏的亲娘增寿，所以它就叫"增寿"。三年前，苏的母亲生了怪病，吃什么吐什么，连大医院也看不好，眼看着奄奄一息。后来，苏的父亲到花码头镇上的大道观去求签。去晚了，一个道士也没碰到。大道观的看门人老邬听了他的叙述，就对他讲，养一只"增寿"鸡也许有用。以前的人就这样做。男的用公鸡，女的用母鸡。这鸡一定要精心养护，鸡死人也死，鸡活着人也活着。于是，苏的父亲就到花码头镇的集市上买了一只健壮的小母鸡，回家的路上，交给了苏的干娘夏婆婆养着。苏的母亲从此没有了呕吐的毛病，活下来了。

他说："这些都是迷信，其实大家心里也不会相信的。就是求个互相关心罢了。"

苏讲完了这件温情的乡间故事，我心里更安定了。

但是我心里的阴影又升起来了。

……镇上的人不是都在说，那个杀人的人，平时脸上总是笑嘻嘻的，杂货店林家的孩子，不是被他抱过？还亲了一下……前两天看到一篇回忆录，说以前与汪精卫一起做汉奸的褚民谊，就在本市刑场被国民政府枪毙那天，还对记者说他的身体很好，可给医院做解剖用，心脏和骨骼尽数供给医学界研究之用。可见人是具有多面性的。夜深人静，荒郊野外，更要小心提防。

我不由得有些后悔起来。我的弱点很多，爱吃后悔药就是弱点之一。现在到了山脚下，看着魅黑的山体又开始吃后悔药，但来不及了。

苏这时候又怪异起来，他好像看得见夜里的一切东西：静悄悄藏在沼泽地里的白鹭，竹林里的野鸡，野苋菜下面的青蛙……甚至五六步以外的一株兰花他都看到了。他把他看到的悉数告诉我，因为我不相信，他还朝一根竹子上投去一个石子，结果惊起一只野鸡。关于那棵兰花，我坚决不信。他和我打了一个赌：赌一个拥抱。我的好奇战胜了提防心理，欣然应允。我们一起走下路沿，苏用手电筒光一照，真是一株野生兰花草。于是我们走回路上，苏也没提拥抱的事。他还算识趣。

夜里的这些东西我都看不到，我暗自羡慕他。

你是鬼吗？我心里问了他一声。他当然不是鬼。可如果真有神灯呢？那神灯一定也是一个可怕的事物，或是某个不祥的信号。神灯升起时，苏会不会转眼变成一个鬼？

"你，你见过神灯吗？"我放下戒备之心，战战兢兢地问苏。

"我只见过一次，还是八岁那年，干娘带着我上山来看了。"

"什么样子的？"

他回答："小小的一个火苗，边上一圈光晕。从山下什么地方晃晃悠悠地升起来，快到半山腰时，不见了。当时看到有六盏吧，一模一样的，我觉得有仙女在暗里提着它们，上了山，就把它们吹了。"

苏的故事很有感染力，不管是真是假，反正我听了这个故事后，不再想入非非了。我得承认，这个世界确实有一些使人心旷神怡的东西，哪怕只是想一想它们，也会得到有力的安慰。

到了香炉山上的观云台，窄窄的上弦月一下子不见了。它不见以后，四周更加寂静，一丝风也没有。放眼从半山腰望下去，下面就如一条黑漆漆的大河。看久了，双脚恍如腾空，魂若离世。苏坐我边上，坐得很近，我听到他坐下来的时候，惬意地叹了一口气，这不是微妙，简直是明目张胆了。他在地上扯了一根狗尾草,轻轻地哼起一首歌来,看来他真是很享受这一刻啊。离神灯出现还有二十多分钟,我必须安然度过这段时间。我问他:"刚才碰到你时,你好像唱的也是这首歌。"他回答我:"正是。一把钥匙配一把锁,哥是钥匙妹是锁……"他还想唱下去,被我打断了:"你去看过燕姐姐了? 你干妈说她有一群金腰燕。"

苏在淡薄的夜光里微笑,语气里也弥漫着笑意:"嗨,这个人,各别。"

"各别"就是特别,有个性的人就叫"各别"。这里的人都这么说。

"她就是一个各别的女人。人家像她这样的,一定到城里去发展了。她读完师范学院,就回村子里当了小学老师,语文、数学、体育,全教,一是爱孩子,二是舍不得小学校里的那群金腰燕。那金腰燕关她什么事? 有一百多只呢,住在小学校后山上的木房子里。她经常带着小孩子们去看燕子,给它们投食。燕子也经常到她上课的教室里去看她……所以,人家叫她燕姐姐。其实她叫齐阿巧。我问她,齐阿巧,你到六十岁的时候,难道还让人叫燕姐姐吗?"

"哟。这是一个好人。你要好好珍惜她,快点结婚,让她安心。"我决不放过任何机会敲打苏。

"正是。"苏说,"你看,我本来也有许多机会出去发展的,但她不让我走。我就留了下来。"

我问苏:"她为什么不让你走?"这是我第一次对他产生出兴趣。

"她是怕我变心,女人都这样的。留在这里也挺好。我这个人,走也好,不走也好,在什么地方都会让自己过得舒舒服服的。"

"你为什么会这样?"我忍不住又问。他好像没有想过这个问题。此时他认真地想了一想,竟说了一个让我想笑的理由:

"我会唱情歌!"

这话乍听之下让人发笑,细想一下,确有道理。

二十分钟过去了,我们没见到神灯从山下飘升到半山腰上。我觉得应该再等一下,就建议他唱一个。他有些不好意思,走到山崖边,背对着我,脸朝山下,蹲着唱:"一把钥匙配一把锁,哥是钥匙我是锁。河水清清河水长,哥是橹来妹是船。春来满山鸟咕咕,秋来枫叶满山红。"

苏拖泥带水地唱完了,还是不见神灯。他开始唱第二首情歌。他唱完后,我悄悄地把口袋里的砖头放到地上,我不需要它了。我站起来向山下走去。他追上来说:"再等等看。我们等的时候我唱歌给你听,我肚子里的歌唱不完,唱到天亮都行。"

我没有搭理他。很快走下了山,走到通向会稻路的直路。苏在后面跟着我。他手上的扇子不见了,兴许忘在观云台上了。这条路我认识,我加快步子,一面走一面对他说:"你回去吧。谢谢你!我要快点走的,我丈夫在家里肯定着急了。"苏在后面说:"不用你谢的,我也要穿过会稻路,苏家庄在会稻路的南边。"

我一直保持着匀速的快步,他也一直跟在我后面看得见的地方。我气喘吁吁,他却悠然自得地唱着歌。会稻路临近了,他停止了唱,小跑着接近我,在我的身后,我几乎感觉到了他的鼻息。

我猛地回过头,严厉地问他:"你想干什么?"

我感到旁边的树叶都被我的声音吓得一惊一乍。

他不好意思地说道:"我想送你回家。"

我看看这条路。我从没听说过这条路上出过什么事。我放缓了语气说:"不必了。这条路很安全。"我真想对他说,他刚才粗重的鼻息直喷到我的后背,那一刻,他才是一个不安全的因素。

他说:"我送你,跟安全无关。"

"那和什么有关?"

苏说:"跟一个男人的面子有关。"

显而易见,不是这个理由。但我想了一想,决定尊重他说出来的这个理由。

我依旧走得有些快,而他一直落在后面。一会儿,他跑上来,递给我一只又大又沉的稻穗,该有一斤吧。说实话,我有生以来没见过这么大的稻穗,它匀称,散发着令人感动的米香。我的感叹还没结束,苏又递过来一枝野菊花,上面沾着露水,显得润而沉厚。它枝叶繁多,放在手上形成一大捧,每一朵花儿仿佛都有微光闪现。我"啊"地发出一声,我感觉到我的内心就在此时轻松畅快了。哦,许久没有这样的心情了。

我把稻穗和花放在一起,两样不相干的东西在一起竟然如此和谐。

他喜笑颜开,大声说:"谢天谢地,你终于高兴了。"

这句话感动了我。"谢谢你!"我真诚地说。到现在为止,与苏待了四个小时,这是我对他仅有的一次真诚。我为我的真诚感到高兴,每次我这么真诚的时候,就感到生活还是很有意思。

花码头镇上一片灯光,我看得见我住的地方了。我停下来,意欲告别。

苏说:"其实是我要谢谢你。我去年夏天第一次在蓝湖边上看到你,你穿了一件绿色的裙子,像仙女下凡一样。昨晚,我在这条路上看你埋蝴蝶翅膀,心里想,不愧是一位有学问的人。人家都说有学问的女人不漂亮,你是一个例外呢。……所以就想着和你说说话。我实现了这个愿望,是我的幸运。"苏的言语里透露出一丝不自信,不多,但足够让我知道,他是因为某种情感,才显出不自信。

苏难道早就暗地里认识了我?

苏忽然调皮地说:"再见,艾我素老师。"

苏说完就走。远远地,我看见他在路上蹦跳着走路……与他在一起,我也有了夜视的能力了?

苏知道我的姓名,他是认识我的。但我不认识他。他一定知道我许多事。

那么,这砖头手机,给子虚乌有的丈夫用砖头打电话……

我想他早就看穿了我的把戏。

这个积极的人并不吹毛求疵,他实现了愿望,很快乐。而我呢?我怎么评价我度过的这一夜? 他感到的是某种爱,我感到的是紧张和戒备。我自认为是一个很享受生活的人,却白白失去了一个享受愉悦的机会。

我要重新享受一下昨夜风景。

回到家里,我开始给自己洗尘接风。我在院子里的瓷桌上放了三只酒杯,一只敬天地,一只敬苏,另一只是我喝酒用的。杂货店林家的花雕黄酒,五块二毛钱一斤,便宜而好喝,味道纯正雅致。苏给我的稻穗和黄菊花横放在瓷桌当中,在微微的晨曦里,它们显示出令人惊叹的对称之美。回想昨天一夜,浑身如沐春风:最初粉红色的上弦月,美丽的迷宫一样的村庄,苏的情歌和有趣的故事,乡村小教堂,干娘和燕姐姐,"增寿"鸡和金腰燕……我尤其感谢苏给我的这一夜引路之情。我知道,此夜之后,我会驱除怯懦,就像从前那样无所畏惧。

我端起酒杯碰碰苏的酒杯,说:"小苏,祝你妈妈长寿! 祝你和燕姐姐一生幸福和快乐!"

雪花禅

男人要把每一个地方都变成战场,连社交界都不例外。但是真的战争来了,何文涧要逃到西安。

世道这么乱,他要去西安的消息一传,还是有数不清的人冒着日本飞机轰炸的危险前来告别。吴郭人对他的尊敬,就在告别中。昨天,忙乱中,不知谁把一个条幅挂在他书房外面,写着:你走了,城就空了。

何文涧见此条幅,流了泪。他知道这句话的凶狠。吴郭在上海边上,上海昨天沦陷,吴郭也快了。他现在要逃命。

这几天,说不尽的依依惜别,把何文涧搞得心力交瘁。何文涧不喜欢死亡,不喜欢告别。喜欢在自己的土地上,自由快乐、风花雪月。

所以,你看:何家的马厩里,养着两匹高头大马,时不时地喷出威武鼻息。院子里的喷水池边,停着吴郭第一辆小轿车,车夫是上海雇来的。两辆自行车,时常亮闪闪地倚靠在假山边上。何家的大门口,永远停着一辆黄包车,拉车的小江,也是何家的花工。后院子里,放着一乘四人抬的小轿子,何文涧的父亲用过的。除了骑马,有时候,何文涧也会坐上小轿子出游,轿边走着几个盛装丫鬟,有时都穿旗袍,有时全穿洋装。全吴郭,只有他喜欢这样玩。何宅后门口的私人码头上,停着他的画船。为了这画船,他用了两位厨师,一位点心师傅,一位烧菜师傅。明月皎皎的夜晚,叫上三五好友,摇着橹,师傅做菜,丫头上酒,他们吃着绿豆糕,沿着碧清的小河悄悄滑行。沿河人家的后院子里,常有桂花、玉兰花、栀子花、金银花、玫瑰花。花香徐来,晚风轻拂,赏天上的月亮和沿河的灯。

他会玩的还不止这些。家里两间大屋子,一间放他的行头和琴、筝、鼓、弦、琵琶各色乐器,他演唱京戏、昆剧、越剧时,用得着。他也自编自演时尚的话剧。另一间大房子放他喜欢的古董、书籍和纸砚笔墨,供他在这里写字绘画,研究金石。宣纸旁边,放着名贵的徕卡照相机,柯达的镜头。全吴郭城找不到第二架这种相机。他拍下他的妻女和丫鬟的姿容。

去西安前夕,光景撩人,满院子的蜡梅一朝开放,走在浓重的香气里,像穿了一件香气的外套。

现在,他要与这些风趣甜美的生活告别了。他要做的事,是逃命。昨夜,他是哭泣着入睡的。

清早起身,焚香,香是藏香。洗脸,擦脸的丝巾上滴了自制的玫瑰露。然后,喝了半小碗厨房里做的桃胶蜂浆桂花水。早点是茯苓粥,虾干拌香芹菜,桂花腌茄干。这些东西都拿到书房里吃着,仆人阿进报告,门口来了一些学生,他们要求何先生与吴郭城共存亡。

何文涧听了,半晌才说:"存是可以的,亡?我还没做好思想准备。即使我思想做好了准备,我的肉体怕也不答应。"

阿进说:"我怎么回他们?"

何文涧说:"你去告诉他们,人有生存的权利,只要不妨碍他人。人也是自由的,只要不犯法,不当汉奸,做什么,他人不得干涉。"

阿进说:"老爷说的话,学问太高。恐怕我还没到门口就忘记了。"

他到大门口,对门口的人说:"都回吧,我们老爷说了,树倒猢狲散,大家逃命去吧。"

刚说完,他额头上吃了一块石头,回过神来,学生们早跑了,面前站着一个人,定睛一看,是何文涧最喜爱的学生潘新北的叔叔。便叫了一声:"潘叔叔有什么事?"

潘叔叔说:"让你见笑了,我知道何先生要走,来要些他不要的东西。"

阿进说:"你个不要脸的东西,我家里没有不要的东西。我早就说你不是个好人,你要是个好人,也不会不养新北,把他从小抛在花神庙里。等到我家老爷资助你们新北读书成材,你倒上门来拉拉扯扯的,好意思吗?"

潘叔叔说:"不是我不养他,我养不起他。只怪他自己命苦,六岁就失了父母。我自己也有四个小人要养。"

他说着话,袖子里掏出一块大石卵,说:"最近时局太乱,我出门总带一样东西防身用,你快进去和老爷说,不然我也请你吃一记石头。"

阿进进去对何文涧说:"潘叔叔来了,他知道我家要走,来要点东西。"

何文涧听后笑了一声,说:"他好久不上门来了,一定不是光要东西。你让他进来吧。"

潘叔叔走进书房,看见何文涧吃剩的桂花腌茄干,说:"口水都流下来了,何先生赏给我吃吧。"一手抓了就吃。

何文涧不喜欢他的吃相,转脸看墙上挂的一幅唐伯虎字画,问他:"你要什么?"

潘叔叔说:"先生把那带不走的吃饭桌子赏我一张,我一家老小每天要在吃饭的桌子上聚拢两次,我想有一张好桌子。"

何文涧吃饭用的桌子都是讲究的,他正踌躇间,潘叔叔又说:"先生要是舍不得,那就把后花园里那棵大梓树给了我吧,我自己做一个吃饭桌子。先生这回不要推三阻四的,兵荒马乱的,你园子里的树迟早都要砍了做枪把子。"

何文涧笑起来,说:"我才没有推三阻四的。这棵梓树你拿去吧,但是你要告诉我,人人都在慌忙,为什么你倒不慌不忙地要添新桌子?"

潘叔叔跪下叩个头,不起来,说:"何先生真是一个聪明人。我就把话都说了吧。阿进,你出去,站在这里碍手碍脚的。"

阿进出去了。潘叔叔站起来说:"何老爷,我临街的两间房子卖给日本人竹下四郎开了太久产业公司——这件事你是知道的。今年春上他关了门,撤回日本了。前几天又悄悄回来了,还带着一个日本男青年。和我说了好多话,主要就是人要识时务。他叫我和你说,不要走,留下与日本人一起建立大东亚王道乐土。"

何文涧:"哦,你做了汉奸了。这么说,这城里现在就有好多日本人的眼线了?难道我离开吴郭,日本人就会杀了我?"

潘叔叔说:"四郎给我透过一个消息,说住在吴门桥的杨荫榆,也是留学过日本的,但现在对日本的大东亚理念没有一点理解,还在报纸上一直乱说话。这种人恐怕没有好下场。你是个有趣谦和的人,我家新北又受了你那么大的恩,有我在,他们不敢对你怎样。你要走就悄悄地走吧,哈哈,你要不走,我怎么拿到梓树呢?"

何文涧说:"章太炎以前对我说过一句话,小城市的人,反而自大。"

潘叔叔说:"自大总比自小好。自小了,没人看得上。"

何文涧问:"日本人答应给你什么好处?"

潘叔叔说:"一开始不能谈好处,要走着瞧的。我是这么想的,人往高处走,水往低处流,人家现在强势,英国佬强盗都拿他没办法,美国人有中立协议,也是怕他的意思。我们就得倚靠他。何先生,你和我们草民不一样,日本人说了,你要合作,有大大的好处。"

何文涧低下头冷笑了一声,喝了一口茶,说:"日本人,只会打仗杀人而已。给我好处? 配吗? "

潘叔叔说:"反正我把话带到了。唉,我也是没办法,被四郎这鬼东西逼得苦了。我走啦,要去镶个金牙,早就想镶了。哈,祝你一路顺风。"

何文涧坐着发呆,想哭,又哭不出,心里十分难受。忽然听得门外一片喧嚣,阿进跑进来,惨白着小尖脸说:"潘叔叔刚出大门就被人捅死在街上了……有人看见是潘新北叫住潘叔叔说话,然后边上就窜出一个人,朝他后脖子、后腰、后背,扎了十几刀。……梓树拿不走了。"

何文涧问:"那潘新北呢? "

阿进说:"潘叔叔一倒地,他就走了。"

书房门口,汉白玉台阶下,有人说:"何先生,我来了。"

正是潘新北。

何文涧最好的学生潘新北,六岁时父母双亡,一个月里轮流去亲戚家里乞饭,寄住在花神庙里,给庙里做些事情。八岁时碰到了去花神庙祭花神的何文涧,见他聪明伶俐,就资助他读了书,上了大学。他长得貌不惊人,瘦小干枯,阳光下,却是一身凛冽,寒气逼人。何文涧看见这许久不见的人,忽然丝丝胆怯漫遍全身。他对阿进说,不要让他进来,他身上有冷气,我正头疼呢。你让他去隔壁待着,给他上茶。有话你替我们来回传吧。

以下是阿进来回穿梭,传送的语言:

潘新北说:"请阿进告诉我老师,不要走,留下来,为家乡父老做个表率。"

何文涧说:"阿进,你去问问他,我听说上海、北平都有了除奸队,他是不是除奸队的?"

潘新北说:"我们有一些人,是自己组织起来的队伍。日本人已经在吴郭暗杀了,所以我们也开始暗杀。"

何文涧说:"阿进,你去问问他,杀自己的叔叔,怎样下手?"

潘新北说:"白刀子进去,红刀子出来,在裤腿上擦擦血。"

何文涧说:"裤腿上擦擦? 乡下人的习惯,不可想象。"

阿进去告诉潘新北:"裤腿上擦擦,不卫生,不管是乡下人还是城里人,都不可以这样。"

几个来回过后,阿进告诉何文涧:"姓潘的忍不住,嘴里不干不净的,什么文天祥、辛弃疾……"

何文涧挥挥手说:"随他骂去,不要管他,只管给他茶杯里续水。他爹娘死得早,在世上六亲无靠,平时除了学习,没有什么爱好兴趣。对于这个世界,他没有什么留恋,不怕死,要做英雄。"

阿进去了隔壁好一阵子才出来,回来说:"他把茶杯推在地上砸破了,还把牙咬伤了,故意吐出一口血在白墙上……"

何文涧说:"城未沦陷,血已满地。"

阿进说:"哟,我忘记说了,他还说起以前住在艺圃的文震亨老爷。"

何文涧说:"文震亨是我学不来的,那么风花雪月的一个人,竟然为了忠义二字投河自杀。但是各人有各人的自由,他有死的自由,我有活的自由。"

珠帘一动,潘新北走了进来,说:"老师怎么这样没骨气? 别人打上门来,屁都不放一个,还说什么自由?"

何文涧说:"我现在,活着比死难,谁都要我死啊。"

潘新北说:"只要老师带头抗日,就是我们的大英雄。虽死犹荣。"

何文涧站起来拍了桌子,吼道:"书生不是用来打仗的!"

潘新北却也执拗,走上来也拍了桌子问道:"那书生是用来干什么的?难道等着以后每天向日本天皇的画像三鞠躬?"

何文涧说:"书生是用来传道授业和风花雪月的,外邦皇帝想让我鞠躬,也不是那么容易。"

潘新北说:"说来说去一句话,你就是贪生怕死。"

何文涧骂道:"小猢狲,我贪生,干你屁事!"

潘新北几步跳到院子里,转过身回骂道:"我骂你一声他妈的。姓何的,你走着瞧!"

何文涧想起小时候的一件事,与死亡有关的一件事,风花雪月的日子一路过来,他几乎忘了这件事。

他五岁的时候,有一天夜里,与丫鬟们淘气,奔出大门外。十分安静的冬夜,仿佛听得见树上鸟儿的梦语。大门外,隔着一条石板路,无声无息地流淌着绕城河水,上弦月剪纸一般缀在高空。就在河里,突然有一处明亮起来,明亮的地方,下着鹅毛大雪,从天上接到河面,就如万花筒里转着的花朵一般。这一处孤零零的飘雪分外吸引着他,他张开双手,慢慢地走过去,越走越近,手几乎要摸到雪花了。阿进的父亲,何家的忠心老仆人,第一个从门里冲出来,看见何文涧穿着棉袄漂在河里,风车一样打转,双手在天空里抓着什么。他脱下鞋子就朝河里扔去,喝道:"哪个恶鬼在这里撒野?走开!"

以后,每年的第一场落雪,何文涧的奶奶就要带着他去大穹山的念念寺,祖孙两代坐在雪地里念经文,祈福消灾,还要施饭施衣,为菩萨重塑金身。

何文涧十岁时,奶奶去世。他那时已经显露出自由快乐的心性,说什么也不去念念寺了。后来,他又去了。因为他听说,念念寺里有一样与众不同的洗浴,大穹山上长满野蜡梅,每年蜡梅花开放,寺里都要收集花瓣,加上没见阳光的山泉水,压紧了,一起封存在陶器里,埋在山洞里,隔年天寒时拿出来,舀一勺子放在浴桶里洗浴。皮肤干燥的,无光的,洗了以后就变得光滑细柔。更有香喷喷的味道,几日不散。所以,每年冬天一到,何文涧三天两头都要去寺里洗蜡梅花浴,给寺里的供养也比平时多了一倍。

今天想起念念寺,不是洗浴,是要去祈福求生。

他看看天,太阳不见了,阴云满布,风也慢慢地起来了。看来吴郭要下今年的第一场雪。他关照了阿进,让家里人按他的布置继续收拾东西,他一个人开了汽车去找娜拉,明天要走,天各一方,也许就是永别了。他要与娜拉一同去念念寺。

潘新北是何文涧最好的学生,娜拉是他最好的女人。

最好的女人,总是不在身边的那个,是想见才见的那个。潘新北二十五岁那年收留了娜拉,把她安置在三状元弄里一处名叫冷香苑的小园子里。娜拉那时不叫娜拉,叫王小兰,和母亲在街上乞讨,六岁,现在她十六岁。

娜拉在冷香苑里长大,何文涧让她听古筝,从早听到晚,据说古筝的声音有让人高贵的力量,使人沉稳安静。娜拉听了五年,听得像块冷冷的木头,不言不语,几天也没有一句话。何文涧只得换了周璇的歌让她听。周璇这年十二岁,发行了她的首张唱片《特别快车》,何等天真,又何等风情。娜拉与她差不多年纪,一听就领悟了,从此也是既天真又风情。又有一件怪事,她身在深闺,不知道从什么地方学来一口脏话,因为不以为脏,一高兴,就挂在嘴边上说,譬如说:"何文涧,你来了? 你妈妈的,多少天不来了?"

娜拉的妈妈解释说,她是从后窗走过的卖鱼娘娘那里学来的。

何文涧倒是不以为怪,非但不怪,心里还暗暗叫好。美人不会骂人,就像玫瑰没有刺,终究缺乏真味。

街上反战的传单四处飘,却没有人,一片凄凉。

今天他去,娜拉说:"你好久不来了,太阳从西边出来了?你个杀千刀的。"

何文涧说:"你看现在天上还有什么太阳,乌沉沉的,怕要下雪了。你陪我去念念寺做个雪花禅,好不好?"

窗外有几个女人的头一探而没,他起了疑心,走出去一看,一群女人,一个也不认识,见了他,四散躲藏。

他正想问娜拉,娜拉却一把扯起他的袖子,一路拉着他,把他朝大门外面推,说:"我明天一早也要走。跟的是吴郭电影制片厂的老板老刘,他死了老婆,他要娶我的。这些人是他上海、宁波赶过来的亲戚,住在我这里。"

何文涧着急说:"我没法带你走,不是我的意思,你知道的。"

娜拉说:"说什么废话?大家各自逃命去吧。我不怪你,你也别怪我。人人都有生活的自由。我就是为生活当了婊子,你也怪不得我的。他娘的。"

何文涧扶着大门,一只脚在里,一只脚在外,叹气说:"你把我的一套全学上了。我要是不显得大方,那就是自己打自己的耳光。"

大门被娜拉用力地关上,她在里面,叽叽呱呱地说着一连串没法记述的脏话,表达她展翅高飞的心情。

何文涧站在门外,脑子里涌起一笔笔旧账,什么时候整修冷香苑花了多少,什么时候添置大量家具,花了多少,养了她十年,请了多少先生,教古琴的、教古筝的、教字画笔墨的、教女红的……很快他就明白,他不是心疼钱,最主要的问题是,娜拉是个处女,他还没来得及享用她。

日本人破坏了无数风花雪月的事。

他想,算了,只要留得命在,风花雪月,后会有期。易卜生的娜拉,留不住。我的娜拉,凭什么留住她?

他再次回头看了一眼紧闭的大门,说了一句:"别了,我的小娜拉!"

走过一队游行队伍,凄冷的街道有点热闹起来。群众是要聚在一起做点什么的,以便发散多余能量,造反、战争、舞会、看热闹……都是发散能量的形式。枪杆子面前的游行示威,终究是一个高发散能量等级,从队伍里的每一张涨红的脸都能看出这一点。

游行队伍从他面前走过,有人交头接耳说:"看,这是何文涧……他当逃兵……"立刻,队伍里嗡嗡地冒出一些词:民族、危亡、命运、战斗、宁死不屈……一个声音突然刺耳地从嗡嗡声里响起来:"兄弟姐妹们,上前打死他,防止他去做了汉奸。"

何文涧抖着手,急忙发动汽车,逃离这条街道,他浑身汗津津的,愈加想念念念寺的蜡梅花浴。拐弯时回头一看,身后的街道空空荡荡,一个人也没有。他不禁如此想,历史的长河中,他,何文涧,不过是一只偷生蝼蚁,人畜无害,怎么会有人大动干戈取他性命?他怀疑刚才那一幕是不是错觉。

念念寺前,两位在湖边挑水的小和尚正在玩耍,一个叫寂欢,一个叫寂行,窃窃地笑着,拿手里的茅草逗地上的蚂蚁。

看见何文涧走过来,寂欢说:"何老爷来得巧了,前天刚收的蜡梅花,晒了一个太阳,昨晚上用泉水浸了一夜,花油已经渗出来,还没存进洞里,正好趁着新鲜花油洗一洗身子。"

何文涧说:"两位小师父好兴致,兵火快烧到鼻子上了,还在玩蚂蚁?"

寂行说:"你不是也好心情吗?兵火烧到屁股上了,还上山洗花浴。"

寂欢推了寂行一把,扔下手里的茅草说:"我们大前天听说,日本人不毁寺庙,所以才放下心来,大家玩玩。何先生要洗花浴,我们两个就多挑些水吧。"

念念寺的住持背月和尚与灵岩山的印光法师来往得多,印光法师写了一个"死"字,贴在自己的卧房里,也给背月和尚写了一个"死",背月把这个字贴在卧房边上的书屋里。

念念寺香火很盛,吴郭人都说背月通神,是半仙。

两人见了,便去书房磨墨写字,一边写,一边重温两人第一次见面的情景,何文涧那时才五岁,穿的戴的,说的什么话,背月记得清清楚楚。何文涧写了一个大大的"生",换下印光写的"死"字。背月也不反对,只是微笑。两人的关系很是奇特,何文涧父亲死得早,他是把背月当父亲的,却不尊重背月,在这里,他想发火就发火,想骂人就骂人,有一次在山下受了气,上了山,冲着背月发脾气,把经书砸到背月的秃头上,砸了一个包。背月还是笑微微的。何文涧上课的时候,对学生说过,只有在背月的身边,他才感到彻底的自由,他希望老死的时候,是在念念寺。

何文涧说:"想活,都那么难。"

他扔下毛笔,跪在背月脚下说:"我心里害怕,这些天,总是心闷,出气多,进气少,走路脚飘,像踩着棉花一样。"

背月也不扶他,只安静地写字,嘴里说:"世上一切全是幻境,生与死,全是造化弄人。其实世上无生无死。生就是死,死就是生。参不透生死二字,一生苦恼。"

何文涧气愤地站起来指着他说:"这个时候你还说这种空话?让你现在就死,你舍得吗?"

背月笑起来。

寂欢走进来问道："何先生是先洗澡还是先吃饭？"

何文涧说："先洗澡吧，给我多放些蜡梅花油。"

他抬头一看，见外面的天空上飘起了零星雪花，今天的雪花飘落得分外缓慢，就似无比留恋天空、不忍与天分离的模样。何文涧只看了一眼，眼角就有泪花涌出，说："我先去雪地里坐一会，诵一诵大悲咒。诵完了再洗澡。我想起中午饭也没吃，到现在也不饿，游魂一样。人要是不知饥饿，生活乐趣起码少了一半。"

窗外走过一位女子，何文涧想也不想地叫她："娜拉，快进来，外面有些冷。"

寂欢说："外面没有人。"

何文涧推开窗一看，果然没人走过。他笑了一声说："这两天，当真累坏了。"

背月还在写字，头也不抬地说："你就念心经吧。不停地念，就有放下之念。人一想放下，就舒服了。"

寂欢一手拿着蒲团，一手把何文涧扶到寺庙东边的一块巨石上坐下，说："何先生，要是雪大，就回屋来吧。"

这雪一直没有下大，但也一直不停，稀稀落落地，慵懒颓废地飘荡，何文涧闭上眼睛，带着眼角边的一滴泪花，开始诵心经。梅香扑鼻，天寂静，地空远，他在诵经声里颤抖，知道自己对死的恐惧有多深。

枪声在山下响起，难民携儿扶老，从山下拥入寺庙，寺庙里所有的屋子都亮起了蜡烛光。上山的一条道，密密地行走出一条人龙，这条手无寸铁的龙寻求看不见的佛法庇佑。

何文涧在巨石上就如入定，纹丝不动，气息屏弱，对枪声和人声充耳不闻，口中的诵经也不知不觉换成他平时酷爱的风月诗句，柳永和杜

222

牧,他们的诗句才是他的心头之爱,才能在此时与他融为一体。

不知过了多久,寺里的蜡烛光一个一个地熄了大半,上山来的小石道空无一人,雪也在地上积了起来。寂静中有一支蜡烛微光踏雪而来,是寂欢和寂行。他俩走过来,把何文涧推倒在地,把他抬到洗浴的地方。

何文涧坐了许久,身体已经僵硬,不能言语,他的头歪在一边,眼睛看着地上,烛光一路照着地上的杂物,有小孩子的一只布鞋,女人的发带,扁担,绑腿,破碎的碗,一本小学课本……说不尽的狼狈。他叹了一口气,他不喜欢看这些东西,他的眼睛专为美丽的东西而生。

洗浴处热气腾腾,烛光通明。两个人抬起何文涧,扑通一声把他扔到浴桶里。何文涧在香喷喷的热水里很快就暖和了,身体也柔软下来,只是还不能说话。这时,背月和尚走了进来,笑着说:"你为了求生,差点把自己冻死。既然你这么执着,我把你的三魂七魄封存可好?封到岁月太平,你自然会醒过来。"

何文涧想,人都说这和尚有大神通,果然是的。于是在木桶里面露欣喜,连连点头。

背月和尚面色突变,神情冷凝,朝何文涧一指,他就昏沉沉地睡过去了。这一睡,睡过了山河破碎,日月无光。不觉时光如梭,斗转星移,正如背月设想的一样,他醒来时,是八年以后,岁月太平了,太阳重新灿烂。这时,寺里空无一人,墙壁坍塌,浴室外面长满杂草,他睡的木桶也长成了一棵松树。山下锣鼓喧天,他听了一会儿,知道抗战胜利了,山下的百姓正在庆祝。

何文涧又惊又喜,他逃过了劫难,从此后,他又能在这片可爱的土地上受用无边的风花雪月。他嚅动着嘴唇练习说话:"我,我,爱,生活!"

门外出现一个瘦削汉子,一脸胡须,身上背着枪,手里提着大刀,大步走进来,站在木桶边,朝何文涧瞪着眼,又是愤怒,又是惊诧,说:"我找得你好苦,原来躲在这里?"

何文涧认出来了,是潘新北。

潘新北更不打话,抡起大刀就砍。何文涧在凛厉刀风下喊出最后一句话:"我要活,何其难?"

苍穹之中,黑暗无光。一根火柴划亮,半根残烛光明。寂欢说:"山里风穿过门缝,把蜡烛弄熄了。何先生,你醒了? 起来用饭吧。寂行,你去厨房里把饭热一热。"

何文涧睁眼一看,没有背月,没有山下锣鼓,更没有提着大刀的潘新北。

寂欢体贴地说:"何先生,泡了一泡花澡,你现在能说话了吧? 你说句话吧。"

何文涧说:"我要活,何其难?"